城里的人们

于秋月 著

CHENGLI DE RENMEN

黑龙江人民出版社

图书在版编目（CIP）数据

城里的人们／于秋月著．—哈尔滨:黑龙江人民
出版社,2022.10
ISBN 978-7-207-12841-6

Ⅰ.①城… Ⅱ.①于… Ⅲ.①散文集—中国—当代
Ⅳ.①I267

中国版本图书馆 CIP 数据核字（2022）第 189598 号

责任编辑：刘恺汐
封面设计：张　涛
本书绘图：王焕堤

城里的人们

CHENGLI DE RENMEN

于秋月　　著

出版发行	黑龙江人民出版社	
地　　址	哈尔滨市南岗区宣庆小区 1 号楼	
网　　址	www.hljrmcbs.com	
印　　刷	黑龙江艺德印刷有限责任公司	
开　　本	787×1092　1/16	
印　　张	14	
字　　数	250 千字	
版　　次	2022 年 10 月第 1 版	
印　　次	2022 年 10 月第 1 次印刷	
书　　号	ISBN 978-7-207-12841-6	
定　　价	38.00 元	

序

　　于秋月是土生土长的城里人，她就出生在哈尔滨这座城市里。所以，这本书取名为《城里的人们》，可谓是名副其实，书中几乎所有的内容都是城里人的感受，城里人的经历，城里人的见闻，城里人的感情，城里人的思考和城里人的梦想。形形色色，多姿多彩。

　　据我所知，秋月从小就生长在中央大街辅街的东风街上。因此读者诸君会发现，在《城里的人们》这部书当中，许多故事，许多描述，许多感慨，包括街上某些有特点的人物命运，都是从东风街出发的。可以说，东风街是一条有故事的街。如果说树有根的话，那么这本书就扎根在东风街上，是这条街让这本书变得风情万种，烟火醉人。古人说"开卷有益"。在读《城里的人们》的时候，我便想到一个老生常谈的话题，那就是从小老师就告诉我们的，"写你熟悉的人和事"。话虽普通，却是文学发展途中不可磨灭，不可颠覆的真理。当然，这样讲话似乎有失水准。众所周知，在当代文坛上，许多人把明明白白、朴朴实实的话说得玄之又玄，以凸显其超前性。但是，在《城里的人们》这本书当中，我们很少发现那些近乎文字游戏的语言。这样，反而凸显了一种朴素的美，真诚的美，纯洁的美，让读者品读起来有一种亲切感，亲近感，亲人感。我历来认为，文学语言的终极目的，就是把作者的意图、情感、智慧，迅速地渗透到读者的感知世界里去。玄而又玄的表达就很难做到这一点。如此看来，本书的作者显然对此深有体会。可以说，一个人的语言表达是智慧、品质和素质的证明。事实上，我们在认识社会和社会当中的人的时候，对方的语言表达，是我们判断他们是怎样一个人的重要标准之一。汪曾祺先生说，"写小说就是写语言（大意）"。我们在读一部书、一篇作品的时候，也可以通过书中的文字来判断作者是否是一个真诚的人，有智慧的人，会讲故事的人。

在阅读《城里的人们》这部书当中，我发现一个比较有趣的现象，即城里人的表达方式和乡下人的表达方式的不同。这是一个常常被作者忽略的现象。毫无疑问，这个极普通的现象是很有启发性和警示性的。要知道，城里人写农村的故事和人，无论他们怎样的高明总免不了带有一种城市的味道。反过来，农村人写城市也同样如此。我们看到那些来自农村的作者写的城里的故事，实际上他们的出发点和视角，包括情感，骨子里还是站在他们本土上的。所以我想说，一个作家如果聪明就不要轻易放弃自己的根，自己的出发地。四月牡丹，八月桂花，毕竟各有各的风流。这里并没有孰是孰非、高低贵贱之分。这也是我在阅读《城里的人们》时受到的启发和收获。

在阅读《城里的人们》的时候，我们看到了作者的生活历程，身不由己地和她一起神游这座城市的风光、故事和历史，以及认识了那些有趣的、形形色色的人物。我很喜欢她写本乡本土的那些故事，因为我就生活在这座城市里，读起来感到特别的亲切，仿佛那些人和事也就在我的周边发生过，像《东风大院的"年"》《童年的游戏》《去痛片加土霉素》《中医老赵》等等。我之所以对《城里的人们》感兴趣，喜欢读，在于它不仅带给我一种愉悦和文化上的享受，同时也引发了我的一点思考，这是我读《城里的人们》的一点收获。我们常说读书益智，固然不错。

读《城里的人们》引发我之思考不单是这一点，比如，人们之所以喜欢读书，其动机却常常被大家忽略，那就是人们渴望交流，渴望听一听别人的故事来充实自己、丰富自己、愉悦自己，甚至解惑答疑。说起来，这种的纯粹文化上的诉求并非今天才有，自古以来就是如此。难道你能说读书不是这样的追求吗？你能说那些口口相传的文化历史不是这样的一种向往吗？当一个人一旦失去了这样的交流，就会陷入孤独、萎靡，以至于渐渐地枯萎。所以，交流是关乎生命质量的，读书，就是对生命的质量和它的鲜活性，如同阳光雨露起到了滋养的作用。当然，进入文学世界，这种交流必须是美的，真诚的，纯洁的，有智慧，有见地的。比如在《城里的人们》当中经常可以看到这样的描写，"漫天的雪花给空气中带了一股清新，人们纷纷走出来，深深地呼吸着，疫情带来的压抑似乎减轻了许多，可让人意想不到的是，第二天，飞舞的雪花渐渐变成了霏霏小雨，风也来凑热闹，把雨吹得飘飘洒洒，冰冷的雨借着风势越下越大，噼噼啪啪打在房顶上，再滚珠似地落下去，这是传说中的'冻雨'啊。东北人早已经习惯了冰，习惯了雪，却在严寒的冬季很少见到冻雨""我常常趴在窗台看窗花，用自己的心思揣摩着眼前梦幻般的景致：飞翔的大雁、茂盛的松树、白头老翁、欢跳的小狗……有的时候奶奶蒸馒头或者煮饭，屋里的热气惹得窗花流泪了，我也不沮丧，因为明天还会有别样的窗花与我邂逅""冬天的日子，我最喜欢靠着火墙看书，暖暖的火墙陪着我度过读书的时光。我家有几本已经很破旧的书，《红楼梦》《老残游记》《林海雪原》《暴风骤雨》等，这些书被我爸藏到床铺底下，这点儿秘密早就被我破解了，看着爸妈出门上班，我立刻去掏出书，除了在外面疯，看书成了我生活的一部分""邻居黄大姐捧着一大碗大楂子粥小心翼翼走了过来，一边走一边说：'老妹子，尝尝新下来的大楂子，老好吃了。'我急忙打开门，接过大楂子粥，小声对她说：'进屋，我有话问你……'"

这样看来，读书也是一个人优良品质与素质的证明。当然，我的收获不止这些，还有许多，限于篇幅，我只能暂时说到这儿。或许正是这样的一些收获,是我愿意为秋月这部《城里的人们》作序的一个原因吧。当然,我希望这样有意思的、有益的交流不要停滞于此,希望还能看到秋月的新作。我想,这不单是我的期待,也是喜欢本书作者诸君的一个期待吧。

　　是为序。

2022 年 6 月 28 日　于小院

目 录

城市史话

冰情雪韵哈尔滨

一

哈尔滨是中国冰雪艺术的摇篮。

东北的几座城市,吉林被称为"雾凇之都",长春称为"春城",大连被称为"滨城",唯独哈尔滨被称为"冰城",由此可见哈尔滨这座城市与冰的渊源更加密切。

哈尔滨人谈冰灯的历史,往往从 1963 年开始,其实,那是解放后形成规模的冰灯游园会,真正的冰灯具体从什么时候开始已经无从考察,即便是这样,1963 年的哈尔滨冰灯游园会也是目前世界上形成时间最早,规模最大,并已成为地方传统项目的大型室外露天冰灯艺术展。

最早的冰灯到底有多早?作家阿成先生告诉我,最早沿松花江流域是鄂温克族、满族、达斡尔族等少数民族生活居住的地方,到了夜晚,特别是冬天的夜晚,天黑得早,人们就在篝火旁唱歌、跳舞、聊天,同时捻上一条长长的粗棉线条,垂直挂在篝火的上方,点燃的棉条一点点燃烧,在夜空中分外明亮,棉条燃尽的时候,人们就结束晚上的活动,各自回家休息。

后来有了冰灯,就是直接取个冰坨子,或者把脸盆、木桶、茶缸子装上水,放在外面冻结实了,然后拿回屋子缓一缓就可以倒出来冰坨子,在冰坨中心凿出一个空间,放盏油灯即可,老百姓称之为"穷棒子灯"。"穷棒子灯"可以烫孔穿绳提着,在滴水成冰的夜晚喂马、起夜或者捕鱼时,拿着这个"灯"既能照亮还能防风。

为什么做冰灯?纸糊的灯笼经不住东北刀子一样的寒风摧残啊!

在数九严寒的冬日夜晚，每家门前的冰灯闪烁，给黑夜带来光明，给归家的人带来慰藉，给路人带来温暖。试想，一个黑夜里赶路或者赶马车的人，忽然看到前方的亮光，那是多么令人振奋的事。

早年的哈尔滨，到了冬天，不少商家、客栈、车店、当铺、灵堂、澡堂子，甚至妓院门口，都是用冰灯照亮，当招牌的。所以，那个时候就有人称哈尔滨为"冰灯之城"，后人简称为"冰城"。

冰灯被人们给予了更多的期望，除夕的夜晚，人们将冰灯放在院子里整宿地点着，一是给自己的亡亲回家照亮道路；二是给欲来的财神指明方向；三是用以象征来年的生活亮亮堂堂。

20世纪初，中东铁路开始修建，大量涌入的俄罗斯人和闯关东的中国人增多，哈尔滨成了中外交融的集中地，他们用"喂得罗儿"（音译，一种上宽下窄的水桶）装上水，放在外面冻上，在中间位置还没完全结冰的时候就拿回房间，倒出冰坨，再倒出中间未冻的清水，形成中空的"罩"，再将钉在一个小木板上的蜡烛（此时已不是油灯了）放进去，一个"冰灯"就做成了。

俄罗斯人崇尚冰，他们在松花江上采集冰坯，做成冰十字架竖在教堂上，甚至在教堂外做成冰围墙。

二

1963年对于哈尔滨这个城市来说是个节点，2月7日，哈尔滨市第一届冰灯游园会在道里兆麟公园开幕，宣告哈尔滨的冰灯时代开启，那天晚上，公园里锣鼓喧天，鞭炮齐鸣，千余盏冰灯用广告色涂饰，装上蜡烛，有的在山坡上，有的在墙垛上，有的挂在树枝上，冰灯形态不一，有动植物，有飞机大炮等等，还有冰道、马爬犁供儿童游玩。

老人们说，那一天几乎全城轰动，万人空巷，人们扶老携幼涌进兆麟公园，连盲人也要进场用手摸着"看"冰灯，几万人差点儿把公园的门挤破，根本没法收门票，只好打开大门，任人涌入，首届冰灯游园会六天接待大约25万人次。

哈尔滨冰灯游园会书写了现代冰雪文化史的首页，奠定了哈尔滨冰灯在中国冰灯史上的地位，从此，冰灯从寻常百姓家走向社会大舞台(尽管有史料介绍，清朝已有冰灯，但并未普及且制作粗糙)，值得一书的是，冰灯游园会在时任市委书记任仲夷的组织下，从设计到完工只用了短短四天，人们连续作业，加班加点，毫无怨言，后人称为"冰灯精神"。

阿成先生说，哈尔滨的冰灯出了名了，以至于南方有个小朋友来信，请求他寄一片雪花去……

据哈尔滨雕塑家黎纲峰先生介绍，哈尔滨正式出现的冰雕作品是在1964年哈尔滨第二届冰灯游园会上，当时的艺术家们决定用松花江的天然冰块来雕琢艺术品。松花江的天然冰取之不尽用之不竭，以它为原料不仅克服了用模具装自来水冷冻浪费时间的局限，而且冰的透明度大大增加，这便使哈尔滨的冰灯发生了质变，同时以冰为原料随意赋形，因而冰灯的种类大大增加，第二届冰灯游园会便有了动物、植物、人物的冰雕塑和塔、桥等冰建筑及冰瀑布、冰盆景等等。

从此以后，哈尔滨人不再"猫冬"，每当冰雪降临，松花江封冻时，人们就开始采用松花江天然的原生冰做冰坯，灯具也从采用油灯、蜡烛、灯泡、霓虹灯、发光的二极管到今天的激光技术，雕塑出千姿百态的冰雕作品，构成了一件件灵气活现的精美艺术品。

哈尔滨每年冬天举办的冰灯游园会，吸引了国内外大量的游客和冰雕爱好者，被称作是世界上形成最早、持续最长、规模最大、游人最多、影响最大的大型露天冰灯艺术展。

因为冰灯，哈尔滨人有了更美的追求和对生活的热爱，大雪纷飞的日子，成了哈尔滨人最浪漫的季节。

1966年至1978年冰灯游园会停止，可人们对冰灯的喜爱并没停止，记得每逢冬天，我们院的小孩子们就自己动手做冰灯，拿出一个大茶缸子，倒上水，把家里的塑料花摘下一朵倒放进去(孩子们的想象多浪漫)，放在外面两个小时就冻住了(那时候真冷啊)，拿回来稍缓一下倒出来，带着美丽花朵的冰灯就制作成功，我们叫它"冰灯花"。大人们基本不阻止我们"破坏"家里的塑料花,每年过年的时候,家家都要买上一把新的塑料花,旧的自然也会淘汰。

做好的冰灯花放置在室外窗台上,煤棚上,甚至挂在小院的门上,远远望去,玫瑰、芍药、牡丹、杜鹃……五颜六色的花在冬日白雪的衬托下竞相"开放",分外美丽,在那个蓝绿黑色彩单调的年代,小小的冰灯花给我们的生活带来了欣喜和愉悦。

1979年,第五届冰灯游园会重新开园,间隔十多年后,冰灯终于像久别的老朋友一样回来了,这一年我17岁,正上高一,那天我和妹妹们早早吃完晚饭,穿上厚厚的棉衣棉鞋,戴上棉帽子棉手套就跟着父母出发了。我家离公园很近,只隔四五趟街。快到公园门口,远远望去公园两侧的栅栏前堆满了自行车,人们从城市的四面八方涌了过来,买票的人把两个小小的售票口挤得水泄不通。我们从公园的西门进去,随着密密麻麻的人流,被动地往前走,走到东门被"带"了出来,冰灯什么样已经不记得,只记得前面的人和热闹的场景。

那年,我的小妹妹还是小学生,白天里她和同学们从公园的铁栅栏缝里钻进去玩,孩子们到了公园,不仅仅是看冰灯了,还可以尽兴地玩冰滑梯、打冰尜,尽管经常摔得鼻青脸肿也毫不在意,小孩子的眼里只有快乐。

三

1980年第六届冰灯游园会后,哈尔滨的冰灯真正形成了独特的风格,景区有了主题,讲究整个布局,并将中国古典园林造园艺术运用到冰灯景致中,制作方法和艺术水平又有了飞跃。

1985年开始,在冰灯游园会期间举办每年一度的哈尔滨冰雪节,这是我国第一个以冰雪活动为内容的国际性节日。游客不仅可以参加冰灯游园会,观赏各种冰雕艺术作品,而且还可以参加松花江冰上世界的体育活动,坐冰帆、打冰猴、溜冰、观看冬泳比赛和冰上婚礼,参加冰雪节文艺晚会等活动。

1999 年,中国"哈尔滨冰雪大世界"正式面世,这是哈尔滨市政府为迎接千年庆典神州世纪游活动而形成的创意,冰灯被赋予了神圣的使命,通过大手笔、大规模、大气势,体现时代感和观赏性,强调参与、娱乐和趣味,推出大型冰雪艺术精品工程,哈尔滨人在松花江上建起一座冰雪迪士尼乐园,彼时,"聚琼楼玉阁载歌载舞,凭灵歌秀雪抒怀寄情(阿成)"。以后,每年的 1 月 5 日哈尔滨冰雪节成为法定假日。

1999 年至今,20 多年风雪,20 多年历程,一样的冬天,不一样的冰雪,聪明智慧的哈尔滨人,创造了千姿百态的冰雪艺术,用冰雪铸造的艺术宫殿,使冬季充满了梦幻般的奇迹。

四

冰与雪是一个家族的孪生姐妹,她们是"水变换了一下和世界交往的姿势(雷抒雁)",一个是凝固的美,一个是飞扬的靓,她们牵手唱响了冬日恋歌,所以,在欣赏冰雕的同时,别忘了位于太阳岛公园的雪博会和全球独一无二的全新科幻产品——冰雪 3D 投影秀,这是哈尔滨人从冰雕到雪雕的完美创作,是人与冰雪的深情对话,这里不仅有栩栩如生的雪雕作品,还有国际雪雕比赛,大学生雪雕作品比赛。2014 年雪博会主塑《绽放》入选美媒"全球 50 个历史时刻"。

2018 年 12 月 28 日晚,太阳岛公园,3D 实景《雪舞间》第二季"城市之光"正在预演,我站在公园里冰湖面的台阶上观看。

暮色中,但见灯光亮起,音乐随之而来,伴随实景、夜色、光影和音乐,百年哈尔滨的城市、教堂、建筑在冰雪铸成的雕塑上以 3D 的形式交替播放,画面流光溢彩,绚丽生动,唯美壮观。

短短的几十分钟,《雪舞间》展现了冰与雪的灵魂相交,光与电的完美结合,黑夜与星空的遥相辉映,古典与现代相互碰撞的冬日安魂曲。

此刻,我忘记了寒冷,忘记了疲劳,音乐漫浸了我的心灵,那些熟悉的景物亦真亦幻,令人陶醉,我的眼睛不知不觉湿润了,内心突然涌上来写写哈尔滨冰雪的强烈冲动。

从民间的"穷棒子灯"升华到巧夺天工的冰雕雪雕，宛若从灰姑娘到白雪公主，能工巧匠们仿佛用一支魔杖，赋予了冰雪生命的活力，让北方的家园变成了仙境。每当冬日夜晚徜徉在哈尔滨的街头，那洋楼旧痕、老街陈迹，在冰的映照下，在雪的衬托中，在霓虹的光影里，越发古老沧桑，韵味十足。

现在，中国·哈尔滨国际冰雪节与日本札幌雪节、加拿大魁北克冬季狂欢节和挪威奥斯陆滑雪节并称世界四大冰雪节。

第一届冰灯游园会开幕的那年，我只有五个月大，不可能参与她的诞生，但我庆幸和她一同成长。我做过冰灯，堆过雪人，打过雪仗，滑过冰，抽过冰尜，甚至吃过房檐下的冰溜子。上中学之前的冬季里，我从来没好好走过路，出门就寻找"冰道"，打着"出溜滑"去上学，那时不知磨坏了多少双奶奶做的大棉鞋鞋底。

我是在冰雪堆里滚大的孩子。

我那些在外乡定居的姐妹们提到家乡总是自豪地说，我是哈尔滨人，我们那里的冰雪是世界上最漂亮的。

人的一生有无数个向往的地方，去哈尔滨感受冰与雪一定是之一。

去感受北方的冬日凛冽，在呵气成冰的寒风中吃冰糖葫芦和冰激凌，也许你会邂逅圣诞老人和冰雪精灵；去触摸冰雪魔力，在高高的滑冰道上飞驰而下，那是速度与激情的碰撞，你会体验到冒险的刺激；去璀璨冰堡的许愿池、情人桥见证你和爱人的恋情，许下你们终生携手的誓言，你的浪漫将永生难忘；去《雪舞间》，屏住呼吸，感受生命中最美的雪世界，你会忘记时光，忘记自己；去洁白如银的雪山上滑翔，在冰的海洋世界抛弃陈俗，放飞自己，你会忘记一切烦恼、一切不快。

"今冬，我在哈尔滨等你"，是哈尔滨人对你最诚挚的邀请，你来，赴一场奢华的冰雪约会，在缘分的天空中漫游，定然会"不负冰雪不负卿"。

话说哈尔滨的冷饮

作为"冰城",似乎不应该和冷饮有密切的关系,毕竟这里的冬天让人生畏,听我们说在三九严寒的冬季吃冰激凌、冰糖葫芦,许多南方人无论如何也不理解。

这个世界就这么奇妙,哈尔滨是一个喜欢吃冰棍、冰激凌和一切冷饮的城市,吃得乐此不疲,甚至可以说,那是很多人一生美好的也充满情趣的经历。

我不知道可不可以这样说,哈尔滨这座充满洋气的城市,是全国最早吃冰激凌、酸奶和喝汽水的城市,我们还喜欢喝格瓦斯,这些显然是受俄罗斯侨民的影响,许多是他们带到这个城市,然后,慢慢就渗透到城市的每一个角落。

于我个人而言,冷饮简直就是和一切甜蜜有关的记忆。

冰　　棍

冰棍是冷饮里最廉价的了,20世纪六七十年代,那可是小孩子们最好的零食了。"冰棍儿,三分五分",每一次听到大街上的叫卖都会勾起孩子们垂涎的唾液,三分钱的冰棍就是冰加糖,吃起来爽口痛快,五分钱的冰棍又多加了牛奶,自然绵甜,这是冰糕的雏形。那时候家里穷,特别是孩子多的家庭,粮食都不够吃,哪儿有零花钱买冰棍啊!对冰棍的幻想经常止于贫困。

记得我上初一的时候学习琵琶,老师家在南岗,我家在道里,夏天每周都要到老师家里学习,为了省下钱买根冰棍,小小的我背着大大的琵琶,硬

城里的人们

是走 4 公里多的路程去老师家，每次到老师家都是汗流浃背，喝上一口凉开水就学琴。回来的路上还是走，边走就可以边吃根 5 分钱的冰棍了，吃得心里美美哒！

有一年冬季，邻居大叔不知道通过什么途径弄来了铁皮的冰棍模具，大叔慷慨地送给我们小孩一些，那个冬天，记忆里只有冰棍了。我们把凉开水兑上糖或者糖精，灌到模具里，再把吃剩的冰棍杆洗干净放进去，然后小心翼翼地端到外面的窗台上。三九天，外边是天然的冰柜，模具里的水一夜就冻透了，清晨起来第一件事就是捧回冰棍，放在屋里稍暖和就能倒出来。别说，自己做的冰棍口感虽然不如卖的，但自己动手的感觉非常好。

冰棍不仅好吃、解馋，它还可以维生。我的表姑是下乡知青，返城后没有工作，她就买了一台旧自行车，每天早上去冰棍厂批发一箱子冰棍，和姑父两人轮流沿街叫卖。那时候卖一根冰棍只赚几厘钱，"一日一钱，千日一千"，他们用卖冰棍的钱淘到了城里的第一桶金，用这钱开始做小本的服装生意，他们用一己的劳动供两个孩子读书，还买了房子、车……追本溯源，冰棍功不可没。

冰棍还是那个冰棍，岁月飞逝，现在在哈尔滨，响当当的冰棍是马迭尔冰棍，这是冰棍里的"贵族"，只要你走在中央大街上，在西六、西七道街之间就会看到，对向总是有两拨人排队，西边排队的是买大列巴、小面包的，东边排队的就是买马迭尔冰棍的了。鹅黄色的冰棍"甜而不腻，冰中带香"，无膨化剂，其固化物（牛奶、鸡蛋）投放比例远远高于其他冰激凌。马迭尔冷饮厅门口，没有柜台，没有吆喝，没有广告，也没有包装纸，只有一张铺着白布的桌子，冰棍装在一个简单的包装箱里"裸售"，就这么简单。无论严寒还是酷暑，这两排队伍永远是中央大街的一道风景线。

据说，马迭尔冰棍是法籍犹太人开斯普于 1906 年在哈尔滨创建的，其名称"马迭尔"从清朝至今未改。可以说，到哈尔滨不尝马迭尔冰棍，就像到北京没吃烤鸭，白来一趟。马迭尔冰棍的销量非常大，仅中央大街的马迭尔门前每天就销售一万多根。

马迭尔的冰棍名扬四海，甚至在北京、海南、深圳，乃至全国各大超市都有销售,"马迭尔冰棍",老哈尔滨人只要一吃便知真伪。

汽　水

现在的城市,俨然是广告的世界,可是在早年的哈尔滨,谁也想不到最大幅的广告是在松花江防洪纪念塔的旁边,一个巨大的汽水广告牌,广告是"北冰洋汽水",当时好像一毛五分钱一瓶,记得炎热的夏季,父亲把汽水放在冰块儿盆里降温,喝了很快就把肚子里的热气给"喷"了出来。

哈尔滨的汽水无数种,大神级的当数"大白梨",曾经取得国家食品博览会金奖。大白梨汽水口味清香淡雅,每每喝它我都会想起小时候喝过的梨味饮料,不同之处在于,大白梨加了碳酸,口味"似梨又非梨",喝后胃肠舒坦,消暑解渴。

"大白梨"汽水是哈尔滨市红玫瑰饮料厂在20世纪90年代初期开发研制而成的,几经沉浮,如今在市场平稳发展。

说到汽水,不得不提到哈尔滨的另一个拳头产品——秋林格瓦斯。对于喜欢郊游的老哈尔滨人来说,野游要是不带瓶格瓦斯就好像缺了点儿东西。我第一次喝它是在20世纪80年代,父母带我们去太阳岛游玩,母亲在树下铺好塑料布,拿出秋林红肠、面包和自家做的食品,父亲神秘地拿出一个棕色的玻璃瓶,打开后冒出白沫一样的气体,喝起来甜爽可口,我一下子就喜欢上了它。父亲告诉我们,这叫"格瓦斯",是俄国人最喜欢的饮料。

格瓦斯是舶来品。1900年,随着中东铁路的修建,俄国商人伊雅·秋林在哈尔滨建立了中国最早的跨国商业企业之一——秋林洋行,并将家乡的格瓦斯酿造工艺带入哈尔滨,饮料以他的名字命名为"秋林格瓦斯"。

"格瓦斯"饮料的制作非常复杂,简单地说就是采用俄式大面包(大列巴)、麦芽糖为基质,由糖化、乳酸菌、多菌株混合,经传统发酵工艺加工而成。含有维生素、氨基酸、乳酸菌、钙等对人体有益的成分。

最近去了几次俄罗斯,每一次我都要在街上买上一瓶新鲜的格瓦斯饮料,觉得似乎更清爽,更沁人心脾,当然,更地道了。

冰激凌和酸奶

小时候吃冰激凌,那可是一件非常幸福的事情,甚至是一种期盼,通常只有在"六一"儿童节的时候,你才会享受到。大人们把孩子打扮得干干净净,然后领到马迭尔餐厅、源茂冷饮厅、道里第一副食品商店或者江上俱乐部,那里都有卖冰激凌的。

当年冰激凌的冷冻方式还不是电动的,只是放在一个桶里,桶的四周布满了冰块,用来降温。

对于老哈尔滨人或者俄侨来说,更愿意去的地方是马迭尔,在那儿吃冰激凌和酸奶是一种情怀,是一个回味。

走进马迭尔传统又复古犹如老旧车厢般的老店里,叫上几球冰激凌,再来上一碗酸奶。冰激凌最好原味的,酸奶的上面一定是撒上一层细细的砂糖,酸奶和砂糖一点点送入口中,让砂糖在口中慢慢溶化,与酸奶一起咽下去,酸与甜的结合完美得无以复加,再来一勺冰激凌,香浓的奶味把味觉又奢华了一下。若是喜欢,你还可以加一份马迭尔面包,切几片秋林的红肠,那是无法替代的感觉。

每一次去中央大街,只要有时间,我是一定要到马迭尔吃冰激凌和酸奶,我喜欢独坐窗前,看熙熙攘攘的人流在中央大街穿行,看阳光下那辆似乎要跑起来的马车雕塑,想象着当年从火车走下去,坐着马车来到这里安家落户的俄罗斯人,他们把思乡的情怀都灌注在冰激凌、格瓦斯、香肠和面包里。因为有了他们的到来,加上包容开放的东北人,才会有多元文化情愫的哈尔滨。

最近一次去马迭尔,酸奶上面没有了砂糖,吃起来觉得更精细了些,但不是小时候那种味道,也没有了享受的感觉。也许,它就像音乐一样,加入了流行元素,更适合现代人的口味。但是,我怀念从前的酸奶,在我心里,酸奶和冰激凌的结合,是一种把往事和记忆糅在一起的滋味,挥之不去。

每一个城市都有自己的味道,哈尔滨贯通中西之精华,百纳"土"洋之灵气,终究有了百年的俄式冷饮,有了响当当的地方品牌,冷饮文化的魅力从不因四季而衰落,随着城市旅游业的兴旺,哈尔滨的冷饮受到越来越多异乡客的喜欢,已成为这个城市乃至全国的别一种民风。

城里的人们

冻雨 · 随想

2021年立冬那天，哈尔滨下了入冬以来的第一场雪。

漫天的雪花给空气带来一股清新的味道，人们纷纷走出来，深深地呼吸着，疫情带来的压抑似乎减轻了许多。可让人意想不到的是，第二天，飞舞的雪花渐渐变成了霏霏小雨，风也来凑热闹，把雨吹得飘飘洒洒，冰冷的雨借着风势越下越大，噼噼啪啪打在房顶上，再滚珠似地落下去，这是传说中的"冻雨"啊。东北人早已经习惯了冰，习惯了雪，却在严寒的冬季很少见到冻雨。

落在树上的冻雨裹住了树枝凝结成了"雨凇"，雨凇在阳光下折射出水晶般的光芒，以其神奇的姿态诠释着冬日里别样的美。可接下来的情况似乎有些不妙，生命真的是不能承受之重，仅仅一夜的工夫，雨凇包裹的枝条不堪重负，开始一点点地垂向地面。木秀于林，风必摧之。高处的琼枝纷纷折断，发出咔嚓咔嚓的断裂声，真是让人猝不及防啊。这冻雨凭风做笔，在城市的上空绘制出一幅凄美悲怆的画，这大约就是"城市之殇"吧。

这样的天气最好还是宅在家。我手捧着咖啡，坐在家中的阳光房看着外面，真是"冻雨霏霏半成雪，游人屦冻苍苔滑（苏轼）"。内心里有许多层层叠叠的东西涌了出来，我的记忆闸门又打开了。

有人说，没有永恒不变的东西，除了四季。其实，四季虽然轮回着，可是，每个人的四季都是独特的，单就冬天来说，我们经历了多少个冬季，就有多少别样的风景。

楼下一群孩子骑着自行车，摇摇晃晃、嘻嘻哈哈而去。年轻真好，年轻就意味着勇敢和骄傲，可以无所顾忌地大笑，不怕跌倒，不惧严寒。不像我这个年纪，出个门要穿上防滑的棉鞋，戴上厚厚的围巾和手套，还要小心翼翼地看着脚下，防止意外跌倒，越来越疏松的骨质经不得磕磕碰碰了。

我是多么希望回到童年，回到有冰雪陪伴的无忌时光啊，小时候的我们有很多难忘的、独特的记忆，它们像五颜六色的鲜花，在我生命的记忆里绽放，那么就让我随手拾几束吧。

窗　花

20世纪七八十年代，寻常百姓家的窗户都是两层玻璃的，中间隔着七八厘米的空隙。这种设置自然是出于御寒的考量。每到秋末冬初，奶奶就带着我们封窗户。封窗户要按程序来，先关上窗户，然后在两层窗户空隙的底部放一些锯末子，窗户四周的缝隙用带着糨糊的布条或者报纸封上。这样不仅可以防止融化的冰水顺着窗缝流进屋子里，还可以御寒。

封上窗户，就把冬天挡到外面了。

屋里的暖气和外面的冷气对流，在窗玻璃上就形成了一层白色的神奇的冰凌花，也叫窗花。

窗花是梦幻世界里的精灵，她们就像被施了魔法，游弋出或质朴，或璀璨，或湖水，或云影的天合之作，即便出现"花絮满天飞""龙凤呈祥"的情景也不必惊讶。若是冲着窗花哈一口气儿，小精灵一扭身，就绘出了另一道风景。

我常常趴在窗台看窗花，用自己的心思揣摩着眼前梦幻般的景致：飞翔的大雁，茂盛的松树、白头老翁、欢跳的小狗……有的时候奶奶蒸馒头或者煮饭，屋里的热气惹得窗花流泪了，我也不沮丧，因为明天还会有别样的窗花与我邂逅。

当春的暖阳彻底带走了窗花时，就可以撕掉封条，推开窗户了，一缕阳光伴着潮湿空气迎面而来，带着碎冰碴的大地散发着春的味道，人不由得踏着春天的旋律走出家门。

城里的人们

雪　　趣

雪是东北孩子的朋友,堆雪人就是把朋友具体化。

拿着小铲子,先堆个大圆球做雪人的身子,圆球上面撮个篮球大的脑袋,找两个黑纽扣当眼睛,胡萝卜或者小辣椒当鼻子,把妈妈编织毛衣的线偷偷地剪一段,弯弯地粘出个嘴巴,找两根树杈高高地插在两侧,两只胳膊就有了,再找一个小盆或者小水桶扣在脑袋上充当帽子,一个笑容可掬的小雪人栩栩如生展现在眼前。

我们常常躲在雪人的后面打雪仗,空中飞舞着大大小小的雪球,不一会儿头上的热气像刚出锅的馒头,戴的帽子手套早就不知道撇到哪儿了。

还有顽皮的男孩子会做脚滑子(滑脚板)。脚滑子制作很简单,首先找两块棉鞋底宽的松木板,两端用斧子削成圆弧形,分别钉上两个大钉子,把两条铁丝连接在钉子上,弯成轨道形,再在每块木板的两侧钉上几条布带,用来固定棉鞋,这样就可以穿上滑行了。

穿上脚滑子的孩子老神气了,他们在冰面上、雪地上像滑冰运动员一样背着手,摇头晃脑地在街上穿梭,手中的雪球随时抛向路边的小孩,被打的人追都追不上,气得直跺脚。

雪被充分地想象和利用。

作家阿成老师给我讲过一件他小时候的趣事,他和他二哥堆过"雪屋"。先把一堆雪拍成结结实实的椭圆形雪堆,然后画个门,开始挖门,再从门往外掏雪,一直掏到大约一砖厚的雪墙,然后在外面画个窗户,把窗户挖开,窗户上方用雪做个窗檐,再找个纸箱子铺在雪屋的地上。雪屋能爬进去两个孩子。他说,他经常在逃学的时候爬进雪屋,躺在里面,跷着腿,陶醉啊。或者趴在窗户上看来来往往的行人(确切地说是行人的下半身)。雪屋是他冬天里的"家"。

雪后的太阳把大地照得明晃晃的,给人一种暖意,可孩子们并不喜欢,太阳有可能把雪人和冬趣都带走。

冰　灯

冰灯是东北特有的冰雪文化,最普通的做法是,拿个"喂得罗儿(俄语"铁桶"的意思)"或者大脸盘,倒满水放在外面,待只剩下中间的水没冻住的时候拿回来,倒出来里面的水,这样就有了一个小空间了,然后把蜡烛钉在小木条上,把点燃了蜡烛的木条放到冰桶里,就可以看到烛光在冰莹的世界里跳跃。

爱美的人会在冰的外面贴上自己做的彩色剪纸,小鸟啊,福字啊,小鱼啊……还有人放进去塑料花,远远望去玫瑰花、牡丹花、杜鹃花在冰的世界里开放,有一种别样的味道。

做冰灯是我和小伙伴比赛的节目,我们都有自己的冰灯。小伙伴辉儿有一次看着自己的冰灯,突发奇想冲着冰灯哈口气,然后把一分钱的硬币印在她家的冰灯上,鬼使神差,她竟欠欠地用舌头去舔,没想到一下子就粘住了,扯也扯不下来。我们赶紧喊来她姥姥,拿杯冰凉的水浇上去,舌头才拿下来,差点儿脱层皮。看看,冰也是不可以随便开玩笑的。

每天放学,远远地看到自家的冰灯,不由得加快了脚步,奶奶做的饭香已经从门缝钻了出来。

火　墙

作家汪曾祺老先生有一篇描述南方冬天的文章说:南方的冬天比北方难受。一般取暖,只是铜炉子、脚炉和手炉……

南北差异真大,在我大东北,农村的标配是火炕。东北人好客,你要是串门,一准被让到炕里面就坐,主人把灶坑烧得通红,火炕烫得你要找个垫子隔一下。要是有个腰酸腿痛什么的,在炕头睡一晚上,第二天早起,保证你浑身舒坦。

而在城里,人们把墙掏空,弄个"火墙"。火墙是利用炉灶的热气通过立

　　　　城里的人们

砖砌成的空心墙采暖的设备。

冬天的日子,我最喜欢靠着火墙看书,暖暖的火墙陪着我度过读书的时光。我家有几本已经很破旧的书,《红楼梦》《老残游记》《林海雪原》《暴风骤雨》等,这些书被我爸藏到床铺底下。这点儿秘密早就被我破解了,看着爸妈出门上班,我立刻掏出书,除了在外面疯,看书成了我生活的一部分。

这几本书一直游走在我的生命中。

我曾几次去北京香山公园,只为了寻觅曹雪芹的足迹,因为太在意了,到现在也没写出来一篇和他有关的文章。

《老残游记》里的老残是个江湖医生,他游走行医,用心写下了山河美景,风土人情,宦海沉浮……我也是医生,也喜欢旅游,喜欢写作,我觉得老残直接影响了我的喜好和行动。

至于《林海雪原》,我能说出每个人物的特点,能讲出来里面所有的故事。我曾去海林瞻仰杨子荣陵墓,钻到夹皮沟寻找小火车,跑到密林里瞧"座山雕"的老巢,爬上威虎山瞭望险要峻岭……当我猛然想到我应该想方设法拜访一下作者曲波时,他已经离开了这个世界,后来,这个遗憾被《暴风骤雨》里的郭孩子弥补了。

那是我去尚志市办事,走在大街上,当地人指着一家"郭家螺丝螺母店"的牌匾告诉我,这是小说《暴风骤雨》原型郭孩子开的。而且,他们强调说,郭孩子是小说人物原型中现在唯一在世的人,今年有九十多岁了。郭孩子这个人非常憨厚,做生意童叟无欺。听到这儿,我立刻快步走了进去,店里的女主人是郭孩子的女儿,我们一见如故,在她的安排下,我见到了郭老先生,一篇近万字的《暴风骤雨走出来的郭孩子》跃然纸上,发表在《哈尔滨党史》和《黑龙江日报》(节选)。从四十年前看《暴风骤雨》到四十年后续写其中人物,这也是我做的一件有意义的事。

一面火墙,几本书,温润了我一生。

爬　犁

我们院里有两座"山",一座是供应锅炉房烧的"煤山",一座是煤渣撮出来的"煤灰堆"。每天下午一看到锅炉师傅把热气腾腾的煤渣挑出来，我奶就赶紧给我找个土筐和夹子，让我去抢煤核儿，煤核儿就是没燃烧透的煤渣，把煤渣磕打掉灰色的外层，里面往往有未完全燃烧的黑色煤核。煤核儿再利用，也为家里节省点儿开销。

我不愿意干这活，我更喜欢爬那座"煤山"，那是我们趁锅炉师傅不注意浇的一座"冰山"，大约五米高，我们或者坐在爬犁上，或者干脆就直接蹲着，从上面滑下来。这个游戏的学名叫"打滑梯"，绝对是现代冰上游戏的雏形或者初级形式。烧锅炉的老王师傅显然不喜欢我们这么做，冻上的煤不好铲，起初他嘴里嘟嘟囔囔地说着不满，不过看到我们快乐的样子，他也不好说啥，后来，索性站在一边看着我们玩，有时候嘴角似乎有一抹笑意，不知道他是否想起了他在农村老家的娃。

我没有爬犁，就纯粹蹲着滑下去。蹲着滑也要有仪式感，我把两只手高高地举起，这样的结果是平衡失调，经常连滚带爬地骨碌下去，奶奶做的大棉鞋鞋底越磨越薄，因为脚趾往前顶着，鞋前端很快就捅破了。奶奶补鞋的时候免不了要骂几句，我只当没听到，反正我快乐我知道。

若干年后，我第一次来到兆麟公园的冰灯游园会，坐在爬犁上顺着公园里那座高高的假山往下滑的时候，我才真正地感到游戏的冒险和刺激，从此，再也不在煤堆上玩了。

又过了若干年，我还是坐在爬犁上，顺着亚布力滑雪场真正的山峰飞驰下来的时候，我体会到了人生的意义，登不同的山，看不同的风景。高度决定视野，经历决定境界。

滑　冰

冬天的时候特别盼着上体育课去滑冰，老师领着我们跑步去松花江边，江面上开辟出来一个溜冰场，冰刀是学校的，硬硬的鞋帮，钝钝的冰刀，刚穿上时脚冻得哆哆嗦嗦的，赶紧到冰上滑，连摔跟头带爬的，一会儿工夫身体就暖和了。

一周一次的体育课不过瘾啊，我和几个小伙伴就去道里的红星体育场去玩，据说这个体育场是俄罗斯人建的，是哈尔滨开埠以来第一个体育场，老一辈人说，早年萧红、萧军在哈尔滨期间也在这里滑过冰。冰刀需要花钱租，租的冰刀刀刃磨得铮亮，滑起来自如多了。体育场外围是冰道，我这样的初学者要靠边滑，会滑的人从身边刷刷地穿过，好招人羡慕。体育场中间要让给花样滑冰的人，他（她）们在音乐的伴奏下，滑出各种优美的舞蹈动作，为冰场增添了异彩，吸引了很多围观者。

滑冰锻炼了我们的体质，经常感冒的我自从滑冰后，抵抗力明显增强，很少患流感或者扁桃体发炎。

冬天的地面到处有结冰的地方，放学回家，我们专找有冰的地方，打着出溜滑往家跑。阿成老师说，他在农村曾看到孩子们提着鞋打出溜滑，为什么？怕把鞋磨坏了。

冬 的 礼 物

冬天，顺手给东北人馈赠了天然的大冰箱。

腊月里，奶奶和母亲总是蒸许多馒头、豆包、花卷、包子或饺子，晾凉了就放在面袋里，扎好口放进柈棚，这些食品可以存放到开春。想吃的话挑几样，回来上锅蒸或者煮一下就行。

还有许多好吃的水果，梨、柿子、红果、沙果、苹果等等，都放在外面冻着，馋了就拿回来几个放在冷水里缓，水果很快就被冰包裹了，我们等不及冰融化，用手掰掉外面的冰，拿出水果就急不可耐地吃上了。特别想念冻了以后缓过来的大盖梨，黑黑的皮，透明的果肉，甜甜的冰凉的汁儿，一个大盖梨我能一直吃到只剩下几个米粒大的小核儿，那滋味，是现在用冰块混合的水果汁儿比不了的。

农村亲戚送的黏豆包、年糕、苞米，过年准备的鸡鸭鱼肉也都冻在里面。

有的人家还会挖个菜窖。菜窖相当于冷藏柜，上面做个木盖，秋天的白菜、土豆、大萝卜、胡萝卜等等，整整齐齐码在菜窖里，这样整个冬天就能吃到新鲜的蔬菜了。

……

真是说不完道不尽的冰与雪。

前几天，先生和我突然想到外面走走。我们先来到哈尔滨大剧院。大剧院附近都是湿地，许多地方结成了大片的冰面，不少大人带着孩子玩"爬犁"，不知谁发明的类似游泳圈的东西，这可比我们小时候那种"爬犁"安全多了。坐在"游泳圈"里，旁边的人顺势推一把，人就顺着坝体滑了下去，玩得孩子们乐不可支，只是苦了大人，一遍遍捡起"游泳圈"，再一次次爬上大坝，推下去……

玩的人多吗？你单看大坝上密密泱泱的私家车就知道了。多幸福的人们，开着车，想到哪儿玩就到哪儿玩。

我们又去了斯大林公园，公园里老人居多，散散落落的，或聊天，或散步，或随着音乐唱歌跳舞，或倚在栏杆上看着松花江。我们不禁感慨，到底是东北人啊，不惧严寒。我环视着这些老人，心中想着，这里指不定就有当年淘气的傻小子和闺女呢。

九站附近有人在滑冰。望着围成圈的溜冰场，有似曾相识的感觉。我忽然想起来了，激动地对先生说，那儿就是我小时候上体育课滑冰的地方。没想到啊，过了这么多年，冰场依在。

冰场上好多人在滑冰，有的像轻盈的燕子，敏捷地穿来穿去，时不时地做着优美的动作；也有初学者则在一旁小心翼翼地滑着，不小心就跌个大跟头。小一点的孩子坐在爬犁上，大人拽着爬犁往前跑，孩子们开心地尖叫着。

冰场外，一些人挥动着鞭子抽着尜，旋转的尜在太阳下闪动着耀眼的光。远处，有风筝在天上飘着……

又快到堆雪人、刻雪雕、看冰灯的时候了。

太阳岛上觅百年丁香

2018 年冰城的春天来得够晚了，之前寒流、飓风几番折腾，眼见着松花江都文绉绉地开了，大地的小草才露出尖尖的绿。进了 4 月中下旬，忽然来了几日暖流，连着下了两天雨，又逢春风得力，迎春花、榆叶梅率先登场，黄的、粉的、红的，娇娇嫩嫩地就露出了笑意，丁香花也不示弱，每天憋足了劲吐蕾萌芽，轻舞摇曳地长出嫩绿的叶子。忽一日，路边、大街小巷、公园里的丁香花像是得了令，伴着酿了三个季度的底蕴，四叶花瓣争相盛开，偶有人看到五瓣丁香，便惊喜地到处炫耀，因为有看到五叶丁香是幸运之说。浓郁的丁香花香气在空气中飘荡，丁香花开放的时候，就理所当然地做了花海里的主角儿了。

丁香家族最旺盛的，还得是在美丽的太阳岛上。太阳岛因为气候稍凉，丁香花比江南开得稍晚些时辰，但是，因为岛上几乎遍地种着丁香树，而且，在太阳岛公园里还有一个丁香大家族——丁香园。丁香园里有几十种不同科目的丁香，所以，太阳岛的丁香开了以后，就开得如潮似海，开得当仁不让，开得霸气十足。

最喜欢春天里的丁香花，干净、奢华，沁人心脾，白日里徜徉在丁香花中，让人心情愉快。若是逢上在岛上过夜，是舍不得入睡的，月光下坐在长椅上，月辉清澈，暗香浮动，不由人心思驿动。

享受着丁香花带来的春天，却从来没想到过哈尔滨的第一棵丁香树在哪里，从哪里而来。直到前日得到一本 2003 年出版的书《太阳岛——未知的百年故事》，里面谈到在太阳岛丁香街 7 号，有一棵百年丁香，有据可查是哈市现存树龄最长的丁香树，据说是一位白俄罗斯商人从外面带进来的种子种下的。

好奇之心顿生，这棵树若真如上所述，那可是冰城的功臣啊，别忘了，丁香花可是我们哈尔滨的市花啊。

马上驱车去太阳岛，恰逢"五一"，丁香树下到处是露出笑颜的人们，紫色的丁香花在蓝天的衬映下就像是紫水晶般清澈透明，真是喜煞人。寻找中才发现，哪里还有丁香街啊，2003年以后太阳岛改造，小街小巷或合并或拆除。几经转折打听到大致位置，寻寻觅觅、追踪探迹，岛上有着斑驳沧桑的丁香树还真不少，看着哪棵都像，又都不像，一个上午找得腿像灌铅似的沉重。就在要气馁的时候，过来一位穿着保安制服的老同志，我抱着最后一丝希望询问，他非常痛快地领我走到平原街路边一棵有碗口粗的、躯干上结满了瘢痕的丁香树前，告诉我这是他在岛上见到的最粗的丁香树，估计最少也得五六十年。

"你找的肯定是这棵。"他不容置疑地说完就走了。这是怎样一棵树啊！苍老的躯干斜斜地伸向前方，仿佛在向路人求援，枯死的枝杈已经被砍掉，光秃秃的树干到处是裂开的树皮，里面长满了蘑菇，偶尔可见树干上冒出小小的嫩枝儿，还有上方零零星星开放的丁香花表明它的生命还没有枯竭。

我心中感慨万分，充满了凄凉的感觉，拿出手机各个方位照了起来，就在我几乎认定就是这棵树时，手机的铃声响了，传来单位老同事的声音，让我到俄罗斯风情小镇去看看，那里好像有一棵老丁香树。

带着疑惑，我飞奔到俄罗斯小镇，工作人员告诉我，进了小镇前方有座小桥，过了小桥往南寻，有一棵老丁香树，挂着铜牌。快步走进去，迫不及待地寻找，过了小桥真有一棵"古老的丁香树"啊，只看一眼，我就认定是它，肯定是它。

远远望去，它像一位饱经风霜的老人，坐在小土丘上，不卑不亢，以一种淡然的姿势在角落里盘踞。它的主干横卧在大地上，盘根错节的树皮漆黑错乱、斑驳陆离。尽管它的主干已经无力撑起偌大的世界，但它仍傲然地抬着头，让它的子子孙孙沿袭着它的血脉，向上、向着天空、向着太阳伸展，在枝头，紫色的丁香花依然绽放，缀满了枝叶。有一块铜牌系在它的身上，覆满灰尘，"古树名木"几个大字看得清楚。

真是踏破铁鞋无觅处，得来全不费功夫。众里寻它千百度，蓦然回首，那"树"却在灯火阑珊处啊。

我蹲在它面前，拿出湿纸巾，一点点擦拭着铜牌，字迹慢慢露了出来：紫丁香 木樨科 丁香秘属 地围 155cm，落款是：哈尔滨市人民政府 2008 年 11 月。编号：G60052

我把照片发给曾经在太阳岛居住的人们，他们也一致认定就是它。

默默地望着它，思绪飞远，1903 年随着中东铁路的建成，大批俄罗斯人涌入到哈尔滨，他们不仅在松花江的南岸开商店、宾馆、餐厅等等，还看好了松花江北岸的天然风情，就在太阳岛建民宅、建宿舍、建别墅。它的主人大概就是那个时候过来的，他一定是个爱美的人，若不然怎么会千里迢迢地带着它在异国他乡寒冷的土地上落根成长。

也许，它给主人孤独的日子带来了温馨。也许，他们曾经相依为命彼此依靠。可惜，在它还幼小的时候，主人就不得不离开了，留下它孤零零地守候在这里。他的主人一定没想到，他一个小小的举动，却给这个城市留下了百年芳华。这棵历经沧桑的老树是"镇岛之宝"啊。

这棵树，还有先前那棵老树，因为有些丑陋、苍老，因为无力撑起繁枝茂叶，只有稀稀淡淡的枝叶而被人们冷落。它们也曾年轻过，也曾风华正茂过，如今，它们就像我们的长辈一样，直不起腰了，牙也稀疏了，头发也掉得快没了，它们比以往更需要呵护和关爱。而这棵"镇岛之宝"在我心里，尤为值得敬重。

它的身后就是临江街，尽管有栅栏相隔，我也能看见它，我会常来看它的，我想，每次我趴在栅栏上和它打招呼时，它一定会很开心的。

让它更开心的，岂止是太阳岛啊，丁香花盛开在我们城市里每一个角落，盛开在每一位市民的心里。

春末和初夏的哈尔滨，因为有了丁香花的味道，让人心情更加愉悦。

江畔餐厅的前生与今世

位于松花江畔的江畔餐厅是哈尔滨地标之一。

据考证,20 世纪 30 年代,也许更早,江畔餐厅曾经是中东铁路职工的站舍。劳累了一天的俄罗斯工人,经常在这里点上火炉,烤肉、喝酒、唱歌、歇息。

1939 年,日本籍建筑师大古周造把它设计成俄式风格的餐厅,他的妻子是俄国人,我们有理由推测,大古周造把对妻子的爱倾注在他的设计中,甚至把这个作为送给妻子的礼物。这个餐厅除了俄式风格,又糅进了"船"的元素。历史学者宋兴文老师介绍说,这栋建筑,正对着松花江的两处三角廊檐顶上,都有船的象征。面江的三角廊檐,其实是船头的形状,三角廊檐最外侧的两块木板,象征着船桨。三角廊檐里的斜对的木板,象征着船板。两个舵,都正对着船头,象征着两艘在松花江里乘风破浪前进的船。餐厅正门入口的大三角檐板顶,嵌着木板,上面有桅杆状木柱,从斜对着的角度看,正是扬起的风帆。所以,当时餐厅还有一个别名"小游艇俱乐部"。

餐厅外面红顶、黄墙、绿瓦、白柱,外廊柱子上有独特的雕花,窗户的格子方块玻璃增加了房间的亮度。作为俄罗斯古典的木结构建筑,这里的屋、亭、廊、榭浑然一体,衔接流畅自然,屋脊高低错落,棱角分明,色彩夺目,最特别的是临江一侧室外长廊,木制廊柱,以白绿色为主,给人明快的田园风光感觉。

这样独特的建筑造型,在哈尔滨乃至全国,绝对是独一无二的。

现在,就让我们走近江畔餐厅,触摸一下它的陈年往事,感受一下它曾经的风光,现在的风采。

"攥"在手里的风景

江畔餐厅在 20 世纪曾被老哈尔滨人"攥"在手里。

在那个布匹、豆腐、粮食都要凭票供应的年代,最金贵的东西自然是豆油了,而在油票上占据页面的就是江畔餐厅的正面图片,它在人们心中的位置可想而知。随着油票的流动,江畔餐厅在哈尔滨人的手中传来传去,手握油票的人该多么小心翼翼,那有数的豆油是全家人改善生活的指望,直到 20世纪 90 年代"油票"才和所有的纸票退出历史舞台。而人们对它的喜爱不仅仅局限于"油票",纸质挂历、陶瓷脸盆、杂志封皮、镜子,甚至小小的手帕都有江畔餐厅的图案。

它倚立松花江一侧,浪漫主义的建筑风格给这个城市增添了一道别样的风情,几乎所有的老哈尔滨人最少有一张背景是江畔餐厅的照片。外地的客人,奔着松花江而来,除了在防洪纪念塔留影,就是江边的几个俄式建筑:江畔餐厅、公园餐厅和江上俱乐部了。

20 世纪以来,这里曾经是西餐厅、冷饮、食堂、快餐厅,有些人在江边玩累了,就到这里吃点儿简餐,喝点儿啤酒。

1939 年出生在哈尔滨,现居住在澳大利亚的科里亚老先生,对江畔餐厅非常熟悉。他说,他上中学时经常和伙伴们游过松花江,去对岸的太阳岛捡游人丢掉的玻璃罐头瓶子,洗干净瓶子再游回来,拿到江畔餐厅。那个年代喝啤酒是用罐头瓶子计量的,一瓶两角钱,押金五分。他们有了瓶子买啤酒就不用押金了,喝完了还可以卖给饭店,换回来五分钱。

每一次回中国他都要到江畔餐厅转转,这里让他感到亲切的不仅是家乡的俄式建筑,更重要的是还有和小伙伴们无忌的欢笑和他美好的回忆。

哈市著名收藏家,近 90 岁的朱俊峰老师手头有一张他和朋友 1950 年在江畔餐厅前的留影。那年他 18 岁,穿着白衬衣,戴着手表,感觉好气派。朱老是少数能每年夏季到餐厅喝点儿凉啤酒、吃点儿熟食的有钱人。朱老珍藏着这张照片,没事就翻出来瞧瞧,他说,"江畔餐厅"和秋林大列巴、红肠、啤酒等都是哈尔滨的老记忆、老标识啊，不能丢掉。

江畔餐厅存有一张 1941 年的照片，一位优雅的俄罗斯女子，坐在长廊里，手头一本铺开的书，旁边放着一杯咖啡，精致的钱包显示出女子的富有。她侧头看着松花江水，似乎在深思，没人知道她是在想念远方的家乡还是在思念心中的爱人。

典雅的俄式建筑配上漂亮的俄罗斯姑娘，画面安谧、和谐。1941 年正是东北动荡的年份，难得有这样的时光，这样的角落，逃避纷乱，守着一份沉寂。

看风景的女人定格在江畔餐厅的历史里。

沧桑与低调奢华

江畔餐厅既是哈尔滨的名建筑，也是哈尔滨餐饮业的老字号，历经百年沧桑。

上一次大修是在 1987 年，主持设计与施工的是哈尔滨文化名人胡泓先生，"江畔餐厅"四个字出自他的手笔。时隔 30 年，兜兜转转，到了 2016 年，临江厅廊年久失修，廊柱、木梁、栏杆开裂，破损严重。2017 年 5 月，在有关部门的大力推动下，在建筑师和文化学者的共同努力下，经过半年多的修缮，哈尔滨市一级保护建筑，松花江畔最美的江畔餐厅，又以崭新的风貌呈现在世人面前。

此时的江畔餐厅，除了承载着历史的沧桑，还原了老味道，还多了几分奢华。

2018 年冬月的一个午后，我走上台阶，推开江畔餐厅两扇透明的格子门，随着门慢慢开启，我的眼前一亮，我仿佛进入到一艘老船里。这只"船"有上下两层结构。木制的穹顶上垂下欧式铁艺吊灯，灯光反射在赭色的天花板上，整个屋子上方弥漫着金黄色的基调。一楼摆放着五张小方桌，玫瑰花映衬着高脚杯，宝石般鲜艳，绿色桌布和绿色扶梯、绿色窗棂浑然一体。面对门口的酒柜上摆放着俄罗斯人喜欢的乐器——德国的巴扬风琴、三角琴(巴拉莱卡)、小提琴、多姆拉、曼陀林……琴的上方是那张漂亮的俄罗斯女人的照片。

而一旁的壁炉上,摆放着一对 1880 年法国烛台,一部老式的德国钟表,1911 年德国手摇计数器,1914 年美国柯达照相机、一部 20 世纪 20 年代出品的美国柯达电影放映机等等。

楼梯下方一个高高的玻璃柜里,摆满了咖啡杯,那些来自法国、以色列、美国、俄国的陶瓷制品色彩绚丽,制作精美。

二楼两张长条桌子对摆,角落里放置一部 1908 年的美国 VICTOR 留声机,铜色的喇叭带着岁月的斑驳。

餐厅因为这些古老的物件多了几分厚重和内涵。更让人欣喜的是,江畔餐厅恢复的不只是建筑,还有珍贵的俄罗斯等国风味的西餐。

妈妈和爱的味道

在餐厅里我遇到了主厨之一的老俄侨后裔——娜塔莎大姐。

娜塔莎请我品尝了餐厅主打菜肴之一"犹太肉"和主食"俄式油炸包"。娜塔莎说,"犹太肉"的用料非常讲究,一定要牛胸口贴近心肌略带一点儿肥肉的那一块,还要配着土豆块、红酒雪梨和米饭。我切了一块仔细品味,牛肉酥烂,肥而不腻,配上米饭和土豆,香浓可口,再吃上一块雪梨,爽口甜美。娜塔莎制作的独家菜品——橄榄状的"俄式油炸包",外皮像面包,咬一口松软,里面是牛肉、粉丝、胡萝卜做成的馅,非常好吃。

娜塔莎制作的俄侨家庭菜点在哈尔滨俄侨后裔和俄罗斯侨民中有极高的声望,她可以做近百种菜点,基本传承了俄侨家庭在哈尔滨的经典菜式。

娜塔莎说,她的菜都是妈妈的味道,因为是妈妈手把手教会她的。

1951 年出生的娜塔莎是第二代混血俄侨,她的妈妈是俄罗斯人。1923 年出生在俄罗斯的母亲,三岁时随着她外公外婆从符拉迪沃斯托克(海参崴)来到哈尔滨,她家在尚志大街一带开杂货店,后来妈妈和中国爸爸结婚,生下了他们兄妹五人。

娜塔莎的爸爸是工程师，妈妈是传统的俄罗斯妇女，勤劳能干，不仅把家里打理得干干净净，教她们姐妹做女工，而且厨艺一流，每逢中国节日和俄罗斯节日，是妈妈大显身手的时候，包饺子、蒸包子、做面包甜点，各种溜炒、煲汤，似乎娜塔莎的妈妈没有不会的。

因为娜塔莎的妈妈厨艺高超，有段时间被请到苏联领事馆做饭。娜塔莎说，小时候天天盼着妈妈下班回家，因为妈妈总是带回来吃剩的或者吃不了的饭菜，有的时候带得多，免不了身上装得鼓鼓的，有一次还被警察盯上了，检查她是否从领事馆偷出来机密文件呢。说这话时，娜塔莎笑了。她说，她很小的时候就跟着妈妈学着做菜，现在妈妈不在了，她经常给教会的姐妹们和周围的邻居好友做好吃的。

娜塔莎是个认真的人，每天早上亲自去市场采购，对于食材的质量严格把关，特别是牛羊肉，什么部位适合做什么，她绝不含糊，煨肉的调料，炖肉的火候，都按照妈妈教的做。所以她说我的菜就是"妈妈的味道"。

美味仍在路上

一道菜见证一段历史。

比如，"犹太肉"的挖掘，它是犹太人在哈尔滨的一个生活体现。为了这道菜，厨师们翻遍了当年的书籍，做了无数次尝试，请当年吃过的老人品尝，终于，找到了关键的三个地方，一个是要纯正的牛胸口肉，另外要上海产的带辣味的酱油和以葡萄汁儿为主做的洋醋。当年的俄侨后代，《哈尔滨档案》一书作者玛拉女士回到哈尔滨，吃到"犹太肉"赞不绝口，她说，这道菜让她想起了小时候，想起了妈妈。

而西餐名菜"玛琳娜它（俄式腌泡汁鱼）"的恢复也是费了很大周折，他们在1956年发行的《哈尔滨市公私合营商业饮食品优良品种展览会展品简介》中发现这道菜，又在1956年黑龙江省饮食业公司发行的《烹调知识与食谱》中找到这道菜的做法。但是，做法的介绍非常简单，几经烹制仍不满意。后来，居住在加拿大的哈尔滨俄侨后代巴莉雅回国参加哈尔滨的"原居人"

大会,他们闻听去讨教,巴莉雅返回去后,一边打听一边回忆这道菜的做法,2018年6月份交给餐厅,至此,终于完美推出"玛琳娜它"。"玛琳娜它"和"犹太肉"成为餐厅主打菜肴,两个菜一冷一热,一个香味四溢、口齿留香,一个爽口开胃、回味无穷。

现在,许多俄侨后代来到餐厅必点这两样菜,对于失传已久的味道,他们分外珍惜。恢复一道菜,就是还原一个历史的影子,意义远远超出了饮食本身。

江畔餐厅还主打哈尔滨经典西餐,已经挖掘恢复了俄式大餐中很多名菜,比如:"波兰鱼""俄式烤奶猪""俄式拌香鸡"等等。现在,他们还在不断挖掘、还原、创新。

我和娜塔莎聊天的时候,厨师们陆续来到餐厅,原来,今天他们又新制作了几道菜品,几个人来品尝一下。我被邀请坐下来一道鉴定。

陆陆续续端上来七道菜品:铁扒鸡、纸包鲜虾、奶汁牛舌、苹果烤鸭、高加索风味烤羊排、惠灵顿三文鱼、原汁小牛里脊。几个人认真品尝,不断提出看法:牛舌切得有些厚,纸包鲜虾有点儿不方便取,苹果鸭里面水果味稍重了些,铁扒鸡凉得快,最好用铁板端上来……大家对"惠灵顿三文鱼"赞不绝口,说这个菜外皮包的面恰到好处,切起来不散,三文鱼烤得火候正好。

每一道新菜进入到菜单,他们都要无数次探讨,严格地把关,请专业美食家或者民间百姓品鉴,力求还原最原始的味道。

此时,天色已晚,我起身准备告辞。这时,一伙人推开门,进来就问:"又有什么新菜给我们尝尝啊?"原来,他们是这里的常客,今晚他们十几个人包了有五十四个座位的全场,只为图个清静的环境,品美食、饮美酒、会朋友,过个愉快的周末。

娜塔莎说,过去冬季是淡季,但是现在经常有客人,或慕名而来,或朋友介绍而来,或偶尔路过走进来,更有人喜欢这里远离市内的喧嚣,在安静的松花江边,守住时光独好。

岁月划过也留痕

夕阳下的江畔餐厅分外妖娆,金黄色的灯和远方那一抹云好像在对话,抑或是隔江眺望。岸边一排冬日的枯枝,非但不觉得凄凉,反而在风的催动下,轻轻摇摆,仿佛是信使,传递着大自然的喃喃细语。

此刻,屋里的人也许正在轻摇的音乐声中,慢饮红酒,享受着美味佳肴。

我的眼前又浮现那张俄罗斯女孩照片,八十多年前的美丽。

我转身坐在长椅上,在江畔餐厅的陪伴中,静静地看着眼前——将要结冰的江水,暮色笼罩的大地,还有天空中摇摇摆摆滑翔去太阳岛的索道车……

我喜欢我的家乡,喜欢江畔餐厅带给这个城市异域的味道。诚然,这里不像江南小镇,没有小桥流水人家的婉约,没有那种一进入就有淡淡忧伤的氛围。没有丽江、大理古城叮咚泉水、石板木阶、摇桨吟唱、鸟语花香的美景。没有桨声灯影里的秦淮河,透过烟霭和黯黯水波,华灯映水和画舫凌波的光景。然而,这里有不可模仿,不可替代的独特风光。

这里有着最包容的文化,沿着中东铁路从俄罗斯走过来的人流,和当地的居民和睦相处。他们接受了当地的习俗,过着当地人的节日,也带来了自己的文化,曼陀林拨动了思乡的琴弦,《山楂树》透着无奈的忧伤。壁炉在一座座俄式房子里燃烧着通红的火焰,烤肉的味道飘香四溢。天主教堂、东正教堂里祈祷的也有中国邻居……

中西文化的对流、浸润,形成了哈尔滨独特的风土人情,大气、豪迈、纵情也有优雅。

这里的人们高兴了可以跳到松花江冬泳;开心了可以大碗大碗地喝百年啤酒、本地烧酒,吃里道斯香肠;快乐了就在松花江边放声唱歌、跳舞;忧伤了就在夜色中倚着大树弹起吉他;劳累了,晚上就去老会堂,悄悄地坐在一角,聆听室内音乐演奏。逢上节假日,穿上正规的服饰,去大剧院和音乐厅听哈尔滨交响乐团演奏"柴可夫斯基",还有维也纳交响乐团演奏的"新年音乐会"。或者,就想安静一下,那就去江畔餐厅吧,捧着一杯下午茶,或者咖啡,点一份西餐,就像那位少女,享受一个人的时光……多元文化,造就了哈尔滨人丰富的人生。

伫立在松花江边的江畔餐厅,贡献过她对这个城市的热情,也见证了这一切的过往——欢笑、爱恋、痛苦、思念,成长与逝去。

城里的人们

穿越百年,浪漫而忧伤的"塔道斯"

让我们想象一下吧。时间定格在 20 世纪 20 年代的某一天,一个阳光明媚的午后,在哈尔滨中国大街(现道里区中央大街)和商市街(现西五道街口)交口处有个半地下室,阳光斜斜地穿过地下室的透明玻璃,投到对面的墙上,台阶上方绿色的雨搭和金色的阳光交织在一起,把墙上"TATOC(塔道斯)"几个字晃动得有些炫目,那是一个广告,也是餐厅的"招牌",餐厅的小门半掩着,若隐若现飘出钢琴的声音。

这是典型的西餐厅,偌大的餐厅几无客人,钢琴师慵懒地弹奏着李斯特的《爱之梦》,这首弹了无数遍的曲子。餐厅的老板,一位英俊潇洒的年轻人斜倚在钢琴旁呆呆地听着,钢琴师没注意到年轻人又一次落泪了,也许,他已经习惯了他的反应。

这个情景离我们有些遥远,可是,时光重拾,那些久远的故事才愈发让人唏嘘不已。

餐厅的老板叫塔道斯·戈里高力耶维奇·捷尔阿科波夫,一个勤奋而多情的亚美尼亚人,他把青春和热情都献给了这个陌生的、远离家乡的城市。直到今天,他喜欢的那架钢琴还在,阳光一如既往从门窗的缝隙中钻进来,轻抚着琴盖上暗红色的绒布,宛若斯人犹在。

忧伤的年轻人

先让我们追溯一下塔道斯本人的历史。

1876 年 2 月 8 日塔道斯出生在高加索地区一个富裕的亚美尼亚家庭,

在传说中挪亚方舟停靠的地方,他们家族过着快乐而满足的生活。高加索的山脚下,塔道斯家有个大大的葡萄园,他的曾祖父、祖父经营着葡萄庄园,他家的葡萄酒远近闻名。

亚美尼亚有一个美丽的传说,"淹没地球的大洪水"退去之后,挪亚带领搭乘挪亚方舟而获救的人们在这块土地上播下了第一颗葡萄树种子,从此这里便有了种植葡萄和酿造葡萄酒的习俗。由于当地地处高原,年日照时间充足,昼夜温差大,加之地表干燥而地下水源丰沛,亚美尼亚成为优质酿葡萄酒主产区。

每到10月份,塔道斯家的长辈们都会和村民们将自己亲手酿造的葡萄酒装进各种瓶子,穿上自己传统的服饰,载歌载舞庆祝丰收。

在葡萄庄园长大的小塔道斯,过着无忧无虑的生活。

塔道斯的父亲不满足酿制葡萄酒,他喜欢研究高加索的饮食。要知道,高加索地区肥沃的土地也养育了优质的山羊,亚美尼亚人对羊肉极其偏爱,并善于用羊肉烹调,其中烤羊肉串是他们最擅长的,还有烤饼和甜馅饼。

塔道斯的父亲尤其擅长制作各种美食,塔道斯很小的时候,他的父亲就在亚美尼亚宫廷做御厨。塔道斯的父亲经常带他到宫廷中去玩,皇宫里有位和他年龄不相上下的小公主,在主人的默许下,塔道斯和公主可以在一起玩耍,在山脉和平原长大的塔道斯身上有股自由的野性,他喜欢骑马、喜欢摔跤、喜欢放声唱歌,这显然对久居深宫的小公主是个极大的吸引,小公主每天都盼着塔道斯的到来。

公主喜欢弹钢琴,他们经常在草地里追逐玩耍后,来到公主的琴房,听她弹奏,这个时候的塔道斯异常安静,公主的琴声将他带到一个美妙的世界。

渐渐的,两个孩子长大了,帅气的塔道斯嘴边长出了绒毛般的胡须,公主也发育成一个美丽的姑娘,年轻人在对方的眼睛里都看到了爱恋。塔道斯不再疯跑,他像保护神一样在公主的身边,而公主在弹琴的时候也心不在焉了,一个人的时候,她最喜欢弹的曲子是《爱之梦》。

显然,这样的爱情是不可能有结果的。塔道斯的父亲发现了事情的苗头，他果断地止住了塔道斯走向宫廷的脚步，塔道斯的思恋越不过皇宫森严壁垒的城墙，望眼欲穿的公主再也见不到心中的恋人，两个年轻人的心备受煎熬。

带着失恋创伤的塔道斯决计远走他乡，1900 年他随着大批来中国建设中东铁路的俄侨来到哈尔滨。

勤奋的青年才俊

1898 年开始，中东铁路在西香坊开工建设，成为哈尔滨建城的起点和标志。西香坊被称为哈尔滨城市的发祥地，大批俄侨和欧洲人纷纷在此定居。刚刚落脚的塔道斯立即抓住这一商机，在西香坊一家格鲁吉亚人开办的嘎玛里捷利旅馆租了一间小屋子，创办了哈尔滨第一家西餐馆，后来陆续在南岗和道里开了两家餐馆。

彼时的道里中国大街商贾群聚，名流会集，财商过人、嗅觉灵敏的塔道斯自然不会放过这样的机会，已在南岗区光芒街建了哈尔滨第一家葡萄酒酿制作坊的他，又在中国大街和商市街口的别尔科维奇大楼地下室（营业面积约 400 平方米）开办了以自己名字命名的"塔道斯西餐歌舞厅"。

塔道斯大手笔投入，西餐歌舞厅按传统俄式餐厅一流标准装修，店内高木墙裙，高靠背座椅，还有爵士乐队和交际舞池，餐厅每晚 8 时以后，有各国美女陪伴跳舞，乐队伴奏，一派歌舞升平的盛况，营业常常是通宵达旦。

搭建好了平台，他开始琢磨打造自己的特色。塔道斯把从小受父亲熏染的手艺派上了用场，他把具有高加索独特风味的炭烤牛羊肉、炭烤鹿肉、炭烤鱼、烤羊腿以及高加索鸡块汤、山鸡肉等搬上了哈尔滨人的西餐桌上。高加索风味的烤肉与众不同之处在于，不用事先将肉煨好，而是直接用生炭火烤制，过程时间长，费工费力，但烤好的成品味道鲜美、醇厚，回味绵长。

有人戏称，塔道斯是哈尔滨烧烤第一人。

塔道斯适时打出一则耀眼的广告称：塔道斯西餐厅是哈尔滨最早的，也是仅此一家正宗的高加索风味西餐厅……

远近闻名的西餐厅

此时,塔道斯西餐厅犹如一颗明珠闪烁在中央大街霓虹灯下。

西餐厅鼎盛时期高朋满座,应接不暇。钢琴家姆·沙比罗、日本著名的画家达日玛,还有许多巡回演出的著名艺术家们,领事馆、外交使团的官员们,旅行者、医生、律师、教授们都曾在这里吃饭,并把自己的大名写入留言簿。留言簿中留下了热情洋溢的感激和喜悦的话语,所有这些都是对塔道斯西餐厅经营业绩最好的评价和奖赏。

最值得一提的当然是歌王夏里亚宾了。1936年3月他在哈尔滨巡回演出,其间逗留了两个星期,疾病使他困守在马迭尔宾馆的套房内,但他仍对哈尔滨的名胜美食显示出浓厚的兴趣。他听说,哈尔滨有一处有名的具有高加索风味的、有窖藏酒的"塔道斯"饭店。陪同他一起来的伙伴们都到过这个饭店,他们对其窖藏酒及其厨艺赞不绝口。

夏里亚宾十分渴望能品尝到"塔道斯"的食品,于是,在哈尔滨逗留期间,他几乎每天都得到由"塔道斯"饭店送去的精心制作的菜肴。

离别哈尔滨时,夏里亚宾没有忘记这个给他许多关照和开心的酒店,他委托自己的秘书将自己签名的头像赠给"塔道斯"饭店的主人。相片上写道:"赠塔道斯先生,祝生意兴隆 费多尔·伊万诺维奇·夏里亚宾1936年。"

黯然告别第二故乡

塔道斯不仅是个商人,更是个重情感的人,这一点,他的朋友,圣·保罗夫医生更了解。

圣·保罗夫是犹太人,出生在哈尔滨,青年时期留学德国攻读眼科医学,毕业后回到哈尔滨就职于商市街眼科医院(现道里区西五道街哈尔滨市眼科医院)。已是暮年的塔道斯左眼几近失明,常去眼科医院看病,给他看病的正是二十多岁的圣·保罗夫医生。因为眼科医院离塔道斯西餐厅较近,圣·保罗夫下班后常去西餐厅看望塔道斯,时间长了,他们成了无话不说的忘年交。

在老朋友面前,塔道斯打开了心扉,他向他讲起了他和公主的故事,他告诉保罗夫,他无时无刻不在思念他的公主,他的家人,特别是1915年到1920年,土耳其人进行惨无人道的亚美尼亚大屠杀,150万亚美尼亚人因饥饿、缺水、曝晒、盗贼掠夺而死亡,只有部分幸存者逃到国外,他的家人、他的恋人渺无音讯。

心哀莫大于死。塔道斯把全部精力都放在酿制葡萄酒和西餐厅的经营上,他的心里容不下别人,尽管不断有女士向他示爱,其中不乏来自俄罗斯的老乡,直到有一天,几近暮年的塔道斯遇到了一个叫瓦伦蒂娜·卡泽娃(WALENTINA GARZEVA)的女人,瓦伦蒂娜美丽、温柔,和他心中的公主长得是那么相像。塔道斯动心了,他走向了瓦伦蒂娜,挽起了她的手,他们走进了婚姻的殿堂。瓦伦蒂娜抚平了塔道斯的创伤,陪伴塔道斯度过了安详幸福的晚年。

1947年,71岁的塔道斯带着瓦伦蒂娜告别了生活近半个世纪的哈尔滨,据说,他们先去了上海,20世纪60年代移民到苏联,20世纪70年代塔道斯在第比利斯(格鲁吉亚首都)去世,享年约百岁,漂泊大半生的塔道斯终于落叶归根。

百年老店再现风采

经历百年风霜岁月的洗礼,塔道斯西餐厅也是几经兴衰。2005年,本着"恢复历史文化遗产"的信念,新的负责人接手了饭店,在原址重现百年塔道斯西餐厅。为了还原百年前的感觉,餐厅工作人员倾尽全力打造这家餐厅,所有格局全部沿用百年前的古老设计,他们要把百年塔道斯做成行业中的精品,使之成为百年中央大街上的一张美食名片,成为一张哈尔滨的历史文化名片。

塔道斯西餐厅目前主营依然是传统的高加索大菜和俄式主流菜品。为了使高加索和俄罗斯传统菜肴得以传承和发展，塔道斯西餐厅每年都从俄罗斯和高加索聘请名师。这些俄罗斯厨师对塔道斯西餐厅的贡献不仅仅是地道的高加索和俄式风味名菜，重要的是把原汁原味的现代高加索式烹调技术与哈尔滨传统俄式大菜烹饪技术交流融合，推进了哈尔滨传统俄式烹饪技术的发展与创新。经他们亲手烹制的高加索烤羊腿、啤酒鹿肉大块、腌香草青柠三文鱼、酸椰菜、高加索烤串、奶汁肉饼、奶汁焗烤鳜鱼、炒奶油什锦海鲜、红菜头沙拉、酸奶油煎饼等成为食客百试不厌的招牌菜。

塔道斯西餐厅的工作人员还潜心研究这个百年餐厅的历史，从各个渠道了解与塔道斯有关的人和事，收集了大量这方面的物件，有的已具有文物价值。

如今你走进塔道斯，宛如走进百年风霜的历史长廊，幽暗的灯光，箱式古典靠椅，历史久远的老照片、老物件、老书籍、老钢琴……特别是餐厅深处还有个私藏酒窖，陈列着各种葡萄酒。

老友重返"塔道斯"

2007 年之初，年逾七旬的犹太人后裔格利亚老人来到塔道斯西餐厅。格利亚出生于哈尔滨，后来移居澳大利亚，对哈尔滨有着深厚的感情。他听说塔道斯西餐厅重新开业的消息后很是兴奋，小的时候格利亚常由大人带着到塔道斯吃西餐。格利亚坐在这里讲述着他所了解的"塔道斯"故事，他还发动世界各地的亲朋好友去找寻与塔道斯有关联的人和事，并收集与塔道斯有关的物件和资料。

如今在餐厅内陈列的几份塔道斯老广告和资料是格利亚千方百计弄到的，他走到哪里都宣扬"塔道斯"。美国电视台、日本电视台等闻讯来到塔道斯西餐厅进行采访，俄罗斯的媒体也在当地报刊上报道了塔道斯西餐厅故地重开的消息。

一天，格利亚带来了一位客人，他就是曾经为塔道斯治疗过眼疾的圣·

保罗夫医生。这次,已经移居旧金山生活的圣·保罗夫带儿子一起回到哈尔滨为父亲扫墓。圣·保罗夫的父亲曾生活在哈尔滨,去世后安葬在外国人公墓。圣·保罗夫听好友格利亚说塔道斯西餐厅原址重新开业时兴奋不已,急速赶来。圣·保罗夫医生激动地向人们讲述他和塔道斯的友谊、他们之间的故事。

原来圣·保罗夫移居美国后就与塔道斯失去了联系,这成了他终生的遗憾,但他表示要尽其所能为塔道斯西餐厅重新开业做些什么。圣·保罗夫医生回到美国旧金山后,无私地把当年塔道斯先生送给他的塔道斯酒厂红葡萄酒、白葡萄酒酿制秘方邮寄给塔道斯西餐厅的工作人员,他在信中写道:作为塔道斯的朋友,我有义务让百年塔道斯西餐厅继续传承下去。2016年冬,圣·保罗夫在美国旧金山逝世。

在塔道斯西餐厅的一面墙上张贴的都是食客们的留言。从这些留言中发现,来这里就餐的有国内和世界各地的客人,他们对塔道斯的美食和服务尤其对塔道斯的环境极为喜欢。两年前,一位白发苍苍外国老人来到塔道斯西餐厅,餐后她留言道:"我出生在哈尔滨,后来去了加拿大,小时候父母领我来塔道斯吃过西餐。离开哈尔滨已经五十多年了,总想回来看看,今天在中央大街上看到塔道斯西餐厅,我就进来了,熟悉的环境、熟悉的味道,仿佛又回到了童年时代……"一位年轻的俄罗斯女士在留言簿上留言:"感谢你们的美味食品。非常好吃的午餐,典雅的环境和精致的服务。我们来到塔道斯西餐厅好几次了,一直很喜欢。在这里看到那么多熟悉的俄罗斯常用的物品,也谢谢保留了这么多好的东西。"一位八旬的老俄侨就餐后写道:"在澳大利亚是吃不到这样正宗的俄式大餐。这次回哈尔滨,就是听说塔道斯原址重新开业了,就是奔塔道斯来的。"留言簿里还有一些年轻人写下他们就餐时的心情、对所爱的人写的话等等。这样的留言簿这里有几十本。

百年风霜,见证世事变迁,浪漫和忧伤的韵律仍在回旋,塔道斯若是有知,定会欣慰地微笑。

龙门贵宾楼,百年老店百年风采

百年老店龙门贵宾楼就像一颗明珠,不动声色地伫立在红军街上,耀眼无须光芒,走出哈尔滨火车站的游客,抬头向前方望去,一栋带着蓝色雨搭的建筑就会醒目地侵入眼帘。

1903年2月落成,设计规划均是俄国人,前卫的"新艺术"建筑风格让它脱颖而出,它是哈尔滨当时最豪华的酒店,建成五个月后,中东铁路才全线通车,一年后哈尔滨站才投入使用。

贵宾楼从建成之初,就具备了全线先进功能,超大的使用面积(3 700多平方米,后扩为5 271平方米),齐全的使用设备(设有客房、会议室、更衣室、餐厅、台球室、办公室、花房、酒窖、食品库等)。它曾接待过中外达官显贵、皇亲贵族、军政要员、政治首领、社会名流,解放后寻常百姓才得以入内。

光阴荏苒,它变换着不同的角色:中东铁路宾馆、俄军野战医院、军官俱乐部、俄国驻哈尔滨总领馆、北满铁路理事会、大和旅馆、苏军司令部、东北铁路总局办公室、苏联军事顾问团专家公寓、哈尔滨军工学院招待所、哈尔滨铁路医院、哈尔滨铁路局招待所,改革开放后,更名为"龙门大厦贵宾楼"至今。

恰恰是这阅尽悲欢离合的经历,它不露声色地记录了哈尔滨的世事变迁,从列强的殖民到弱国的屈辱、从新中国成立初期的艰难到共和国的发展壮大,从计划经济的教条到改革开放的巨变……

这是一部基本保持完好的俄罗斯建筑特色与西欧新艺术装饰风格相结合的经典作品,是一栋把建筑、历史、饮食三种文化融合在一起的古典楼房,独特的魅力、丰富的文化内涵使它在哈尔滨这座城市独树一帜。

珍贵遗迹荟萃

推动旋转了一个多世纪的铜门，玻璃上似乎还印着电影《滚滚红尘》中林青霞和秦汉的身影，这扇被无数人抚摸过、穿行过的门，熙熙攘攘中留下多少世间传说。

门，本是可以折叠的，可惜曾受到破坏，即便是这样，这扇不同凡响的门肯定是哈尔滨所有建筑中阅历最复杂、资历最古老、身价最贵气的门。

穿过门，仿佛穿过百年悠悠岁月，目及可见珍贵的历史遗迹。

富丽堂皇的大厅，左侧有一个和旋转门同龄的大壁炉。壁炉装饰华丽精美，理石面为手工磨制。壁炉上方的墙体有一个梳妆镜，镜子四周镜框十分别致，除了镜面在 1996 年大修时更换，外观均未做改动。壁炉里堆砌着木头桦子，好像随时准备点燃。

在壁炉的侧面，是第聂伯河餐厅，因为存有一台老式木制冰箱而让人格外关注。冰箱的箱体由胡桃木镶嵌而成，外面有六个大小不一的门，每个门的把手都十分精巧，由手工打磨的铸铁构成，冰箱的内门板是镀铜的。这台冰箱原为冰和盐制冷，1936 年大修时与地下室冷库连接制冷。1996 年改为电动压缩机制冷，现为国内仅存的一台仍在使用的木制冰箱。冰箱旁陈列着老式的电唱机和手摇电话，虽然主人说这是后配的，我却为这独具匠心的搭配而喝彩，若是把壁炉也放在这间餐厅里，就还原了一个旧时代的身影。

走出餐厅，顺着西侧走到头，推开"尼瓦河"房间的门，主人介绍，这里早先是理发间，理发师傅来自扬州。据说 1949 年毛泽东主席出访苏联之前，在哈尔滨短暂停留，曾在滕代远同志（当年的铁道部部长）陪同下来到这里刮脸理发，老师傅完事后才发现理发的人是毛主席。

回到前厅，面对大门的是铺着汉白玉地砖的楼梯，地砖是意大利上等石材磨制而成，辗转万里来到这里。近百年的地砖仍然透着明亮的色泽，尽管有的地方已经出现裂痕。

扶着昂贵的胡桃木凸面扶手，轻轻踏着汉白玉的石阶走上楼梯，墙的两侧分别挂着俄国文学大师托尔斯泰和诗人普希金的油画像,仿佛在提示人们,这里的俄罗斯文化印迹无处不在。

二楼走廊天棚上两扇 1927 年大修后的天窗透进明媚的阳光,给有些沉重的楼层带来亮丽的色彩,这些珍贵的遗迹和老物件在阳光下让人感到亲切,甚至有些温馨。

二楼西侧第一个房间,就是著名的"215 房间"。这是一个套间,外面是会客厅,里面是起居室。整个室内门窗圆角方额,墙壁的装饰上突出曲纹凹凸花饰和流水曲线的装饰,檐口部分更是与众不同,富有雕塑性。卫生间里洗手池、抽水马桶、梳妆台精致奢华,还有冷热水洗浴(自带独立的自来水系统,楼后有水塔),这在当时的哈尔滨绝无仅有。客厅侧面有个通向警卫室的门,里面有单独的卧室和卫生间,另有通向外面的门。

20 世纪 20 年代,张学良曾偕夫人于凤至来哈,就住在这里,据他本人回忆,还和这里的俄罗斯姑娘跳过舞。末代皇帝溥仪的弟弟溥杰也曾与日籍夫人下榻此处。这个房间接待过无数名流,现在,标志着"新文艺"建筑风格的两扇门仍在使用,张学良和溥杰的相片摆在桌子上。

贵宾楼里历史遗迹随处可见,也有遗憾和惋惜。曾经在楼梯的上方有一个巨大的座钟,是英国维多利亚女王送给慈禧太后的,据说是 1936 年为庆贺满铁株式会社成立大和旅馆送来的,后来不知去向。

沧桑岁月

如果说,历史是一面镜子,龙门贵宾楼这面镜子里装着哈尔滨无数个节点。

1898 年,随着中东铁路的修建,沙俄的势力开始进入东北。为接待当时的达官显贵、在哈的高级职员、军官消遣,中东铁路宾馆(龙门贵宾楼的前身)应运而生。

一个多世纪,一百多年,弹指一挥间。

日俄战争时,这里是野战医院。战争结束,这里变成了俄国军官的乐园。据说俄罗斯军官们在这里歌舞升平,寻欢作乐。

1907 年,哈尔滨正式对外开埠通商,这里被俄罗斯总领事看好,成为哈尔滨第一家外国领事馆。

1932 年,日军侵占哈尔滨,对中东铁路垂涎三尺的日本人以 1.4 亿元收购了中东铁路及其设施,移交仪式就在小楼举行。

1937 年,日本人将旅馆改称大和旅馆,完全掌控了小楼的命运。

1945 年,苏联红军进入哈尔滨,日本人被赶走,这栋楼是苏军司令部。

1946 年 4 月,哈尔滨解放,人民政府接管此楼,东北铁路总局在此成立,陈云、吕正操同志都曾在此办公。

1952 年 12 月 5 日,为筹建哈尔滨军事工程学院,陈赓同志特报周恩来总理批准,将此楼从铁路划给哈尔滨军工学院,作为苏联军事顾问团专家的公寓。

1960 年,苏联专家撤离,此楼归还给铁路局,先是作为医院门诊部,后为招待所。

1997 年,更名为龙门大厦贵宾楼至今。

特别要书上一笔的是,1955 年 12 月,钱学森回国到哈尔滨看望他的两名学生,当时的哈尔滨军事工程学院陈赓院长在这里宴请钱先生。餐前,陈赓院长问钱先生:"我们能不能搞打 300 公里以上的导弹?"钱先生斩钉截铁地说:"外国人能搞的,我们就能搞。"1956 年 10 月 8 日,国防部成立第五研究院,钱学森任院长,自此,中国的"两弹一星"工程拉开序幕。龙门贵宾楼的那次宴请,发出了中国"两弹一星"工程的先声。

重现生机活力

1997 年的秋天,龙门贵宾楼的大门敞开,哈尔滨人才晓得"早茶"一说,很多人和我一样,揣着忐忑的心情走进这栋神秘的小楼。龙门贵宾楼从早茶开始,接纳寻常百姓,真正成为老百姓自己的"贵宾楼"。

事情还要从改革开放说起,哈铁招待所整建制划归龙门大厦,改称龙门大厦贵宾楼,从计划经济的旱涝保收到推向市场自负盈亏,从消费单位改为经营单位,是一个阵痛的过程。

1996 年,哈尔滨铁路局请专家鉴定龙门贵宾楼的状态,得出结论,再用 50 年没问题,不属于危房。经过缜密研究,共投入 1 223 万元对贵宾楼整体维修,增加了中央空调、监控、烟感等安保设施。为了还原贵宾楼本来的面貌,他们按照 1927 年的图纸(这是能找到的最早的图纸),一点点恢复老式建筑的风格,对原先板夹泥的墙体进行了加固维修,率先起到保护老建筑的作用,得到社会各界的肯定。

　　龙门人又根据建筑装修风格的不同,大胆创新,从打造欧陆风情主题酒店出发,用欧洲的一些著名河流冠名各个餐厅,比如:伏尔加厅,因整个装修风格是俄式的,而用俄罗斯最大的一条河流冠名,电视剧《中国命运大决战》中,斯大林的办公室就是在这里拍摄的。波河厅,墙壁和棚顶用手工绘制的欧洲壁画装饰,画面多为佛罗伦萨、热那亚、威尼斯的景象,用意大利最大的河流波河冠名。

　　还有波兰风格的奥德河厅、德国风格的鲁尔河厅、法国风格的隆河厅、德国风格的莱茵河厅、俄罗斯风格的乌拉尔河厅……着重要看的是顿河厅,顾名思义这里一定是俄罗斯风格,大厅的墙裙和门也是 1901 年的,就是在这里,陈赓请钱学森博士吃过晚宴。

　　在门口的说明牌上,有一个很特别的细节,每一条河流经的国家,上面便有一面国旗,有个房间竟然有六面国旗。

　　在饮食方面,龙门人也是下了一番功夫,从当初单一的俄式大餐,逐渐增加了法式、德式等西餐。中餐不仅有东北菜,还有淮扬菜、粤菜、京鲁菜等系列,特别值得一提的是,1997 年首次引进台湾铁板烧,成为招牌菜之一。

　　在龙门贵宾楼就餐,不仅享受到中外美食,还能神游世界,不胜美乎。

　　百年过去了,贵宾楼似乎老了,后院里当年伴着水塔一同种下的小树已经长成参天大树,可是,当我们仰视它们的时候,分明看到嫩绿的枝叶还在争先恐后地向着蓝天伸展腰肢。随着新哈站的投入使用,高铁时代的到来,位于火车站和秋林商圈交会处的龙门大厦,有无限的生机和潜力,这里已成为哈尔滨对外交流、介绍城市历史变迁的一个窗口,成为哈尔滨一张靓丽的名片。

人物剪影

曾经的东北人王洛宾

　　"在那儿遥远的地方,有个好姑娘,人们走过她的毡房,都要回头留恋地张望……"这首流传了半个多世纪的草原情歌,打动了无数人,不仅中国人唱,世界三大歌王都在演唱,而且久唱不衰,传遍大江南北,长城内外。然而,有几人知道,这首动听的情歌的作者王洛宾先生多舛的经历呢?

　　王洛宾先生曾经几次入狱,历经了常人难以想象的苦难。或是出于一个音乐家的良知,或是出于民族的良心,他依然坚持走民族化的创作道路,为中国民众,为中国的民族音乐留下了近千首流传甚广的优美歌曲。王洛宾先生的祖父常说:"只有真正懂得悲哀的人,才能懂得真正的快乐。"祖父的话成了王洛宾的人生写照。王洛宾就是在一次次挫折中,寻求音乐的快乐,寻求人生的快乐,因为精神充实,他对厄运置若罔闻,也许真正经历了苦难,才更珍惜生活的点滴,就像喝了一杯苦咖啡,回味方知醇厚芳香。

　　回顾他的音乐创作之路,我们了解到,他创作或改编的歌曲大多来自中国西部那丰饶的艺术土壤。只是鲜有人知,在遥远的东北,在素有"音乐之城"的哈尔滨,是王洛宾先生人生艺术之途的第一个驿站,更是他音乐创作生涯的起始点。他的那首缠绵悱恻的处女作《离情别意》之歌就诞生在这里,所以说,王洛宾先生也曾经是我们东北"老乡"。

　　2021 年 4 月 12 日,哈尔滨音乐博物馆开馆在即,该馆馆长,著名音乐家苗笛先生"微"我,他说"西部歌王"王洛宾先生的儿子王海成先生将要来哈,此行是为音乐博物馆捐赠王洛宾先生的手稿、笔记和书籍,等等。苗笛馆长希望我能和王海成先生接触一下,彼此聊一聊,了解一下王洛宾在哈尔滨的创作和行踪,如若能拨冗写一写王洛宾先生,将非常感谢,拜托了。

恭敬不如从命。可当时我正开车从海南往东北返的途中，收到苗馆长的信息时离东北家乡还有3 000多公里的路途。听到"王洛宾"三个字我心怦然一动，那个留着山羊胡子的老头可是中国音乐史上的一个传奇人物，《在那遥远的地方》《掀起你的盖头来》《达坂城的姑娘》……还有那"半个月亮"已经爬上了艺术之巅近一个世纪了，正以它那迷人的魅力照耀着"姑娘的梳妆台，等待玫瑰丢进来"……

伴着车轮前行的行板，我又想到了我曾经拜访过的"横道河子王洛宾纪念馆"。横道河子曾经是王洛宾先生工作生活的地方，只是相关的资料很少，朦胧且不清晰，其实他在哈尔滨生活的资料也很稀缺。我还想到了台湾女作家三毛，更加好奇于音乐大师和多情善感的女作家邂逅交往的故事，不由得加快了回乡的速度。然而没想到的是紧赶慢赶，4月16日晚9时到家后才得知，王海成先生17日上午就要乘飞机离开哈尔滨。

顾不上鞍马劳顿了，第二天一早我就赶到了王海成先生下榻的酒店，因时间短促，就和他商量，我开车送他去机场，在路上采访他，海成先生欣然同意。就这样，我们不仅在路上抓紧聊，而且在机场大厅一直聊到必须过安检的那一刻。

"父亲一直在讲，他之所以成功是因为哈尔滨给他打开了这扇音乐的大门，他走进了这座艺术的圣殿，并且从此全身心地投入到令他沉迷、沉醉的音乐创作当中。所以，父亲和哈尔滨的感情非常深厚。"海成先生说。

海成先生还说，在这座无处不飘荡着悲欢离合之旋律的城市里，不仅有父亲的亲人，还有他有幸结识的那些挚友、同道和许多潜心创作的文化、文艺界同仁。晚年的时候，父亲常常对我回忆起他在哈尔滨的岁月，动情地讲述当年哈尔滨的浪漫和文化氛围。这让我也非常向往这座充满着欧陆风情的城市，这座享誉中外的音乐之城。今天我如愿以偿了。虽然我是第一次来到这里，但仿佛有一种回家的感觉，特别亲切。非常感谢苗笛馆长，特意领着我沿着父亲曾经学习、生活的足迹走了一趟，让我体验到了父亲，一个热血的艺术青年的心路历程和生活的轨迹。同时，也让我深深地感受到了哈尔滨的音乐气氛和这座城市所特有的高雅的艺术气质。只可惜，因为我要赶赴北京参加一个与父亲有关的活动,这次就来不及去横道河子去看看父亲曾经工作的地方了。

王海成先生还强调说:"今年是建党 100 周年,我想,除了让广大民众了解他作为一个优秀的民歌作者之外,也应当了解父亲作为一个革命者,一位革命军人的一面。要知道,父亲穿了一辈子的军装。他不同时期的作品不仅表达了对生活、爱情、和平的向往,而且还始终如一体现了他的爱国主义精神。"

我在撰写王洛宾先生事迹的同时,也要感谢热情的苗馆长给我提供了许多尚不为人知的王洛宾在哈尔滨的有关资料。更要感谢王海成先生,他把从网上下载的"王洛宾年鉴"做了仔细的斟酌,反复订正,去伪存真,给了我一部非常翔实、珍贵的王洛宾生活和艺术创作的第一手历史素材。而且,海成先生在我的写作过程当中还不计琐碎地与我沟通,探讨,为我提供大量图片、手稿、生活细节等素材。这真是有乃父风格呀。

离 家 出 走 到 哈 尔 滨

1928 年 6 月的一个夏日,从北京抵达哈尔滨的列车上走下来一个身材瘦弱、个子不高的少年。少年是来投奔他的二姐的。

少年之前是来过哈尔滨的,那还是两年前,他陪着从北京俄文法政学校毕业的二姐来哈尔滨,二姐夫张书典精通英文、俄文,当时在哈尔滨中东铁路总局做翻译工作。二姐和二姐夫是同学,二姐到哈后也找到了一份工作,他们有位著名的校友,也是他们的师兄,中国共产党早期领导人之一——瞿秋白先生。那次,二姐留下了少年,考虑到他年龄尚小,想让他在家里和二姐夫学习俄语,哪知不久他却患上了痢疾,无奈,他们的母亲只好赶来,把少年接回北京。

以后,二姐回北京娘家的时候常常说起哈尔滨美丽的风光和浓郁的俄罗斯风情,以及生活在那座城市的白俄们的趣闻轶事,津津有味地讲述着俄罗斯人制作的诱人红肠、大列巴(面包)、格瓦斯(饮料)等等。二姐曾感慨地说,哈尔滨这座城市充满了浪漫,与京城呆板的传统生活不一样啊。二姐讲述的这一切，让少年对遥远的哈尔滨又一次充满了憧憬和向往。这一次是他听说二姐要生孩子没人照顾，就偷偷地从父亲兜里拿点儿钱，揣着二姐寄给家里的信封来到哈尔滨。

二姐王慧芳住在南岗铁路局附近的一个大院里，当少年敲开二姐家的房门时，二姐惊诧地喊了起来："荣庭弟弟，怎么是你呀？"对，这个叫"荣庭"的少年就是后来大名鼎鼎的"西部歌王"王洛宾，当年他只有16岁。

知道弟弟是偷着从家里跑出来的，姐姐赶紧给北京去了电报，告知父母，弟弟在哈尔滨，放心吧。

彼时北伐军已进入北京（后改名为"北平"），国民政府迁都到南京，北平为特别市，直属南京国民政府。失掉了"首都"地位的北平像一个落魄的贵族，已经维护不住它的衰容了，机关、政府倒闭，市政建设停工，城市规划瘫痪，经济滑坡导致社会治安混乱，失业人群剧增，大街上满是无精打采的男人和缠足的女人，到处都是靠救济为生的贫苦百姓。王洛宾的家也是每况愈下，尤其是祖父去世后家里的生活更是捉襟见肘。

王洛宾的祖父王绍先，是京城颇有影响力的民间画匠，曾为北京正阳门楼画过油漆花卉。老人家钟情音乐，组成了一个家人乐队，闲暇之时在一起吹拉弹唱，街坊邻居常常听到从他家里传来《梅花三弄》《阳关三叠》等民间乐曲的动人旋律。在陆军被服厂当职员的父亲王德桢受家庭影响，吹拉弹唱也是样样通。小时候的王洛宾最喜欢跟着父亲去戏园子茶楼听戏，他对音乐有着天生的亲切感。王洛宾的妈妈也是爱好音乐的。只是妈妈有一块儿心病总是放不下，一次她不无担忧地对王洛宾说："咱王家人哪，不安分，就愿意东奔西走，不着家。你父亲曾在三百里之外的保定工作，再说你们兄妹六人，你大姐嫁到了云南，二姐嫁到了哈尔滨，你大哥走得更远，竟然去了遥远的朝鲜和日本，说是学制革手艺。唉，将来你长大了，还不知要跑多远呢！"没想到母亲的话一语成谶。

对远方充满了向往之情，也许是这个家族的精神遗传吧。16岁的王洛宾早早地放飞了自己，启程的第一站，就是朝思暮想的哈尔滨。

而此时的哈尔滨又是怎样的一番情形呢？毫无疑问，中东铁路的铺建是沙俄侵犯中国的一个罪证,但是,它也缩短了地域与地域之间的距离,延伸了文化的触角。自中东铁路开通以来,铁路运输在一定程度上促进了经济的快速发展。作为中心的哈尔滨也从一个不为人知的小渔村跃升为大都市。各国列强都觊觎着这块富饶而深藏着无限生机和潜力的都市,纷纷设立领事馆。俄国十月革命后,数以万计的沙俄贵族、资本家和政客们沿着中东铁路逃亡到这里,他们把哈尔滨当作他们的"避难之所"。在这里,他们盖楼房、开商铺、办学校、建教堂。他们真是错把他乡当故乡了。

一时间,在这座新兴的城市里,建筑、雕塑、时装、音乐、美术等等,一些赶世界时尚潮流的风情随处可见。于是那些外乡人称哈尔滨是"东方小巴黎""东方莫斯科"。在影像旧照片里我们可以看到,当年哈尔滨街上经常看到穿着西装、打着领带、拎着皮包的男人,坐在人力车上穿着时髦的贵妇人,还有方石路面上的人力车、马车、汽车……

少年王洛宾就这样融入如此背景下的哈尔滨。他四处闲逛,眼前这样的异域风情与纯粹中国气派的北京完全不同。虽然他还看不懂那些欧式建筑,但他却感受到了它们别样的魅力。一天,他来到中国大街,这里更让少年王洛宾眼花缭乱,大街上到处是背着大箱子兜售面包的俄罗斯男人和叫卖鲜花的俄罗斯女人,两侧商铺林立,餐厅、旅店、洋行、酒吧、舞厅、电影院栉比鳞次。在这条方石铺就的大街上,扑入他眼帘的有著名的马迭尔旅馆、秋林分公司,还有经营俄国的皮毛、英格兰的呢绒、法兰西的香水、德国的药品、日本的棉布、美利坚的食品罐头、瑞士的钟表等等的店铺,让人仿佛置身于异国他乡一样。

突然,王洛宾听到不远处传来音乐声,逡巡之中,他发现这曼妙的乐曲是从一家音乐厅传出来的,轻柔的乐曲宛如蒙蒙细雨般洒落在他的身上,他呆住了,在"雨"中一动不动,生怕这醉人的音符滑走。但他还是动了,因为他觉察到,如此迷人的音乐无处不在,音乐厅,咖啡馆,西餐厅,甚至糖果小店都有音乐的播放。

渐渐的,他发现音乐已经渗入到这个城市的大街小巷,渗入到人们的日常生活,甚至渗透到空气和土壤里。街角拉着巴扬、弹着三角琴、打着手鼓乞讨的俄国人,站在西餐厅前旁若无人孤独的小提琴手,松花江边抱着吉他自弹自唱的流浪艺人,街头巷尾任意一个地方自由组合演奏的小乐队,还有在铁路俱乐部演出的交响乐团,他甚至还发现了几所教授音乐的俄侨学校。

在大直街上的圣·尼古拉教堂门前,王洛宾听到了他熟悉的宗教乐曲。王洛宾15岁就参加了基督教徒的唱诗班,极富音乐天才的王洛宾很快就成为唱诗班的佼佼者,并担任领唱。此刻,唱诗班柔和质朴的歌声触动了他心中的琴弦。音乐的魅力就是每个音符都能击打到人的灵魂,让心灵的感官得到升华。

王洛宾不可救药地喜欢上了这座充满着旋律的城市。他觉得他不是在异乡,他的灵魂找到了归属。他不想走了。

人生第一份工作

二姐更不愿意她最喜欢的弟弟离开这里,二姐和姐夫商量,还是给弟弟找个差事做吧。二姐夫的工作单位在横道河子镇,他说,如果弟弟愿意的话,可以到那里做个站务员,每天和他坐通勤火车上班。就这样,16岁的王洛宾穿上了铁路员工的制服,走上了他人生第一个工作岗位。当年,每天往来的列车很少,且是三班倒,工作很轻松。

横道河子镇是中东铁路沿线上的一个铁路小镇,从1903年中东铁路开通以来,这里就成了牡丹江开往哈尔滨的必经通道。这里的铁路员工至少有三分之二是俄罗斯人。俄罗斯人建造办公室、机车库、别墅、民居、教堂,开工厂和商行,当年这里也是"商家云集,高楼林立",无处不充满着浓郁的俄罗斯风情。王洛宾很快就迷恋上了这个被称为"花园"的小镇。年轻是青年人的通行证,艺术也是艺术爱好者的通行证。每到夜晚,热情奔放的俄罗斯铁路员工和当地的俄罗斯侨民聚集在小街上,演奏着他们家乡的那些俄罗斯民歌和舞曲,伴着手风琴的旋律放声歌唱,开心地跳起俄罗斯民间舞蹈。毫无疑问,丰富多彩的俄罗斯民间艺术开阔了王洛宾的音乐视野。聪明的王洛宾很快就学会了俄语会话,他的性格在这样的艺术氛围当中变得热情活泼开朗起来，而且他学会了许多俄罗斯民歌，常常和俄罗斯的侨民一起在银色的月光下纵情歌舞。

或者是铁路，远方，音乐，召唤着这个艺术青年，终于有一天王洛宾告别了横道河子，离开了他朝夕相处的朋友们，回到了称之为音乐之都的哈尔滨。他曾充满深情地说过："横道河子是我生活过的地方，那里的秋天很美，冬天风很大……我认识了很多朋友…每天除了工作就是和朋友谈天说地、畅所欲言，他们对我帮助很大……我学会了俄语，接触了外国民族音乐……极大丰富了我的音乐视野……"

横道河子小镇从来没忘记他，1996年惊悉王洛宾逝世，小镇人在悲痛之余，以一种特殊的方式纪念这位了不起的、曾经生活在小镇上的音乐家。他们在"中东铁路机车库展览馆"旁专门为他修建了"王洛宾纪念馆"，馆内展出了王洛宾生前许多珍贵的照片和实物。

遇到良师益友

和姐姐家住在一个大院的有个叫塞克的年轻人，高高的个子，很帅气，比王洛宾大7岁。塞克才华横溢，能绘画、善弹吉他、会写诗、演出过莎士比亚的戏剧，又说一口流利的俄语。刚刚接触塞克，王洛宾就被他"迷住"了，他跟他学绘画、学弹吉他。塞克简直就是王洛宾的崇拜偶像。而塞克也很快发现了王洛宾的音乐天赋，认为这个阳光大男孩有思想、有追求、有抱负，尤其是他的音乐天赋，将来必定是个有用之才，他有意引导这个年轻人接触那些具有民族风格、民族气派、民族骨气的音乐作品。塞克还把伴随自己多年的那把老式俄国吉他（七弦琴）送给了王洛宾，并教他如何弹奏，同时，还教授他科学的歌唱、发声和作曲技法的基础。

塞克，又名陈凝秋，当代著名的词作家、诗人、表演艺术家、戏剧大师，1906年出生于河北省霸县，1922年与家庭决裂来到了哈尔滨，报考了哈尔滨警察所，被分配到南岗大直街站岗当治安警察。1924年辞职到《晨光报》当副主编。早在20世纪20年代，塞克就以年轻诗人的姿态出现在早期中国新文学运动的文坛上。他曾参与导演、主演过很多积极抗战话剧,还翻译了高尔基的《夜店》和许多苏联歌曲的歌词,创作演出了《流民三千万》《铁流》等抗日剧目,著名的抗战救亡歌曲《救国军歌》《心头恨》《抗日先锋队》等,歌词都出于他之手。

塞克身边还聚集了一群爱好艺术的青年学生,金剑啸、沙蒙等进步青年都是塞克的好朋友。金剑啸是著名的诗人、画家和剧作家,中共党员,地下工作者,1927年经塞克推荐担任《星光报》文艺副刊《江边》编辑。不幸的是,1936年被叛徒出卖,英勇就义。沙蒙是著名编剧和导演,年轻时受五四运动影响,积极投身到学生运动中。

俗话说"近朱者赤,近墨者黑"。起初,王洛宾被塞克、金剑啸等一些热血青年、艺术爱好者的新思想、新文化的理念所深深吸引。润物细无声啊,渐渐的王洛宾的心中也有了崇高的信仰,他明白了一个道理,光怪陆离下的灯红酒绿是中国人的屈辱,他要和这些热血青年一道,争做一个有血性的中国人。他还暗下决心,要追随塞克大哥一起去列宁的故乡,去寻求真理、寻求自由、寻找光明。

当时的哈尔滨,马克思列宁主义的传播要比国内其他地区早得多,这不仅是因为哈尔滨与俄国相邻,更重要的是中东铁路和俄国西伯利亚大铁路相连,因而成为传播俄国革命思想的重要渠道。特别是五四运动后,刚成立不久的共产国际十分关心中国人民反帝反封建的革命斗争,频繁地同中国的革命力量进行接触,宣传社会主义革命思想,并迅速建立密切的联系,帮助中国建党。来中国的路线,主要通过中东铁路经哈尔滨到关内各地。同时,国内的一些具有初步共产主义思想的知识分子,为了学习俄国革命经验,从各地来到哈尔滨,然后再经中东铁路奔赴苏俄。这样就形成了一条通往苏俄和共产国际的"红色之路"。

1920年,瞿秋白以新闻记者身份赴苏俄考察,在哈尔滨停留50余天。在哈期间,他参加俄侨纪念十月革命三周年大会等活动,第一次听到了《国际歌》。他在《饿乡纪程》一书中说:"在哈尔滨一个半月,先得共产党的空气。"后来,瞿秋白把《国际歌》翻译成中文,成为中国传播《国际歌》的第一人。

塞克先生早年几次来哈,目的之一就是想去苏俄学习,可惜,他历经波折,还是没达到愿望。有一次他背着哈尔滨的朋友来到了满洲里,准备偷渡到对岸(没有护照)。王洛宾听说了,随之也赶到满洲里,他想和塞克大哥一道去。

金剑啸的女儿金伦和女婿里栋(曾是塞克的秘书),在他们所著的《尘封的往事》中写道:一提起小友王洛宾,这位当年的凝秋大哥,总是动情地追忆着往事,发出爽朗的笑声……老人曾饶有兴味地讲述了王洛宾早年一段调皮的趣闻,我(指塞克)为了实现去苏联学习的梦想,来到哈尔滨等待赴苏的机遇,但在此久等,莫不如前往国境,伺机越境,于是我便背着朋友(们)只身潜往满洲里,王洛宾得知后一路追赶到满洲里。我们徘徊在国境线上寻找时机。偶然发现放牧的羊群,陡生一计:跑上前去夺过牧羊人的鞭子赶着羊群越过国境,恰被巡逻的苏联边防军发现,大喝一声,命其止步。有趣儿的是王洛宾一边往回走,一边回头看,连连喊道:豆斯威达尼亚(再见)。气得苏联边防军战士哭笑不得,怒吼着:什么再见?你还要再来呀,赶快回去!凝秋大哥讲到这里则忍俊不禁地大笑,这个王洛宾,好调皮呀! 这个故事在哈尔滨的朋友中间传来传去,竟演绎成王洛宾闯越国境被苏联边防军的"梢达子(士兵)"打掉两颗门牙。

20 世纪 90 年代,王洛宾在接受一次采访中说道:"我的家庭并没有对我的前途有特别的影响,是塞克影响我走上了文艺之路、革命之路……如果不认识塞克,我可能会成为一个家传手艺的画匠。"

谱写人生第一首歌

王洛宾除了经常随着塞克等艺友参加音乐艺术活动,还报考了"哈尔滨音乐训练班",成为那届一百多名学生当中的一员。音乐训练班的主要任务是提高学生的音乐素质和审美水平。王洛宾白天上班,晚上去学习钢琴和合唱课程。

值得一提的是,王洛宾的姐夫因在中东铁路局工作,有机会接触社会上层的各种活动。他看到王洛宾对音乐如此地痴迷,就找机会带着王洛宾去听歌剧、交响乐、钢琴演奏会、室内乐等等。当时的铁道俱乐部剧场只有800个座位,由于热爱音乐的俄侨非常之多,常常是一票难求。王洛宾非常珍惜每一次的聆听,用心去感受音乐的魅力。各种高水平的专业演出,为王洛宾又打开了一扇窗户,他"认识"了贝多芬、柴可夫斯基、施特劳斯等著名作曲家,欣赏了《1812序曲》《柳德米拉》《茶花女》《卡门》《塞尔维亚理发师》等世界名曲。王洛宾的音乐素质也因此上升到了一个全新的境界。

王洛宾先生曾经对王海成感叹地说,我还记得当时哈尔滨歌剧院的指挥是苏联著名指挥家帕佐夫斯基,而哈尔滨歌剧院和哈尔滨交响乐团里面许多人都是苏联知名的演奏家、歌唱家。西洋音乐熏陶和训练,为我后来的音乐创作奠定了坚实的基础。

1929年秋,塞克邀请王洛宾为他自编自导自演的话剧《北归》谱写主题歌和插曲《离情别意》。王洛宾没想到自己的偶像会这么信任他,忐忑的他大胆地接受了这个任务。《北归》的剧情大意是:流浪人来到了北方,找到了他的爱人,后来,两个人的关系破裂了,临走时,男主人公说,我要走了,我要去工厂,去任何一个我能去的地方,不是因为落难,而是要在迷茫中寻求人生的真谛。

塞克借用剧中人物的描述,暗示觉醒的主人公同旧生活决裂,不愿做亡国奴,要冲出沦陷区的决心以及对祖国大好河山的忧虑。为了写好这出话剧的主题歌和插曲《离情别意》,王洛宾通宵达旦地阅读《北归》的剧本,读着读着,突然来了灵感,他顺手拿起手边的草纸,一挥而就。塞克看了王洛宾创作的曲子非常高兴,王洛宾果然没辜负他的期望,写出了他心中的感受。塞克对他说:"我没有看错人,你将会成为音乐奇才。"回忆自己处女作的创作情形时,王洛宾先生说,正是因为在哈尔滨受到了正规的音乐启蒙和训练,加上塞克等朋友的指导和鼓励,以及哈尔滨音乐氛围的影响,才让自己的创作有了底气,同时也给了我一生执着追求艺术的自信。

从此,那首"千尺流水,万里长江,烟波一片茫茫,离情别意,随波流去,

城里的人们

不知流向何方"的《离情别意》之歌在"夜幕下的哈尔滨"到处传唱。早年在哈尔滨从事党的地下工作的著名翻译姜椿芳、著名电影翻译家陈涓、杨范以及后来的哈尔滨口琴社的成员都曾经演唱、演奏过这首歌,抒发着他们对哈尔滨深沉的情感。据说 20 世纪 80 年代初期,东北作家群的老前辈们聚在一起,还情不自禁地唱起了这首歌,歌曲让他们又回到了从前的艰难岁月。

难忘西巴扎尔的夜歌

20 世纪 80 年代,《哈尔滨日报》的编辑寻到了王洛宾老先生,请他为哈尔滨的读者写几句话,王洛宾略做沉思,写下了如下的话:

我的少年时代是在太阳岛上度过的,我热爱松花江,也感谢松花江,它哺育了无数献身祖国的人。

王洛宾先生曾说,记得五十年前,在哈尔滨我结识了表演艺术家、作家塞克,其实,他也是一位画家,是上海美专第一期的学生。(有一天)我们在南岗西巴扎尔他的住处墙上作画,画的是四个人的侧影,这张画对我的一生影响很大。因此,当《哈尔滨日报》编辑来函约稿时,我便忆起西巴扎尔之夜,写下了《西巴扎尔的夜歌》奉寄:

松花江上飘着大雪

南岗西巴扎尔显得矮小

在一间歪斜的小房里

一位画家在设计自己的画

房中四个人

互相把投在墙上的侧影

素描下来——

一个披散长发凝视远方

一个用拳头摁在前额在沉默

一个伸着双手在祈求

人物剪影

59

一个则引吭高歌

　　那是 1929 年的一个冬夜,他们又聚会在塞克的小木屋里,富有浪漫气质的塞克提出了一个非常有趣的建议:每个人对着墙壁做出一个表达某种情绪的姿势,把每个人的影子留下来,搞一个值得纪念的"墙壁画"。蓄着长发的塞克率先示范,他昂首凝视天,一个楚狂的形象被勾画在墙壁之上,塞克对这幅影壁画自命为"希望";第二个人以拳头抵着前倾的下颌,模仿罗丹的雕塑"思想者",取名为"沉默";第三人张开双臂,半举在空中,取名为"祈求";最后一人就是王洛宾,只见他侧仰头颅,伸长脖颈,张大嘴唇,一副引吭高歌的姿势,取名"呼唤"。塞克在"影壁画"前沉思良久,忽然挥动手中的画笔,画出一条粗重的铁索链,缠绕在四个身影之间,把"希望""沉默""祈求"和"呼唤"圈锁起来。这一幕令王洛宾终生难忘,他举起手臂呼喊道:"砸碎铁索链,我们要自由!"压抑已久的情绪迸发了,几个人一起举起拳头,一遍遍高呼:"砸碎铁索链,我们要自由!"这条铁链像是音乐的主题,把"希望""沉默""祈求""呼吁"四个乐段沉重地贯穿起来。组成了一首《西巴扎尔的夜歌》。

　　"九一八"事变后,画中人物便各自分散。卢沟桥事变后(1937 年 7 月),王洛宾在开封遇到了画中的"沉默",他正拿着枪北渡黄河,不久便传来他用胸膛挡住敌人的子弹,牺牲在冀中平原的消息。当年冬天,他又在太原遇到了画中的"希望"(塞克本人),他们一起写了许多歌曲。时光像松花江流水,一瞬间半个世纪过去了。1980 年,在北京王洛宾又遇到塞克,他们促膝谈心,特别愉快、幸福,仿佛心中都有一句话:"西巴扎尔夜歌中的铁链终于摆脱了!"

　　"巴扎尔"即俄语"市场"的音译,据资料记载,当时哈尔滨有三个"巴(八)杂尔"市,老百姓称为"八杂市",一处位于道里今尚志大街、兆麟街和石头道街围成的"北八杂市",一处位于今果戈里大街和建设街中心的"东八杂市",还有一处位于南岗大直街、耀景街和教化街围成的"西八杂市"。王洛宾的姐姐和塞克居住的大院就在西巴扎市当中。"西巴扎尔之夜"是王洛宾在哈尔滨生活的一个缩影,一个写照。他们不仅经常在塞克的小屋子里聚会,而且还常去太阳岛。

作家阿成先生在他的《沈阳月》文章里提道:"地处北回归线上的哈尔滨冬天很寒冷。松花江的江北太阳岛一带,是那些侨居在哈尔滨的外国阔佬的别墅区。那一带的单体小洋房特别多,家家都有一个栅栏院,院子里有樱桃树、李子树、山楂树。到了冬天,避暑的洋人都回到城里去了。走之前,他们照例会雇当地的中国人替他们看房子、烧炉子,免得把房子冻坏了。洋房东喜欢雇那些有教养、会俄语的中国人替他们看守房子。"

是的,冬天的太阳岛基本没人住,你就是放声高歌也不会影响到谁。塞克、金剑啸、沙蒙、王洛宾等伙伴们经常冒着雪,唱着歌,从冰封的松花江的南岸走向北岸的太阳岛,他们有的是精力,有的是体力,来到"洋房子"后,有时候几个人各自一隅,静静地写作、绘画、沉思。有时候几个人围坐在壁炉边,讨论时事、国事,为国家担忧,为国运愤慨。饿了,就拿出自己带的食品。高兴了,他们还会喝点儿伏特加烈酒,几杯酒下肚,酒精在血液里燃烧,年轻人的热血沸腾了,他们拉起了手风琴,弹起了吉他,甚至还会跳起节奏强烈的踢踏舞。

无数个"西巴扎尔之夜"像星星之火,点燃了年轻人炽热的心,他们在黑夜里互相鼓舞,他们在月光下寻找天明的曙光,寒冷无法压抑他们的热情,狂风也阻挡不了他们高亢的歌唱。

王洛宾在哈尔滨一待就是三年,这三年是他人生非常重要的阶段,不仅激发了他的音乐潜能,更重要的是他邂逅了一群左翼爱国青年,他们引导他走上了革命的道路。这对王洛宾后期去西安、兰州、甘肃、青海等地宣传抗日的活动,创作大量的抗日歌曲起到了积极推动的作用。

师从"白毛将军"夫人

时间回到 1931 年 7 月的一天,王洛宾在松花江游完泳返回姐姐家,刚走到铁路俱乐部门前就听得有人喊他,回头一看是姐姐家邻居的小女孩。小女孩告诉他,他姐姐正在到处找他呢,似乎很着急。王洛宾立即借辆自行车飞奔姐姐家。推开门,见姐姐、姐夫笑吟吟地望着他,塞克和另外几个好朋友都在。王洛宾疑惑地看着他们。塞克站了起来,故作严肃地看着他说:"洛宾,有一件重大的事情要发生!"王洛宾急切地看着他。"你将被关入北京一座又高又深的大墙里,一关就要四年。我们是来和你道别的。""什么?四年?大墙内?"王洛宾糊涂了。大家哄笑起来,二姐一拍他的肩膀:"三弟,你被北京师范大学音乐系录取了。"

王洛宾带着对哈尔滨的眷恋,带着朋友们对他的期盼,更带着对艺术的追求,重回北京。他没想到,在北京师范大学,教他声乐的教授,那个60多岁的俄国老太太——霍尔瓦特·尼古拉·沙多夫斯基伯爵夫人,曾经是"哈尔滨人"。

第一天的声乐课,当沙多夫斯基伯爵夫人走进教室时,仿佛带进来一束明亮的阳光。沙多夫斯基伯爵夫人有些微胖,披着一头浓密的金发,身穿米色毛呢大衣,一条红色的围巾围在脖子上,戴着一对又大又圆的金灿灿的耳环,下装是墨绿色的长裙。老太太步履轻盈,气质高贵典雅,声音圆润甜美。她介绍自己说:"我,毕业于巴黎音乐学院,我喜欢音乐,因为艺术是永恒的,艺术是至上的。"

沙多夫斯基伯爵夫人的话一下子打动了王洛宾年轻的心灵。

接下来,学生们开始自我介绍,当王洛宾说他刚刚从遥远的北方哈尔滨回来时,他发现伯爵夫人的眼睛有一道亮光一闪而过。

王洛宾的音乐才华是在一首普希金的诗中显露出的。开学不久,沙多夫斯基伯爵夫人发现王洛宾的音乐悟性好,就把普希金的一首爱情诗《假如》交给他,要他谱上曲子,并演唱给她听。一周后,王洛宾交卷了,他演唱的旋律舒展得像一根常青藤在轻轻攀爬,俨然一尾鱼儿在爱河里游来游去,像一只鸟儿在爱情的鸟巢里鸣叫。沙多夫斯基伯爵夫人惊讶地睁圆了她碧蓝色眼睛。是啊,她在王洛宾身上看到了某种期盼已久的希望。凭感觉,伯爵夫人认为这个学生能成为一个优秀的音乐家。从此以后,她更严格监督王洛宾的学习。"她教的全是俄罗斯作曲家的作品,如鲍罗丁的《睡美人》

等。"王洛宾在她的指导下音乐造诣突飞猛进。

　　沙多夫斯基伯爵夫人推动了王洛宾成为音乐家的脚步。为了和老师沟通，也为了更好地理解老师的讲授，王洛宾报了北大的俄语班，每周三次去学习俄语。由于他在哈尔滨时曾学会了一些简单的俄语会话，他很快就能和沙多夫斯基伯爵夫人流利交谈了。

　　一天下午，沙多夫斯基伯爵夫人请王洛宾到她的居所来，王洛宾坐下后，老太太和蔼地对他说："你也可以叫我霍尔瓦特夫人，我和我的先生霍尔瓦特在哈尔滨生活了十八年，我对那里很有感情。说实话，我非常喜欢那里。"

　　老太太不无感慨地说，好想念哈尔滨，想念那里的音乐氛围，听说她离开以后哈尔滨又成立了好几所音乐学校，这让她感到欣慰。还想念里道斯香肠纯正的味道，想念铺满鲜花的中国大街，想念圣·尼古拉教堂的钟声，想念太阳岛美丽的风光……听到这里，王洛宾对她说，我就是在哈尔滨受到了音乐的启蒙，感受到音乐的美好啊。我经常去铁路俱乐部听音乐会，您为哈尔滨留下了宝贵的艺术财富。老太太笑道："从你第一天上课我就注意你了，因为我们有共同的'故乡'啊。"

　　原来，沙多夫斯基伯爵夫人是俄国沙皇尼古拉一世的亲妹妹，被十月革命推翻的沙皇尼古拉二世的亲姑姑。1902 年，随着中东铁路的建成，沙多夫斯基伯爵夫人随着丈夫霍尔瓦特来到了哈尔滨，次年，霍尔瓦特出任中东铁路局管理局局长及中东铁路护卫军总司令，霍尔瓦特因为下巴长着浓密的白胡子，又被当地的中国老百姓称为"白毛将军"。伯爵夫人作为巴黎音乐学院的高才生在哈尔滨的音乐活动中扮演了极为重要的角色，她是音乐活动热心组织者和参与者，例如邀请俄国音乐家来哈尔滨巡回演唱，创立各种文化剧场等等。她活动的主要场所是在中东铁路俱乐部。后来，霍尔瓦特因为企图推翻苏维埃新政府，并擅自挪用铁路公款购买日本人的军火，导致铁路工人工资拖欠，民众积怨极深，中东铁路工人举行了数次大罢工，反对霍尔瓦特。1920 年 3 月，霍尔瓦特被免职，他们一家到了北京，从此伯爵夫人开始专心从事绘画、钢琴和声乐教学工作，当然，不仅是爱好更是为了赚钱糊口。

哈尔滨像一条纽带将霍尔瓦特夫人和王洛宾连在一起,是啊,哈尔滨有他(她)们共同的记忆,有他(她)们美好的回忆,有他(她)们难忘的教堂钟声和俄罗斯音乐。

四年后,在霍尔瓦特夫人的指导下,王洛宾为诗人徐志摩的诗歌《云游》谱曲,并作为毕业作品,这是王洛宾的歌曲创作的首次发表。毕业的演出中,王洛宾满怀激情地演唱这首歌,年轻的作曲家把对自由的向往,对爱情的渴望,全部融入歌声中,那行云流水般的旋律,林中漫步一样的节奏,发自内心的吟唱,优美且充分地解读了徐志摩字里行间表达的寓意,让人陶醉。这首曲子在毕业生的作品中受到了高度的好评。霍尔瓦特夫人露出了开心且满意的笑容。而王洛宾师从"白毛将军"夫人也成为一段佳话。

用 歌 声 做 武 器

1936 年,王洛宾为萧军的成名小说《八月的乡村》创作了主题歌《我要恋爱》:"我要恋爱,我也要祖国的自由,毁灭了吧,还是起来。毁灭了吧,还是起来。奴隶没有恋爱,奴隶也没有自由。"

王洛宾谱写的这支插曲在北平的大中学生中不胫而走。不久,随着东北学生的大批流亡,这首歌唱遍全国。有趣的是,写这首曲子的时候王洛宾和萧军还不认识。萧军是在王洛宾离开哈尔滨的时候来到这个城市的,两个人擦肩而过。直到 1938 年,王洛宾在山西临汾一次宣传抗日救亡的晚会上满怀深情演唱这首歌,从人群中走出一位气宇轩昂的年轻人,大声对他说:"你刚才唱的歌是《八月的乡村》里面的一首诗,你知道这是谁写的吗?作者就是我啊,萧军。"意想不到的相遇,两位年轻人紧紧握住了双手,从此成为一生的好朋友,这是后话。

从《离情别意》到《我要恋爱》,两首歌里含着不同的情感,《离情别意》节拍缓慢,起伏不大,充满了对前途和命运的担忧。而《我要恋爱》则不同,这首歌带着鲜明的"五四"新文化精神,给人的感觉是冲动,是爆发,是激昂,起句就是一个高八度的跨音,接着,连续几个"三连音",铿锵有力,简洁坚定,"前六句交替运用大跳上行和直线下行,使旋律拥有强烈的感情性质(音乐评论家李玟《对王洛宾歌曲创作价值的研究》)"。通过这两首歌,不难看出王洛宾思想上的飞跃。

1937年"七七事变"后,不甘做奴隶的王洛宾辞去中学音乐教师工作,离开北平一路西行,在山西临汾参加了八路军的学兵队。第二年与在上海救亡演剧队的塞克大哥相遇,并跟随塞克加入了丁玲领导的"西北战地服务团"。在晋南一带演出期间,两个人共同创作了《老乡,上战场》《洗衣歌》等多首战地歌曲。这时的王洛宾,已经不是在哈尔滨那个单纯的、沉湎在西洋音乐中的文化青年了,他把浑身的斗志都倾泻在音符里,他将手里的笔想象成枪,每一个音符都是射向敌人的一颗子弹。王洛宾经常与老友塞克及新结识的萧军、萧红、贺绿汀、刘白羽等进步文人一起议论中国时局,琢磨演出剧目,探讨歌词曲谱,几乎没有一刻空闲。这一时期,王洛宾耳闻目睹了八路军的英勇抗敌,先后谱写了《抗战进行曲》《风陵渡的歌声》《大战台儿庄》等三十几首抗日救亡歌曲。

从此,王洛宾在艺术的道路上越走越宽,越走越光明磊落,他和音乐一起成长,一起成熟,形成了自己独特的音乐风格。此后,他不断地去全国各地采风,不断地挖掘、不断地整理民间音乐素材。他的一生创作、整理、搜集、改编了近千首作品。于是就有了许许多多脍炙人口的优秀民歌诞生。有人说,有华人的地方就有王洛宾的歌曲。这话一点儿也不夸张。

王海成先生对我说:"父亲在80岁的时候还说,我现在浑身是劲,因为不只是我个人感到音乐的美,我还要把这个美奉献给人类。"

牵挂北方大地

1936年,身在上海,心系北方大地的塞克和王洛宾闻听他们的好伙伴金剑啸被日本人残忍杀害的消息,他们难忍心中的悲愤,合作了一首《黑龙江哎咿哟嚎》,为在水深火热中的东北乡亲呐喊,为抗联战士鼓气:"哎咿哟嚎,一步前进一声哎咿哟嚎,我们活在敌人的铁蹄下,我们天天给人作牛马,有饭不能到我口,顺风船,逆风船,亡国滋味好难受,一镐分开黑龙江水,一桨切下鬼子头。多年深仇总得报,不杀日本强盗气难消,不杀日本强盗气难消。"

1981年夏,王洛宾到北京看望塞克大哥,当时正值金剑啸烈士牺牲45周年,为了纪念战友,他们又共同创作了一首《松花江之歌》,歌曲的副标题为"怀念剑啸及抗联诸先烈",歌曲抒发了他们对哈尔滨的思念,对松花江的眷恋,对逝去战友的缅怀。

"兴安岭的风暴,送来阵阵松涛,松花江上旧日的记忆,留下千年不能磨灭的印象。松花江的水你流吧,静静地流吧,在平静的水面下,潜藏着你们战斗的过去。江上的晚风啊你轻轻地抚摸着我的胸中,那难忘的日日夜夜。啊,有多少我的朋友,有多少我的同志,牺牲了的先烈,换来了今天的幸福,今天的幸福啊,泪花里有多少,泪花里有多少苦辣酸甜的滋味。啊,松花江的晚风吹拂着幸福的游人,也吹着这不能磨灭的印象。我的朋友,我的同志,多少革命的先烈,我在水波里看到你们,我在风声里看到了你们。你们的音容笑貌是灿烂的金星。金星啊,耀眼的金星啊,那闪闪发光的高悬在天上的,跳跃在水面上的,伴着幸福的游人,永远地,永远地荡漾在松花江上,荡漾在松花江上。"

人生最后的情歌

著名台湾女作家三毛从小就喜欢唱《在那遥远的地方》《达坂城的姑娘》,她将王洛宾先生创作的歌曲唱到西班牙,唱到撒哈拉沙漠,唱给她的爱人听,开心的时候唱,孤独的时候唱,一直唱了几十年。她没想到有一天她会站在作者面前。那一刻,她不由得牵起他的手,仰望他的眼睛,她的眸子里闪着爱的光芒,她希望永远和他在晚霞中骑着自行车前行。

然而,王洛宾先生选择了退却。他把自己比作萧伯纳那柄破旧的雨伞,生命不能承受之轻,他不能也不敢承受她纯洁的爱。他以为自己做得很洒脱,他以为爱她,就是和她保持距离,别让自己老朽的身躯遮盖她美丽的韶华。直到有一天,三毛不辞而别,竟然走向了另一个世界。"洛宾,我走了,祝福我未来的日子平静,快乐。平平"这是她给他的最后留言。

王洛宾先生此时才突然醒悟,她就是他冥冥之中那"半个月亮",有她,月儿才完美,才叫团圆。可是,"平平,你怎么连个忏悔的机会都不给我啊?"他痛苦地意识到,他失去的是一个难得的灵魂伴侣。

他把她留在乐谱中的一缕头发用白绢包起来,放在她的相片前。相片里的她开心地笑着,亮晶晶的眼睛看着他,这双眼睛如今刺得他心像被绞了一样的痛。他把那把别着她发卡的吉他放在每天能看到的地方,发卡上面还有她的体温,她的发香,一如她还在陪着他拨弄琴弦,发出爽朗的笑声,这再也听不到的笑声啊,总是在他耳畔缭绕。

永远的三毛,永远的知己,为什么我们要认识,留下这一段情殇?他一次次大醉,他把吉他抱在怀里,滂沱的泪水打湿了他的衣襟,也打湿了吉他的面板。他抱着它,好像和知心爱人喃喃私语,一首《等待》像倾泻的洪水从心里流淌而出,这是他人生最后一曲情歌,从此,他的世界里再无爱可言。

> 你曾在橄榄树下等待又等待,
> 我却在遥远的地方徘徊再徘徊,
> 人生本是一场迷藏的梦,
> 请莫对我责怪。
> 为把遗憾续回来,
> 我也去等待,
> 每当月圆时,
> 对着那橄榄树独自膜拜。
> 你永远不再来,
> 我永远在等待,
> 等待,等待,
> 等待,等待,

越等待，

我心中越爱。

这一次他没谱曲，他实在没有勇气再拿起笔了，歌词里的每一个字都是眼泪，都是从心房里流出来的鲜血，他能做的，就是等待与她在天堂相会。

留在世上最后一首歌

1994 年，王洛宾去纽约参加美国中华文化促进会在联合国总部举办的"中国著名音乐家王洛宾作品音乐会"。同年，老人被芝加哥和洛杉矶华人组织邀请，参加了洛杉矶万年青合唱团的演唱会。万年青合唱团演出过王洛宾很多歌曲，这些团员和他们难以数计的歌迷，是听着他的歌儿慢慢变老的。演出结束时，万年青合唱团的团员们激动地把王洛宾先生请到台上站在他们中间，全场的观众全部起立，报以热烈的掌声。分手时所有的团员都流下了惜别的眼泪。那一次，先生被授予合唱团名誉团长。

1996 年 1 月 16 日王洛宾患病住院期间，合唱团寄来 108 名团员的祝福签名。老人把小写字板架在床上，一字一句为他们创作了一首《歌唱万年青》团歌，以表达对大家的谢意。这是王洛宾先生生前创作的最后一首歌。

"一盏标灯照耀老年航行，啊朋友，那不是标灯，那是万年青的歌声，那歌声热情奔放，那歌声奔放热情，照耀着老年的第二次航行；一声春雷响彻万里云空，啊朋友，那不是春雷，那是万年青的歌声……强烈地召唤着世界和平。"

两个月后，1996 年 3 月 14 日凌晨，王洛宾老人永远离开了这个世界。我们的老先生，我们的音乐家，我们可爱的老人家，不就是一棵"万年青"嘛，他的一生悲喜交至，命运多舛，历经过常人难以想象、忍受的遭遇和苦难，但他的生命力极强，宠辱不惊、淡泊明志，苦难非但没有限制他的才华，相反，却成了他创作的源泉，他一生创作歌剧 7 部，搜集、整理、创作歌曲 1 000 多首。他的歌充满了热情、向往、勇气、幽默、快乐和悲伤,这些元素构成了歌的旋律、歌的生命、歌的永恒。

王洛宾先生走了,他的成就不亚于他在少年时崇拜的那些世界级大师,他留给我们的财富无比珍贵,人们用各种方式缅怀老人。

2000年6月,新疆吐鲁番市葡萄沟建"王洛宾音乐艺术馆"。

2003年7月,新疆乌鲁木齐市达坂城建"王洛宾艺术展馆"。

2009年6月30日,青海省海北州建"王洛宾音乐艺术馆"。

2010年8月,宁夏六盘山建"王洛宾文化园"。

2016年10月,东北横道河子建"王洛宾纪念馆"。

2021年4月,哈尔滨音乐博物馆开馆,为王洛宾老人专门在展厅开辟了一隅,用文字、画面、影像的方式,生动地展示了这位人民音乐家不平凡的一生。馆内还展出了王洛宾先生在哈尔滨写的第一首歌《离情别意》的手稿,使用过的吉他和二胡,亲自书写过的16页纸的简历,和王震将军合写的《凯歌进新疆》的手稿,等等。所有这些成为哈尔滨音乐宝库中的瑰宝。

他的歌还在世界各地传颂着。

1947年,《在那遥远的地方》经黑人音乐家罗伯逊演唱后,便风靡世界。世界上很多音乐学院,都把王洛宾的歌作为教材。

1988年9月,王洛宾荣获"中国人民解放军胜利功勋荣誉章"。

1993年,《在那遥远的地方》《半个月亮爬上来》被评为20世纪华人音乐经典作品。

1994年7月,联合国授予王洛宾东西方文化交流特殊贡献奖。

1994年11月,王洛宾被新疆维吾尔自治区政府授予新疆达坂城荣誉镇长。

1998年,台北跨世纪之声音乐会,美国爵士天后戴安娜·罗斯,世界三大男高音之卡雷拉斯、多明戈,以《在那遥远的地方》压轴。

2002年8月26日,吐鲁番市委市政府追授王洛宾为"吐鲁番市荣誉市民"。

2006年,"嫦娥一号"卫星搭载王洛宾歌曲《在那遥远的地方》《半个月亮爬上来》遨游太空。

2014 年 1 月，国际华语音乐联盟授予王洛宾"2013 华语金曲终身成就奖"。

……

其实，即便所有的加冕都是金色的桂冠，而最重要的是，他是人民的儿子，他是祖国的赤子，他是十二亿人心中的"无冕之王"。

王洛宾老人的身影在我的写作中渐次清晰起来，从少年到终老，我和老人一直在做着无声的交流，他仿佛停留在我的身边，我能感觉到他的热情，他的气息，他的艺术感染力和他的慈祥。是啊，品读王洛宾先生的作品，宛如品味他的一生，让我在唏嘘感慨之中生发出了无尽的敬佩之情。这位老艺术家就像一个走在沙滩上的跋涉者，一串深深浅浅的脚印，像一个个深凹在华夏大地之上的音符，伴着他优美动听的音乐，穿越时空，传遍大江南北。而我，一个王洛宾先生的歌迷，只能望着他渐行渐远的身影，记下那一个个散发着魅力的"音符"。

就在我写这篇文章的时候，王海成先生发来信息，由北京海淀剧院荣誉出品，庄一担任编剧和导演，王海成担任艺术顾问的原创音乐剧《在那遥远的地方》即将正式公演。我们殷切地期待表现王洛宾老先生艺术生涯的音乐剧在舞台上再次绽放光辉。

等闲识得东风面

——邂逅小说《第二次握手》作者张扬老师

2018年8月的一天,接到一位文友的电话,告知《第二次握手》作者张扬老师将来哈,询问是否有时间见面。突如其来的惊喜瞬间空白了思维,忙不迭地应允着,放下电话,竟兴奋地蹦了起来。

想做的第一件事就是去书店,寻到《第二次握手》,那本我曾经也偷偷抄过、悄悄读过的"圣书",我要捧着它去见它的主人。

20世纪六七十年代,中国大地上曾有过一段"手抄本"的流行,在远离都市的田间地头、在门扉遮掩的煤油灯旁、在顶着被褥的手电筒下,在年轻人热切的目光中,笔,以前所未有的速度刷刷地抄录着一本叫《第二次握手》的书籍,各种笔体像盛开的花朵,点缀在无际的荒野中。书里几位科学家凄美的爱情让人憧憬、唏嘘,那个时期的人,几乎没有人不知道苏冠兰、丁洁琼、叶玉涵。

如今作者和他的"粉丝们"都老了。

霏霏细雨中他来了,他说,他是怀着朝圣般的心情走来的,因为这里有他心中神圣的、来自呼兰河畔的萧红,他要去她的家乡膜拜,他要了却敬仰的心愿。他不知,我等对他也是如此心情,仰慕着,等着他来到北方深情的黑土地。

花白的头发和稀疏的胡须暴露了74岁老人的沧桑,古铜色的面孔,和蔼可亲的笑容一下子消除了我略紧张的心情,老人家说话声音洪亮高亢,时时发出爽朗的笑声。

他说,虽然这是他第一次来哈尔滨,可这里我不陌生,在我 1979 年刚出狱的时候,我接到 3 000 多封信件,其中一封哈尔滨的来信给我留下深刻印象。来信说:我是哈尔滨的一名女科学工作者,每一次看到您的《第二次握手》心里都久久不能平静,你这个张扬啊,可真折磨人。

折磨人的张扬来了,若是那个女读者知道了,不知道会是什么样的心情。

张扬先生说,有人认为《第二次握手》影响了一个时代的人,不是一个年代的人,这是有道理的,不是说书有多好,而是在特定的环境下,它是应运而生。

是的,在人们精神世界刚刚解开禁锢的时候,它仿佛是开了一个天窗,送来一缕清风,带来一股清新的气息。发行量 430 万是一座很难逾越的山,这座山不是名山大川,但它植根在一个时代人的内心深处,它代表的不仅仅是数字,而且是共鸣和理解。

应运而生,不是侥幸,不是偶然,而是必然。

这次他来哈,在呼兰,有个退伍军人拿着自己在部队的坦克里、营房中抄录的手抄本请他签名;在哈尔滨,有的读者拿出来好几个版本的手抄本甚至连环画本。

在市作协安排的座谈会“从《第二次握手》谈小说创作”上,张扬先生用了一个半小时侃侃而谈,从创作灵感到写作的变迁,一部立体的《第二次握手》呈现在我们面前。

时间追溯到 1957 年,刚上初二的张扬在《新湖南报》和广播中听到了一条重要新闻,中国人李政道、杨振宁获得了诺贝尔物理学奖,报道中也不断提到一位旅美女科学家吴健雄,提到她在论证李和杨的理论中的重要性。那个时段的报道在少年张扬身上种下了一颗热爱科学的种子,也震撼了他幼小的心灵,从此以后,他对自然科学有了不能自拔的喜爱。1963 年假期,在他准备去北京舅舅(著名化学家周昌龄先生)家里度假前,他在自家无意中听到了母亲和他的姨妈两个人的对话,就是这番对话,开启了他写作的欲望。

姨妈对他的母亲说:1954年我去北京哥哥家时,嫂子(指张扬的舅妈)跟我说过一件事,她说,有一天哥哥下班,正在进屋脱鞋的时候,就听四合院里有个女人打听:"请问,周昌龄先生是住在这里吗?"嫂子闻听急忙走出家门,就见院子里站着一位气质高雅、美丽非凡的女客人。她接话说:"是啊,快请进来吧,他刚下班。"回头看哥哥,手里拎着一只脱掉的鞋,像雕塑般一动不动地看着窗户外面,嫂子喊了他两声说:"昌龄,来客人了。"哥哥仿佛没听见。嫂子只好转头对客人说:"刚做好饭,进来一起吃吧。"女客人面无表情地看着客房,仿佛在期待什么,呆立片刻转身离去,快到四合院的门口时,她站住了,想走又不想走,犹豫着,又问:"请问,您是他的夫人吧?""是呀。""唉,您多幸福啊!"说罢,女客人转身走开了。后来,嫂子才知道,她就是哥哥以前的恋人。

张扬问母亲,您知道这个人吗?母亲说,我知道,你舅舅上大学的时候,我曾去学校看他,在宿舍里看到送来一封信,就无意打开了,上面写道:亲爱的弟弟,要毕业了,我们好久没见了,很思念,我们不是说好了要一起去北京,去颐和园……

在舅舅家里的相册里,他发现有许多一个美丽女人的照片,他就问舅妈:"这是谁呀?"舅妈说,这是你舅舅以前的女朋友。

再后来,张扬知道了,这个女性比舅舅大几岁,他们非常相爱,可是,外公反对他们相爱,生生拆散了他们,而把老朋友的女儿定亲给了舅舅。

1963年2月,从北京回到长沙的张扬以舅舅为原型,用一支红色的圆珠笔写了一万字的小说《浪花》,这就是《第二次握手》的雏形。1964年改写成七万字的《香山叶正红》。1966年改写出十万字的第三稿。1970年,又压缩成五六万字的《归来》,就是这个版本,像星星之火一样,在全国各地被迅速传抄。

张扬先生又谈到《第二次握手》书名的由来。当时,在北京标准件厂有个叫刘展新的工人拿到了没有封皮的这本书,他拿到书后小心翼翼地包上了封皮,然后,想了又想,郑重地在书皮上写下了《第二次握手》几个字,从此,这部书就以这个名字飞传。

像他书里主人翁跌宕起伏的命运一样,张扬先生因为这部书曾两次被抓进监狱,甚至被判了死刑,直到 1978 年《中国青年报》的编辑为他申冤鸣不平,后来在胡耀邦同志亲自干预下,1979 年 1 月得以无罪释放。

经过短时间的调整,顽强的张扬先生又拿起笔,在《中国青年报》连载了《第二次握手》,之后,不断地扩充和完善。2006 年人民文学出版社出版了 60 多万字的《第二次握手》,陆陆续续好几个出版社再版,430 万册的销售量标志着人们对它的喜爱和认同。

1980 年《第二次握手》被拍成了电影,李谷一演唱的《怎能忘怀》传遍神州大地。

2017 年 3 月,《第二次握手》电视剧开始筹拍。

……

一个下午的座谈会让人意犹未尽,张扬老先生的开场白就让人振奋,他说,写作的人一定要切记一点,就是毛泽东同志说过的一句话:没有正确的政治思想就等于没有灵魂。我用一生验证了这句话,好的小说家活在他的作品里。

张扬先生只谈创作略过苦难。

我注意到,他随身只带了一支笔。在得知他到来以后,作协的同志搜遍了全市的书店才淘出来六本书。我直言不讳地问老先生:您完全可以搞一个签字售书仪式啊,这样做既可以满足读者的愿望,又增加了经济效益,何乐而不为啊? 老先生笑道:我老了,也看淡了,不随波逐流了。

老先生一句话透出了他的风骨:澹泊明志,宁静致远。

时隔近四十年,我又拾起这本书,这是四川人民出版社 2016 年出版的,这次阅读最大的不同在于,结识了张老先生,读的时候又掺杂了几分情感。读毕,掩卷那一刻,心中杂陈着五味,书里的人物栩栩如生,整部书渗透着强烈的爱国、爱和平、爱人类的理念,其中涉及自然科学、音乐、医学、历史等专业领域,看罢,欲放不能,没想到多年以后这本书还在打动我的心。

张扬老先生在和我们的谈话中流露出两个心愿:一个是再拍摄影视片结尾,当他们第二次握手时,不要让他们"微笑",历经磨难的两个人,从天涯海角走过来的两个人,握手的时候哪里还笑得出来啊？第二个是希望能再现周恩来总理的形象,周总理代表了党对知识分子的关心、关怀。

而我,希望主题歌的词里面能带上"兰花"。因为苏冠兰的名字带着"兰",远在美国,身处基地隔离世间的琼姐只能以"兰"寄情,据说在她的住处种满了兰花。当她迈进苏冠兰家四合院的时候,她的心情是冷漠、绝望的,当她看到苏家屋檐下那几盆兰花草时,她的眼神柔和了,她在兰花里看到了恋人的爱。

孔子曰:"芷兰生幽谷,不以无人而不芳,君子修道立德,不为贫困而改节。"

张扬老师善良低调的为人交往、锲而不舍的专一态度、正直不阿的做事原则,更让我想到了兰花的气节。

"等闲识得东风面,万紫千红总是春。"蓦然回望,《第二次握手》在无数人手指翻阅中走过五十多载,却仍在红尘中守得一隅寸地,在人们心中占有一份神圣,就因为在书里凝固了对恋人刻骨铭心的深情,对祖国发自内心的热爱,对人类真善美的颂歌。

暴风骤雨走出来的"郭孩子"

他，1925 年出生在山东济南一个贫穷的山村，他的一生经历了东北大地被日军统治的悲惨苦难，解放战争的硝烟战火，新中国土地改革的艰苦探索，改革开放的历程⋯⋯

他是著名作家周立波小说《暴风骤雨》里郭孩子的原型，周立波是他的入党介绍人。他和"郭孩子"一起成长，他是"中国土改第一村"元宝村的历史见证人，他是《暴风骤雨》小说里所有原型包括作者在内唯一健在的人。

他叫郭长兴，2018 年我采访他时，他已经 95 岁高寿了。按照约好的时间，我来到了他在哈尔滨的大女儿的家，和老人坐在阳台交谈了一个下午，阳光透过玻璃照在老人满面红光的脸庞，看起来那么慈祥，他的精神矍铄，记忆力惊人地清晰，除了走路稍有些迟缓，身体非常健康，他扳着手指头，一桩桩一件件和我讲着往事。

没有亲人的苦孩子

1945 年 8 月的一个晌午，炙热难耐，位于珠河县(今尚志市)元宝镇元兴村的大地空旷寂静。此时，庄稼快成熟了，一大片被日寇占领的麦地里波浪翻滚，阳光下闪着金光，旁边，日本开拓团盖的红砖瓦房格外刺眼。远处，一个半大的孩子在大草甸子里放牧，两匹马在他身旁耷拉着头无精打采地嚼着草。

忽然，只见火光一闪，从南山沟吹来的一股热风夹着火扑向了干燥的麦穗，瞬间浓烟滚滚，大火惊动了午睡的日本人，他们叽里咕噜地喊着，拿着战刀跑了出来。无奈,水火无情,大火片刻就把十几垧麦子烧成了灰。再看那个放牧的男孩,早就和他的马无影无踪了。

对,就是他,郭长兴,这是他活到二十岁干得最漂亮、最痛快的一件事。后来,老百姓都传说是赵尚志领兵来放的火。这事过了几天就是"八一五"光复,小日本夹着尾巴灰溜溜地走了,东北的老百姓终于见了天日。

在元兴村,没有不知道郭长兴苦的。郭长兴的原籍在济南费城(今费县),他不到一岁母亲就去世了,父亲在外地打长工,他和奶奶相依为命,六七岁时,奶奶、姥姥相继去世,他靠着乞讨生活,吃着百家饭长大,后来就给地主放猪、放牛。1940年腊月,家里实在维持不下生计了,父亲回来变卖了可怜的一点儿家产,带着继母和十五岁的他、四个妹妹、一个弟弟闯关东来到了元宝镇元兴村,租地主韩老六的地,哪知受尽剥削,后来又被抓了劳工,到绥芬河边境给日本鬼子修工事。

父亲刚走,全家就得了"窝子病"——伤寒,当时家里连饭都吃不上,根本没钱治病,不到半个月,继母和四个妹妹五口人相继死去,唯一的弟弟也失散了。父亲在外不知死活,郭长兴在床上躺了半个月,也差点儿死了。等他缓过气来,环顾着空荡荡的屋子,一家人死的死,散的散,已经是欲哭无泪,他成了"孤儿"。

狠心的韩老六这时又把地收了回去,声称地不能租给绝后户。他真是叫天天不应,叫地地不灵,还是一个好心的中医看他实在是太可怜了,把他收到家里当了长工,日常让他给两匹马放牧,再打些零活,他总算是有口饭吃。

由于长期营养不良加上起早贪黑干活,郭长兴虽然都快半大小子了,可个头没长起来,还像十二三岁的孩子,邻里乡亲看他个小,又是一个人孤苦伶仃,都管他叫"郭孩子",时间久了,他的真名反倒没人叫了。

苦难的岁月一点点磨走,他恨认贼作父、剥削穷苦百姓的地主恶霸,更恨霸占家园烧杀掠夺的日本鬼子,他的伙伴白玉林就因为在日本开拓团的稻田里捡了一把稻穗,被揍了一顿不说,还逼着送去六只下蛋的鸡才赎了人。

终于，小日本被赶跑了，郭孩子们迎来了春天。

遇上人生导师周立波

1946年9月，刚刚开始土改的元宝镇迎来了著名作家周立波，他参与并领导了当地的土地改革运动，是当时的区委副书记。

元宝镇离珠河(尚志)县城有六十余里，是一个有着八百户的大镇，它三面环山，南面最高峰是有名的大青顶子山，北面是黄泥河，对岸就是那座像个大元宝的元宝山。一条大道从镇子穿过，把它分为两个村，道南是元兴村(今钢铁村)，道北是元宝村。周立波来了以后，就住在元宝村一所破旧的小学校里。

元宝镇的历史不足百年。沙俄时期修筑中东铁路曾在这儿砍伐木材，后来，吉林和山东逃荒来的农民用血汗开垦，使这儿的草甸子变成了肥沃的土地，可土地大部分被地主豪绅霸占了。伪满时期，日伪统治者在这里设了开拓团，他们用武力掠夺了农民仅有的土地，占为己有。日本鬼子投降了，又闹起了胡子，大青顶子山是胡子的老窝，他们经常下山抢劫百姓家里财物，老百姓敢怒不敢言，所以这里的反动势力非常猖狂，老百姓也处在水深火热之中。

1946年7月，中国共产党派来了工作组，领导当地农民斗地主、抓土改，走向新生活。苦孩子郭长兴很快就加入这场战斗中，他积极参与工作组领导的各项活动，到了9月份周立波来的时候，他已经是元宝镇的儿童团团长了，手下有60多名儿童团员，每天忙着站岗放哨抓特务、训练学习。

说起来他和周立波的相识也颇有些意思。

周立波来的那天，他正在给儿童团员们讲从区里小王那里听到的新形势，也顺便通告大家，区上来个新区委，是个了不起的人物，是延安鲁迅艺术学院的大教授，还会说外国话呢。他正连说带比画讲着，就听身后有人说："是哪个小鬼替我吹牛呢?"随后，就见小王带着一个戴眼镜的书生模样的中年人走了进来。小王笑着对他说："郭孩子，这就是你说的了不起的大人物周立波同志,他在我们这儿担任区委副书记……"郭孩子有些发怔,他不知道自己怎么成了"小鬼"。倒是周立波乐呵呵地先伸出大手,握住他的手说:"小鬼,怎么不说话了?"郭孩子一听还叫他"小鬼",真有些生气了,说:"我不是小鬼,我叫郭长兴,外号郭孩子。"周立波闻听哈哈大笑起来,解释道:"我叫你小鬼是小同志的意思,并不是封建迷信里吃人的鬼。"噢,这下郭孩子懂了,握住周立波的手:"欢迎周区委来看我们。"他的话音刚落,大家也随后跟着喊:"欢迎周区委!"

"请周区委给我们讲讲前方打仗的故事吧!"郭孩子说出了儿童团员的心声。

"好!"周立波大手一挥,"我听小王说了你们儿童团抓坏人,逮探子的事了,你们很了不起,我要向你们学习。我也没有什么好讲的,我是从陕甘宁边区来的,那也有儿童团,他们也干了很多了不起的事,我就讲几个他们的故事吧。"

于是,周立波讲了"王二小放牛娃"的故事,又讲了"鸡毛信"。大家正听得津津有味,周立波说天黑了,再不回家家里就该惦记了,回头有时间再给大家讲,大家这才恋恋不舍地和他分手。

就是这次见面,郭孩子和周立波成了忘年交。那个时候周立波四十来岁,郭孩子二十出头。周立波是大作家,郭孩子就是个小马倌,可两个人一见面就有唠不完的嗑。一开始是郭孩子说,说他的家史,说地主恶霸是怎么剥削老百姓的,说土改遇到的困难……周立波拿着笔和本,一边认真地听一边写,不时地提问(郭孩子几年后知道这些事情都被周区委写到小说《暴风骤雨》里了)。

后来,发生了几件事,让他对周区委肃然起敬。

郭孩子家里很穷,到了冬天,连过冬的棉衣都没有一件。周立波就把自己那件黄布面、皮毛里的短大衣脱了下来,送给了郭孩子。拿着沉甸甸的棉衣,从来没有体会到亲人温暖的郭孩子感动得流出热泪,逢人就说:"共产党的干部真比亲人还亲。"

周立波视所有的老百姓都是自己的亲人,刚到元宝镇,他听说镇里最穷的是高老七高景阳，马上去了他家。当他来到高景阳家的破马架房时，高景阳已经三天水米未进了，正在高一声低一声地咳嗽着，人已经瘦成了麻秆一样，说话有气无力。就见周立波疾步走上前，心疼地看着他，告诉工作人员去食堂取点儿吃的，他动手烧开了水，把拿来的窝头用手掌碾碎，用开水冲了稀溜溜的一碗，然后扶着高景阳起来，一口口喂着他吃。肚子里有了东西的高景阳很快就有了生气，抓起剩下的窝头顾不上咳嗽了，三口两口就吃了进去，刚才还奄奄一息的他精神了，他紧紧地抓住周立波的手说："周区委，你把我从阎王爷那儿拽回来了，你就是我的大恩人啊。"周立波摆摆手说："共产党才是你的救命恩人，是共产党派我们来帮你们翻身解放的。"高景阳嘴唇颤抖地说："对，我要感谢共产党，不但要活下去，还要跟着共产党走。"

周立波同志不仅理论水平高，更是有丰富的群众工作经验的政治工作者。

看到元宝镇群众普遍文化水平不高，周立波就教大家唱革命歌曲鼓舞斗志。起初，大家都张不开口，一是胆小，二是不会词不会调，怕人笑话。周立波就鼓励大家，他常说"积极分子不敢唱歌，还敢斗地主？""年轻人不会唱歌不如老头子""没唱过不怕，学嘛，斗地主过去也没干过，现在不也斗得挺好吗？"在他的组织下，有时分成妇女一堆，小伙一堆，对着唱，赛着唱，很快，大家就张开了口，一首首歌曲《东方红》《没有共产党就没有新中国》《三大纪律八项注意》《跟共产党走》在群众中传播开，随着歌声，群众的政治觉悟越来越高。

为了更好地培养、提高积极分子和群众的思想素质，周立波和其他区委成员分期举行了短期培训班，内容有两项：一，讲革命道理；二，让苦大仇深的学员"诉苦"。周立波学识渊博，讲课生动。他讲他所见到的毛主席、朱总司令、王震将军；讲八路军英勇杀敌和三五九旅南下远征的故事，还讲白毛女的故事。最后联系实际，讲到农民群众的翻身解放要靠自己的力量，农民不起来推翻地主，地主阶级是不会自己退出历史舞台的。周立波和其他区委结合元宝镇的实际情况讲得通俗易懂，大家听得群情激昂，加强了团结，增加了斗争必胜的信心，对于在元宝镇隐藏的恶霸汉奸大家不再姑息，更不像以前那样"认命"，发动起来的积极分子和群众带头揭露他们的滔天罪行，土改和镇压反动分子的工作开展得轰轰烈烈。

在和周区委一起的日子里，郭孩子耳濡目染，明白了很多的大道理，也是在周区委的教育启发下，他进步很快。他带头上台诉苦，大胆揭露地主的罪恶，积极组织参与各项群众工作，敢于担当，不怕辛苦，对党的认识越来越深刻，对党的热爱一天比一天强烈。他的行动被工作队看在眼里，很快，他就被吸收为积极分子。

不到一年的时间，他先后担任了儿童团团长、武装委员兼锄奸委员、农会副主任、农会主任。

1946 年 10 月初的一天，是郭孩子一生最光荣难忘的日子，根据他在土改斗争中的表现，由周立波介绍，在草窠地里，他加入了中国共产党。

与周立波的相识，引导了郭孩子走上革命的道路，提高了他的人生世界观，改变了郭孩子的命运。郭孩子说，周立波不仅是我的领导、老大哥，更是我走向革命的启蒙老师，是我一辈子不能忘记的导师。

《暴风骤雨》带来的影响

1947 年 5 月，和大家朝夕相处半年多的周立波接到组织命令，要离开元宝镇回省城哈尔滨另有任用，听到消息的老百姓纷纷不舍地来看他。

周立波离开的那天，送他的还是来时接他的老孙头，赶着三套马的四轮车。郭孩子和伙伴刘文带着众人的嘱托护送周立波夫妇到县城坐火车，怕惊动群众，他们天不亮就出发了。快到六甲屯的时候天就大亮了，趁着辕马撒尿车停的当儿，周立波站在一个麻袋上遥望远处的元宝山，感慨万分，他大喊道："再见了，元宝山！"郭孩子清晰地看到，留恋的泪水从周立波的脸颊落下。这一别，还不知道什么时候再能见到周区委，郭孩子的心里也是万般的不舍。

对于郭孩子和元宝镇人来说，周区委就像他们的亲人，他们与他有着分割不开的情愫，他的离去让众人失落。谁都没想到，一年后，以他们为原型背景的书《暴风骤雨》在全国引起轰动,周立波同志以元宝镇群众跌宕起伏的土地改革斗争为素材,深刻地反映了伟大的土地改革运动。

《暴风骤雨》这部长篇小说是在1948年4月出版的,5月初,周立波就从哈尔滨给他们寄来了一本新书,书里夹了个纸条,叫刘文给不识字的郭长兴、白福山、车老板老孙头念念,因为书里写到了他们……

书到的那天晚上,已经是区农会主任的郭长兴带着白福山夫妇、老孙头等十多人来到了刘文家。郭长兴感慨地对众人说:"一年前这个时候,周区委离开了咱元宝镇,大家常常想他、念叨他,他也没忘了大伙儿。今天,他给大伙儿寄来了顶贵重的礼物,他挖的宝炼成了,叫《暴风骤雨》,他叫刘文给咱们念念,还说要提提意见。"

于是,连续五个夜晚,白天忙完春耕的他们吃了饭就来到刘文家,静悄悄地听着刘文念着。每次念完,众人都激动万分,总觉得书里写的就是元宝镇的人,郭孩子、老孙头、白玉山、赵光腚赵大个子、韩老六都是确有其人,只是书中的人物更丰满,更形象,更有代表意义。

大伙说,周区委这是为咱贫困农民扬眉吐气了。郭长兴最后总结道:"周区委在书中表扬咱们,咱们可不能骄傲,要想想天下还有老多穷苦哥们没有翻身,我们要爱国保田积极参军参战,搞好生产支援前线。"

1963年的春天,电影《暴风骤雨》第一场下乡巡回演出就在元宝镇,放映当天,人们奔走相告,好像过年一样。

夜幕降临,在小学校的操场上坐了好几千人。随着大屏幕的放映,人们惊奇地看到电影里的郭全海、白玉山和现实生活中郭长兴、白福山气质、身材、脸型几乎一样,而老孙头和韩老六就像是一个模子里刻出来的,以至于台下老孙头的外孙女看着银幕上的老孙头喊"姥爷",而韩老六的出现激发了极大的愤慨,当演到韩老六打昏小猪倌吴家福并要活埋时,有个小脚老太太拿起鞋就要上前痛打韩老六,直到旁边的人提醒是放电影才如梦方醒。

《暴风骤雨》不仅来自生活中的原型,有血有肉,更再现了东北大地上土改工作的艰辛和共产党给穷困百姓带来的希望。它用艺术的手法向人们指出了一条光明的道路,深刻说明了没有中国共产党就没有新中国的道理。

《暴风骤雨》这本书的出版和电影的发行，改变了元宝镇很多人的命运，包括郭孩子。乃至今天，元宝镇从当初的"光腚屯"到经历改革成为亿元村，成为全省改革开放发展的典型，现在，"中国土改第一村"像一面旗帜立足在元宝山上。郭长兴说，他们最常说的一句话就是："咱可不能给周区委丢脸，不能给党丢脸。"

用《暴风骤雨》里的郭全海激励自己

小说《暴风骤雨》里的郭全海取自生活中的郭长兴，又不同于他，郭孩子认为，小说里的郭全海是他的榜样，他也要像郭全海那样，一心朴实地为劳苦大众服务，要以一个真正的共产党员标准严格要求自己，不愧于党组织对他的栽培和教育，不愧于周区委对他的要求和期望。

他是这么想的，也是这么做的。

土改，把他推上了前沿。

元宝镇的土改经历了三个阶段，第一个阶段是 1946 年春，当时珠河政府刚刚成立，收回了日本开拓团和汉奸地主霸占的土地，但由于春耕不等人，没有时间和精力重新分配土地，只好临时决定暂由租种者继续耕作。第二阶段是 1946 年 7 月至 10 月，随着清算运动的开展，开始按人头和年龄划分土地，并制定了零工、雇工、贫农、中农、富农、地主等成分的划分标准。第三阶段就在 1947 年末和 1948 年初，这一次，精确测定土地，打乱平分的办法，分地具体到每一个人。

郭长兴所在的元兴村"分地领导小组"组长就是他，老百姓信任他，他更是尽职尽责毫不含糊地工作。他带着技术员起早贪黑实地测量，不放过每一处边角旮旯，然后画成平面图，再把老百姓召集在一起排号并投票，标准是比生活、比历史、比根底、比功劳，比得每个人都透透亮亮，比得人心服口服。

分地的那天是正月初六，全村男女老少扛着木橛子、洋镐、铁锹，领导小组的人拿着弓尺、弓绳、算盘、账本和平面图来到地里，开始分地。到了正月十四,土地顺顺当当分到了老百姓手里。

正月十五那天,全村喜气洋洋,组织了秧歌队,庆祝土地还家,他们还到军属烈属家里慰问,全村掀起了爱国保田保家园的新高潮。拿到带着毛主席像的土地照,许多人不相信自己的眼睛,他们有的把土地照用镜框镶起来挂在屋里最显眼的地方,天天擦拭;有的拿到祖坟里上香给老祖宗看,告诉自己的亲人,再也不受穷了,自己有地了,这都是托毛主席、共产党的福。

工作中,郭长兴不仅体会到为老百姓做事的快乐,他也在成长,在成熟。

其实,党组织也在一直培养根红苗正的郭孩子。

从1948年1月,他被调到区委做农会主任,3月份又送他到省委党校学习半年。考虑到他只有干革命的热情,却没有文化,又于1949年送他到呼兰工农干校学习4年。正是在党组织的精心栽培下,郭孩子一点点成长起来,成为农村工作的栋梁之材。

1958年,他调到河东公社任副书记和社长。刚刚走马上任的他发现,村里的地下水都是臭水,村民吃水要到一里多外的山里接泉水,生活极其不方便。经过和大队支书考察,他们决定在村子旁边山上的"狐仙洞"旁引出山泉。可是由于他们不懂技术,挖好槽下了瓷管后,还没等放水就开始地面冒水,有的人家火炕都出来水,于是,有封建迷信的人就说他们是得罪了狐仙,要大难临头。后来,牡丹江地区行署专员于天放给予他很大的支持,他督促县里帮助村里发展水利建设,不几天,村里就来了三辆大卡车,按照技术员的指挥,挖槽的挖槽,下管的下管,只用一个上午,甜甜的泉水就直接接到村里的水房,老百姓吃到甘甜的清泉,激动得热泪盈眶,这是他们祖祖辈辈盼望已久的不敢想的事,大家一起高呼:"毛主席万岁! 共产党万岁! 吃水不忘共产党!"

这件事传到了当时的省委王一伦书记那里,王书记组织了各县县委书记和县长来到郭长兴所在的村子开现场会,郭长兴做了典型发言。王书记和于专员都表扬他能发扬土改精神,敢于战天斗地,改造世界,是党的好干部。王一伦书记问他:"你一心一意为老百姓做事,哪来的劲儿?"郭全兴答道:"学习郭全海。"王书记纳闷地说:"郭全海不就是你吗? 你怎么自己学自己?"郭长兴脸一红:"《暴风骤雨》里的郭全海思想觉悟比我高,干得也比我好。我要向他学习为老百姓做好事,干实事。"

还有一次,他随同联合大队下乡,发现离主屯五里外有个移民屯,都是外来人口,屯里没有电,老百姓日子过得很苦,他立即找到县里有关部门反映,说这个屯都是外来人口,国家给盖了房子,还应该关心他们的生活,现在他们没有电。主管领导对这个事很重视,立即批了四万元。郭孩子找到技术员,不仅给他们接上了电,又挖了大壕坝把河水引到屯子,当年旱田改水田,秋天水稻大丰收。党的关怀让有些外迁想走的住户也安心了,他们踏踏实实在这里扎下了根。

郭孩子就这么一步一个脚印走过来,尽管有的时候遭受过误解,有的时候遇到不公平,但他从来不向组织提出额外要求。他经常和子女说,我们现在的生活不知道要比旧社会好多少倍,没有共产党哪有我郭孩子,哪有你们的今天?

1986 年 8 月 20 日,年满六十岁的郭长兴退休了。

老骥伏枥,带领子女创业

郭长兴的婚姻也是一波三折。

1948 年他二十三岁任农会主任时,曾有个妇联主任对他非常好,两个人在一起土改,一起上党校学习,情投意合,女方对他很满意。一次,女方催他结婚,郭孩子想起周立波临行前曾和他说过,你这个人思想好,为人正直,办事公道,也很聪明,记忆力好,就是文化低,要抓紧时间学习文化,不要急于解决个人问题啊。而他确实觉得自己要学的东西太多,要做的事情也是没完没了,想到这里,他对女方说:"咱们都别急,还是先学习,干事业吧!"闻听此言,女方掉头走了,后来,她远嫁大兴安岭,从此,天各一方。

1955 年 5 月,三十岁的郭长兴到黑龙宫乡任副书记时,区委曹显达书记发现他孑然一身背个行囊报到,才知道他还是单身。曹书记说:"你为党工作太专一了,连对象都顾不上找,组织要负责给你找个媳妇。"郭长兴只当是玩笑,哪知很快曹书记就给他介绍了周家店一个泼辣能干的二十三岁妇女主任陆学志,两个人当年国庆节结婚。陆学志不但贤惠能干,还抚养了六个儿女,并且非常理解他的工作,从来不提额外要求,直到退休时还是房管所的临时工。

郭长兴的家庭很困难,没有积蓄,大女儿郭春燕是他的骄傲,她十四岁考到了松花江地区滑雪班,后来到省滑雪队,曾在 1976 年获得第三届全运会接力冠军,退役后分到哈市的一所学校做财务工作。而其他的几个孩子在他退休时正赶上企业不景气,全部下岗。老伴岁数大了,临时工也干不成了,家里一下子陷入窘境。

有人劝他找老领导和老同志,把孩子安排几个,说你为党勤勤恳恳任劳任怨干一辈子了,不能白干。老郭摇摇头,不能给组织添乱,周立波同志在土改时就把命运掌握在自己手里的道理讲得明明白白,我郭孩子相信党,相信党的政策,党的改革开放提出十来年了,我们要自食其力。他决定走出一条自救的道路。

老郭把全家人召集在一起,把准备带领全家共同创业的想法说了出来,孩子们非常懂事,纷纷说我们也有两只手,不能吃闲饭,叫我们干啥我们保证干好。

思想统一了,下一步就是研究创业的项目了。

有一天,老郭去五金商店买东西,遇上了一个老邻居在给一个车买螺丝和几个小零件。邻居抱怨说他一连跑了几个商店都没有,只好去省城哈尔滨去买了,可这本来就值四五元钱的东西,到哈尔滨去买来回就得四五十元钱。老郭心里一动,他有了主意。

第二天,他搭车来到了哈市的大女儿家,在和亲家喝酒时谈到了家里的困难,一大帮人没活干,想开个五金商店,既能挣点儿钱养家糊口,也给国家减轻负担。亲家二话没说,马上表示不但要帮助解决一部分前期需要的资金,而且可以把他们家当作办商店的驻哈办事处,有什么事来一个电话就行。老亲家还给他介绍了他的朋友,哈市标准件三厂的螺丝螺母商店的负责人毕厂长。

毕厂长一听说是《暴风骤雨》里的郭孩子要领着子女创业,钦佩之余表示全力支持,没有钱进货可以先赊着,孩子们不懂业务他免费培训。

满载而归的老郭回家了。他在县医院南侧看好个破旧的三间草房,人家答应可以租一半,月租金150元。老郭拿不出钱,对方说郭孩子开店我放心,你什么时候有了什么时候再给我。

万事俱备,老郭把家里人兵分两路,大儿子领几个人修整店铺,安装货架子,小儿子和两个女儿去哈尔滨接受培训。

半个月后,实习结束的孩子带着赊的货回来了,店铺也修缮得差不多了,老郭带着孩子们的"螺丝螺母商店"于1987年7月8日正式对外营业。

老郭不懂经商之道,但他有自己的一套经销理念,那就是童叟无欺,薄利多销,不卖假货,不管做什么做多大,不能给"郭孩子"丢脸,不能给党抹黑。他的商店贴了一副对联,上联是:视利如薄纸。下联是:但愿你满意。横批:为人民服务。

由于老郭诚信守义,很多老百姓都专门到他的商店买东西,钱不够了就先拿货,差个块八毛就不要了,没有货就预订,不贪求利润进假货次货,服务周到热情。而且他们经常调查市场,做到进货心中有数,口碑越来越好,生意渐渐兴隆起来,不到半年就脱贫了,全家人没有了牢骚,没有了苦恼,一个心思搞经营。

富了起来的郭家人不忘本照样节俭,每天中午饭一直都是白菜土豆,隔三岔五做顿肉炖豆腐白菜就算改善生活了。到了1995年,开店八年后,大儿子自己开了一个螺丝螺母店,1999年小儿子也有了自己的店铺,这个店铺已经是郭家的第四个店铺了。

从一穷二白到发家致富,老郭以一个共产党员的高风亮节不等不靠,带领全家勤勤恳恳做事,本本分分做人,按时交税纳税,堂堂正正地走上了一条致富的光明大道。

母亲的求学之路

一

虽然母亲的祖籍是河北，但是她却是一个地地道道的东北人。

母亲出生在黑龙江的偏远农村，一个叫蒋家店的地方。蒋家店周遭多是一眼望不到边的盐碱滩，大片大片的土地上披了一层白花花的盐碱，别说是种庄稼了，连草都很少见。在这片土地上的人们生活非常艰难。

母亲姓丁，出生在1938年的一个冬日，在她出生之前，我姥姥已经有九个孩子相继夭折了，仅保住了一个六岁的儿子。连续遭到打击的姥姥姥爷，对这个新降生的又瘦又弱的小女孩是否能够活下来完全没有信心，只能听天由命，他们随便给她起了一个名字"丫头"。让一家人没有想到的是，这个看上去柔弱的小丫头竟顽强地活了下来，而且很快就表现出了她聪颖的天资。

在蒋家店，我姥爷也算是一个识文断字的"秀才"，姥爷是村里的会计，能用双手打得一手好算盘。姥爷嗜书如命，很少问津家务，更不会做农活儿。大约是耳濡目染的缘故，或者是一种冥冥的力量，母亲对学习、识字、读书表现出了极大的兴趣。她天天像小尾巴一样跟在我姥爷的后面学习，到了四五岁时居然就能流利地背诵《三字经》《百家姓》，而且用她稚嫩的小手熟练地在算盘上演习加减乘除。这让她的爷爷非常吃惊，逢人就说，我这小孙女一定是在出生之前没被灌"迷魂汤"啊。我的姥爷和姥姥则暗下决心，把这个丫头当成儿子一样供她读书。

毕竟是旧时代，我的姥姥还裹着小脚，小脚的姥姥一个人担起了家里的全部重担。春种秋收,昼夜不息,白天煮饭侍弄家禽,晚间缝衣喂马,从早到晚里里外外忙个不停。即便这样,她从不让自己的"丫头"插手帮忙。每当母亲想过来帮她做些活儿时,姥姥总说,回屋读书去吧。

二

母亲到了上学的年龄,才有了正式的名字,因为认识很多字,直接就上小学二年级。乡下的学校其实就是一间土坯房,只有一名教书先生和一至四年级不等的二十几名学生。早年施行的还是旧式的教育方法,背书,背不好就打手板。但是学习和品德优良的母亲却一次也没有受到过这样的惩罚。老师夸赞她,这真是一个读书的材料,只可惜是一个丫头呀。

懂事的母亲知道家里是在怎样困难的情况下供自己出来读书的。除了勤奋的学习,她在生活上非常节俭,一支铅笔削到手再也拿不住了才恋恋不舍地丢弃。在当年,三年级以上的学生就开始用钢笔练习写字了。母亲回忆说,那时候钢笔水是用钢笔水片泡的,钢笔是用钢笔尖和木头棍儿绑成的,用秃了的钢笔尖舍不得丢掉,磨一磨再用。乡下的学校没有电,天一黑学校就放学了。母亲回到家草草地吃口饭,就拿着书本跑到院子里,"月光做灯,大地做纸",用小木棍在地上温习功课。

比母亲大六岁的哥哥特别喜欢这个聪颖的妹妹。母亲上小学三年级的时候,我舅舅就已经在书店上班。看到妹妹这么爱学习、爱读书,舅舅就从他微薄的工资里挤出一点儿钱,给母亲买铅笔和本子,并为她订了一份儿童读物《好孩子》。有时舅舅也从单位拿回一些废弃的报纸和破损的书刊给妹妹。这些不但解决了母亲学习用品的缺乏,更增长了她的课外知识。从舅舅带回的书里她知道了童话家严文井、漫画家华君武等等一些了不起的人物。母亲感慨地说,你舅舅送给我的不是书,是"雪中送炭"。也许就是这些书籍,母亲的面前打开了一扇扇明亮的窗户,让她看到了一个从未曾看到过的,甚至是不敢想的,崭新的,丰富多彩的大世界。

三

初小毕业,母亲学到了很多基础知识,视野比同龄孩子开阔,成为学生中的佼佼者。当时新中国刚刚成立,百废待兴,区里成立了高小班,高小班面向全区范围招考,这年母亲十三岁,和母亲一般大的女孩子有的下地干活,有的在家做家务、看弟妹,在那贫困年代,供子女上学就是一种额外的负担,许多农民觉得有没有文化是件无所谓的事,男孩长大种田养家糊口,女孩子长大嫁人,这就是天经地义的事。

母亲忐忑不安地站在我姥姥面前,问姥姥:"娘,考不考?"正在干活的姥姥头都没抬,只回了一个字:"考。"若说我姥也不是等闲女子,自二十多岁嫁入夫家,由目不识丁到能读书,既得益于姥爷爱看书的影响,也与她自己的求知欲望分不开。不管家务多忙,姥姥总能抽出时间和姥爷学认字,当母亲懂事的时候,我姥姥已经把《三字经》和《百家姓》倒背如流了,一些唱本(小说)也可以看下来了。读书给了姥姥精神上的慰藉,她怎么能不希望她的女儿继续读下去呢?

母亲满怀信心参加了考试,很快就传来被录取的喜讯。

十三岁的女孩要放飞了。母亲的心是那样的激动不安,村里的女孩子都很羡慕她。可是,也有人家对此嗤之以鼻,"女孩子就是嫁汉嫁汉,穿衣吃饭,读哪门子书呢?真是起么蛾子""这哪里是正经过日子人家嘛"。这些流言蜚语并没有对母亲有影响,母亲有母亲的梦,姥姥有姥姥的梦,她们的梦和别人无关。

到了开学报到的日子,母亲说,自己真的像一只出笼的小鸟,充满了兴奋和好奇。到了班级才发现只有她一个女生,而且她的年龄最小,个头最矮。下课的时候,男同学都在操场打球玩耍,母亲默默地站在教室门口看着。她没有伙伴,连说话的人都没有。一种莫名的孤独感包围着母亲,她开始想家了,想家里的饭菜,想热乎乎的火炕,想娘的被窝,想煤油灯下爹给她讲古论今的夜……

从学校回家要走十多里的路，其中有二里多路是绝少人迹的羊肠小道。羊肠小道充满了让人莫名的恐惧感，冬天，北风呼啸，漫天大雪，走在这样的小路上不知道会不会有野狼窜出来。夏季，是密不透风的青纱帐，十三岁的母亲背着书包瑟瑟发抖地在小路上跑着，直到远远看见姥姥在村口等她的身影，才松了一口气。母亲说，那种不安和惧怕至今难以忘怀，直到晚年，那个情景还时常地在梦中出现。

母亲的学习成绩在班级里一直名列前茅，而且开学不久老师就发现这个平时沉默不语、性格内向的女孩子在读课文时声情并茂，很有感染力，也看出有一定的阅读功底。于是，老师就让她担任班级的读报员。读报，不仅让母亲的求知欲得到了极大的满足，也锻炼了她的语言表达能力。

母亲第一批加入了少年先锋队，并提名为少先队的大队长。当母亲戴上红领巾，佩戴着大队长标志的三道杠站在队伍的前面，面对少先队队旗庄严宣誓的时候，自豪和骄傲的眼泪不由得流了下来。

十五岁的时候，母亲以全校第一的优异成绩高小毕业。

四

中学在距家百里之遥的县城，继续读书就意味着远离家乡和父母，考还是不考？这让母亲非常纠结。她想继续深造，可是觉得家里能够供自己高小毕业已经非常不容易了，但她又不甘心，回到家中，她又一次忐忑不安地来到姥姥面前，姥姥还是一个字：考。

考试那天，校长亲自带着本校的十几名学生去了考场，结果，只有母亲和另外两个男生被录取了。

母亲是解放后蒋家店第一个考上中学的女生。村里人终于对这个不起眼的黄毛丫头另眼相看了，谁也没想到，老丁家的女儿居然考上了中学，去县城里读书了，这几乎是蒋家店自有记载以来从未有过的大事儿，奇事儿，喜事儿。

母亲知道自己离开家的日子越来越近了，每想到要和爹娘好几个月才能见到一面,她的神情不免有些黯然。倒是姥姥忙乎上了,张罗给她准备上学用的东西,拆洗了被子,缝了一条鸡毛褥子,在枕头里层放了几件备用的物品,并用旧布给母亲做了一套衣服。为了筹集母亲的学费,姥姥和姥爷一狠心卖掉了家里唯一的那匹老马。当老马被牵走时,母亲分明看到姥姥落泪了,这匹和全家人一起渡过了一个又一个难关的老马,走的时候也是不愿意走啊,眼睛里蒙上了一层不舍的泪水。母亲说,你姥姥、姥爷若不是为我读书,断断是不能卖了它的。看到姥姥难受的样子,母亲暗下决心,一定要好好学习,要给爹娘争一口气。

去学校报到的那天,姥姥准备了足够两天吃的粮食,娘俩带上行李,徒步走了六十里的路,再搭上过路的马车。马车上,姥姥把她的丫头紧紧地搂在怀里,母亲也紧紧拽着姥姥的衣襟。她不知道未来的生活会发生怎样的变化,但她是坚定的,她认为自己有信心面对。在乡间那条泥泞不平的土道上,一路风尘,一路颠簸,两天两夜才到县城。

下了马车,拿着包袱皮的母亲就像童话故事里的那个灰姑娘,眼前的一切都让她感到新奇,县城里的砖瓦房,大道上不时驶过的汽车,电影院、百货商店、新华书店……母亲目不暇接,县城里的孩子们衣服是那么整洁干净,说话声音是那么响亮,这一切让她感觉有些眩晕。母女俩相扶着去学校报到。学校的老师和同学们热情地接待了她们,不仅帮这位腼腆的女孩子铺好了行李,还专门替她们打好了饭菜。收拾完毕,姥姥要回去了,母亲眼泪汪汪地望着姥姥离去的背影,心里空荡荡的,感觉自己就像断了线的风筝,那么的无助和失落。母亲知道和姥姥这一别,家就更遥远了,再没有羊肠小道任她往返奔跑。从县城到家的路不仅仅是遥遥百里,而且都是些泥土路。母亲回忆说,一次因阴雨连绵,桥梁被冲断了,马车过不了,她只好骑姥姥借来的马回学校上学。那可是她第一次骑马,她坐在马背上吓得浑身直打哆嗦。

班级里有个担任生活委员的大姐姐,看到母亲孤单无助,就拉起她的手,带着她一同去上课、吃饭,甚至晚上和母亲睡在一个被窝里,让母亲度过了那些难熬的夜晚。

母亲说,刚上学的时候,学校检查个人卫生。负责检查她的女生在母亲的衬衣领子上发现了一个虱子,她没有说什么,母亲却觉得无地自容。这是多么难堪的事啊。自尊心很强的母亲的情绪低落到了极点,一度动了退学的念头。然而,一篇作文改变了母亲在同学们心中的印象。记得那是一个刮着昏天暗地狂风的阴天,正式上课前,老师告诉同学们,一个友好国家的领导人去世了,要求大家写一篇悼念文章。第二天上语文课,老师首先给同学们念了一篇范文,老师并没有说这篇作文的作者名字。当老师念过之后,母亲才猛然醒悟过神儿来,这篇作文不正是我写的吗?! 晚上回到女生宿舍,一位初三同学告诉她,语文老师在她们的课上也念了这篇作文。母亲的这篇作文,老师只批了一个字"好"。打那以后,母亲的作文几乎篇篇都是范文。母亲又找回了自己的自信。

　　后来,母亲因为品学兼优加入了共青团,并当选为学生会副主席。"五一"劳动节,全县党政机关、学校在县里最大的广场搞纪念活动,校领导让母亲代表全校师生发言。这时的母亲已经不是那个见了人怯生生的黄毛丫头了,她站在麦克风前自信、沉着,抑扬顿挫地念着稿子,博得了全场热烈的掌声。消息传回村里,姥姥、姥爷听说自家的闺女竟然和县长同坐在主席台上,而且还发言了,感到脸上特别有光。

五

　　1954 年 6 月,十七岁的母亲中学毕业了。她又面临两个选择:一是听从老师的建议,考高中,然后准备考大学,按母亲平时的学习成绩这是大有胜算的;二是回农村参加工作,然后结婚生子。

　　可是母亲是多么渴望继续学习啊。她第三次忐忑不安地站在了姥姥的面前。姥姥看着欲说还休的母亲,落泪了,姥姥也希望她这心爱的小女儿能继续读书,女儿上大学也是她的梦想啊,可是为了供她读书已经家徒四壁了。我的舅舅又结婚了,还有三个孩子,微薄的收入仅够他们一家勉强糊口……这一次姥姥张了张口,终究没说出那个"考"字来(这事成了姥姥日后永远的痛），懂事的母亲拉着姥姥的手只是默默地流泪。

就在这时，上天却派来了"天使"，哈尔滨商业学校（黑龙江商学院前身）的老师来到了县中学招收新学员。

这所学校是1952年新中国创办的第一所商科院校，招生老师手拿着学校新落成的教学大楼的照片，向他们讲述了学校从事的专业和师资力量，从食宿环境到福利待遇等各方面优势，说学校的办学宗旨是三年内为国家培养出商业方面的"中等小专家"，毕业后国家负责分配到国有企业成为国家正式干部。在母亲看来，最关键的是，学校不但减免各种学杂费，而且每人每月还可享受16元钱的助学金。这简直就是天上掉馅饼啊，母亲毫不犹豫地报考了。

1954年夏季的一天，对老丁家来说是个喜庆的日子，那天中午，骑着自行车的邮递员老远就喊着母亲的名字，气喘吁吁地骑到了家门口，连汗都来不及擦，对姥姥、姥爷说，你家女儿考上省城的学校了。

母亲飞快地跑了出来，撕开信封，一页纸飘了出来，真的是录取通知书。上面写着母亲的名字：丁××同学，你已被哈尔滨商业学校贸易计划专业录取，学校的地址：哈尔滨市顾乡区通达街34号，请于8月初到校报到。母亲心中的一块石头落了地。新中国成立后，母亲是全电子第一个到省府去读书的人。这已经不仅仅是丁家的喜事了，而是全电子的光荣。听到喜讯后，到家里来贺喜的人络绎不绝，热闹极了。

开学的日子快到了，姥姥和母亲突然有些犯愁，去省城上学需要坐马车、汽车、火车三种交通工具方可到达，母亲没坐过汽车，没见过火车，要带上所有的衣物被褥，谈何容易？母亲急得直想哭，姥姥、姥爷也直犯愁。真是天无绝人之路，就在一家人一筹莫展的时候，县中学来了通知，校方决定对被省城录取的毕业生入学有困难者，可以先到县里集中，然后统一出发送去省城。

1954年8月初，母亲终于来到了有"东方小巴黎"之称的哈尔滨，第一次零距离地欣赏到这座美丽、洋气的大都市。

一枚白底红字"哈尔滨商业学校"校徽佩戴在母亲的胸前，她高高地昂起头,仰望着银灰色的教学大楼(这是她第一次看见楼房),仰望着蓝天白云,她的心不只是兴奋,更是充满了激动,是啊,从此她将告别那片贫瘠的故土,走向新的生活了。

母亲所在的班级共四十几名学生,其中女生九名。同学们来自四面八方,有黑龙江所属各市县的,有哈尔滨市内的,有外省的,还有来自新加坡、印度尼西亚、马来西亚以及朝鲜等国的华侨学生。这是一个充满着青春朝气的大家庭,不同的地区、不同的家庭背景,说着不同的方言,有着不同的兴趣和爱好,不同的生活习惯,穿着各自特色的衣裳,他们相互了解,相互切磋,相互学习,华侨同学竭力板正南腔北调的口气,农村的孩子很快就改正了"嗯呐嗯呐"的口语,他们都发现哈尔滨话最悦耳动听。

母亲很快就融入新的集体生活中,吃惯了粗茶淡饭的她没想到每个周末不仅可以吃上细粮,还能吃上一次肉菜,这让她食欲大增,不仅体重增加了,个头也长高了。

母亲的青春就在这美丽的校园里悄然绽放。

当时学习内容有贸易计划学、商品经济学、现代政治经济学、会计,还有三角函数、微积分等等,许多课程没有教材,只靠老师在课堂上讲授,这些课程就像一座座小山摆着母亲面前,等着她攻克。母亲从来就没被学习击倒过,她上课认真听讲,下课整理笔记,毕业时除了会计课得了 3 分,其余全是 5 分,差一点取得"满堂红"。

1956 年 9 月,母亲以优异的成绩毕业,这次她没再征求姥姥的意见,她决定放弃考大学,她不能再给爹娘增加负担了。按照她的志愿,学校将她分配到省里的医药系统,从此,她从一名学生转变为国家的工作人员,一个人求学的历史到此翻过一页。

是啊,在这条求学路上,母亲吃了很多苦,克服了许多障碍,其中有生活习惯的改变、心理上的胆怯、学习上的艰难、环境的适应……这一切她都挺过来了。

回顾往昔,在那个穷乡僻壤由十二个村子组成的乡下,母亲创造了三个第一和三个唯一:解放后第一批上高小班的唯一的一个女生。第一批去县城读中学的唯一的一个女生。全屯子第一个到省城哈尔滨读书的唯一的一个女生。

母亲的求学之路像是一部励志的传奇故事,从羊肠小道到阳光大道,从贫瘠的盐碱地到繁华的大都市,从胆怯的黄毛丫头到新中国朝气蓬勃的青年学生,从一无所知的乡下姑娘到国家工作人员。她有过胆怯、自卑和畏惧,但坚强而好学的母亲挺了过来,读书改变了母亲的命运,使她从一个丑小鸭变成了一只矫健的白天鹅。

后来,母亲考取了经济师的职称,成了家,入了党,相继生下了我们姊妹三人。20世纪80年代,我们姊妹三人先后考上了大学,圆了我姥姥、姥爷和母亲的大学梦。

哈一中最老的老师走了

——追忆我的恩师蔡光霞老师

一

2018 年 9 月 9 日，哈尔滨大剧院音乐厅，一位来自法国的年轻女钢琴家西莉亚正在为大家演奏，就见她微闭双目，双手行云流水般在键盘上飞舞，巴赫、海顿、拉赫玛尼诺夫、德彪西……一首首名曲流泻而出，台下的听众听得如醉如痴。

一个半小时飞快地过去了，在加演了好几个曲目后，演出结束了。听众恋恋不舍地纷纷上台要求和西莉亚合影，她爽快地答应了。这时从听众席走上来一位拄着拐杖的老先生，他分别用法语、英语问候西莉亚。西莉亚瞪大了美丽的眼睛，笑容瞬间在脸上盛开，她用母语和老人家互相致意。在场的人都用吃惊、羡慕的目光看着老先生。

这位老人就是我的恩师，哈一中退休的外语老师，当年已经九十二岁的蔡光霞老先生。

蔡老师常年居住在美国西雅图，每年夏季回来住上一两个月，这次如是，他后天就要回去了，今天应我之约，在他的儿子蔡宪的陪同下，来到大剧院听音乐会。朋友给力，送了我三张第一排中间位置的票，一等一的好座位。

听完音乐会的老师很兴奋，边往外走边说，他还是在 20 世纪 60 年代在北京工作时，经常在国家大剧院听音乐会，算起来有几十年没听了。

我们在大剧院剧场里外照了好多相片。蔡宪大哥对我说，老师回来两周了，因为感冒一直在家里，今天一听说你请他听音乐会，可高兴了，难得出来呼吸新鲜空气，老人家精神状态格外饱满。

去年这个时候老师回国，我也带他到大剧院来，但因为没有演出，大门紧锁着，我动用了特殊关系，破例打开了大门，让老师进剧场参观并拍照留念。那天，一个人坐在剧场里，老师好神气啊！

今天，我也算完成了一个心愿。

看着老师状态不错，虽然手里拿着拐杖，却经常举起来把玩着，我和他商量，咱们去太阳岛走走，然后，去中央大街您过去住过的房子看看，再到马迭尔吃点儿西餐如何？老先生毫不犹豫地点头。蔡宪大哥调侃我，太知道你老师的心思了。

就这样，我拉着老师去了太阳岛，我们在我曾经工作过的单位门前留影，又在中央大街漫步，在马迭尔西餐厅吃了晚餐，最后，在老师曾经居住的地方——道里西九道街 65 号，那栋已经被拆除的二层楼的苏联式房子，现在的"人民同泰药店"位置，老师留下了一张照片。

这一天，老师神采飞扬地和我说起他的往事，他传奇的经历。

如果不是老师亲口和我说，我万万想不到老师是毕业于北大的高才生。

原来，1925 年出生在湖南长沙的蔡老师，父亲经营钱庄，家境殷实，他刚高中毕业那会儿，父亲就给他拿资金，让他做海产品生意，后来他觉得还是要上大学读书，1947 年他二十二岁，考上了北京大学西语系学习法语，当年全国只招收了二十四名学生，西语系学习考试非常严格，每年都有不及格淘汰的，到了 1951 年四年大学毕业时，只剩下蔡老师和一名女同学了，老师的毕业证上有马寅初校长的大印。

老人家是北大的高才生啊，精通法语和英语。

参加工作后分配在政务院对外文化联络局的老师，深得著名导演、剧作家洪深（注一）先生的赏识，一直做他的助手。蔡宪大哥插话道："1955 年洪深先生去世了，胡子还是我父亲刮的呢。"

1961 年，老先生从北京下放到哈尔滨空调机厂资料室，很快，因为当时缺少外语老师,哈一中把蔡老师调了过去,但由于法语不适用,老师改教英语直到退休。

我那气质高雅、端庄秀丽比老师小五岁的师母出身更是了得,她的父亲是大名鼎鼎的抗日将领刘兴(注二)。她很小就参军,曾经参加过抗美援朝。师母曾在另一所中学教语文,直到退休。

这两位老人家的经历听得我目瞪口呆。

分手时老师对我说,好些年没说这么多的话了,不想说了,没想到今天打开了话匣子。一旁的蔡宪大哥会意地笑了。

蔡宪大哥搀着老师慢慢走向尚志大街,我望着他们的背影,好久……

中央大街老了,老师也老了,尽管老师在我心里永远是当年的样子。虽然旅居国外多年,这个倔强的老先生心中装的还是他的家乡,每年一定要回到哈尔滨过生日。

夜色中,老师的背影渐行渐远,我却泪眼模糊,我高龄的恩师,我希望在您的有生之年有机会多陪陪您,尽一个学生的义务。

二

万万没想到,这是我和老师见的最后一面。

阻断我们的不是天南海北的距离,不是擦肩而过的匆忙旅途,而是疫情,疫情让我们即使在一个城市也只能惦记不能相见。

2021年5月23日早,收到蔡宪大哥的短信,悲痛地告知,蔡光霞老师于2021年4月29日凌晨突发疾病,尽管全力抢救,但终因年事已高,最终不治,于5月21日17时离世,享年九十五周岁。

看到这个噩耗我的大脑一时有些空白,好半天才缓过来。算一下,我和老师自上次分手有三年了,三年来通过蔡宪大哥,我一直知道老师的踪迹,在美国、在深圳、在哈尔滨……今年1月份的时候,我虽然在南方,但还是通过快递给老师寄去了林区的木耳和榛蘑。蔡大哥过后告诉我,老师很爱吃。春节的时候老师和我通了电话,电话里他那带着南方口音的嗓门还是那么洪亮,让人感觉到底气还很足。他说,我身体硬朗着呢,活一百岁不成问题。我开玩笑地说,您现在就是哈一中最老的老师,您活一天就破一天纪录。他那边传过来爽朗的笑声。

我核计着等天气暖和了,疫情也过了,我再拉老师出来走走,看看太阳岛湿地,看看哈尔滨的新面貌,再走走永远也走不够的中央大街,晚餐嘛,换个地方,去华梅吃顿西餐。

没想到,老师不辞而别了……

往事如烟,就在这一刻都涌了上来。

1977年,我上初三,刚从十八中转到哈一中,陌生的环境,陌生的老师,陌生的同学,一切都让我拘谨,加上教学进度不一样,我拉下很多课,特别是数理化,我只好每天放学拼命做题,自己给自己补课,一点点追赶着同学们。只有外语课我比较放松,那时候我的父母不知道怎么想的,在我初一的时候,请了五中的一位老师教我们姐仨英语,每周一个下午去老师家学习口语。加上我还跟着收音机的《陈琳学外语》节目学习,所以,我的英语基础比较好。

记得上老师的第一堂外语课,大步流星走进教室的蔡老师就让我眼前一亮,高高的个子,茂密的头发背梳着,大大的鼻子,一双灰蓝色的眼睛炯炯有神。讲课前蔡老师在黑板上写下了几个汉译英句子,上堂课他刚讲完一般疑问句,就写下了诸如"你有兄弟吗?"这样的句子,许是看我面生,他指着我上前翻译,一时的慌乱让我忘记了"Do"的用法,把应该是"Do you have brother?"写成了"Have you any brother?"。蔡老师很奇怪地问我:"你怎么会美式英语?"我老老实实回答:"我不知道它是什么式,听陈琳广播教的。""嗯。"他用赞许的目光看着我。我想,他是记住我了。哈哈,我也记住他了。他和十八中学教我英语的徐老师特别像,都是高高的个子,都有南方口音,都有着让人畏惧的傲气,我曾是徐老师的外语课代表。

那时很多同学不重视外语,把精力都放在数理化上。有一次我们班的英语成绩考得非常糟糕(我例外),蔡老师特别生气,他满脸通红地走进教室,用教鞭指着大家说:"你们现在不好好学习,将来是要吃亏的。"然后,又用教鞭一指我说："你们记着我的话，她，将来肯定有出息。"老师的话吓了我一跳，同学们说我当时脸通红通红的。

初三那年我的记忆就是课本，甚至上厕所、睡觉，课本都伴随着我，直到我考上了哈一中的高中部。

高中第一堂外语课，蔡老师夹着教案，伴着铃声，迈着矫健的步伐走进教室，我好高兴啊，又见到老师了。但很快，我和我所有的同学都被他的气势压住了。要知道，我们那年的中考（1978 年）是恢复高考后最正规考上高中的，一中的成绩仅次于三中，我的同学中有的成绩比三中分数段还高，而且老师说，我们班五十多人仅在初中当班长的就有十七人，可想而知，同学们都很骄傲，私下里互相不服气的。也许蔡老师就是为了压压我们的锋芒，走进教室，他把讲义一放，便开始滔滔不绝地说了有十分钟英语，课堂鸦雀无声，老师环顾四周，问："哪位同学能翻译请举手？"没人出声，我在心里暗暗祈祷，千万别叫我啊，我也没听懂啊。当老师又重复了一遍他的开场白还是没人吱声时，他不高兴了，指着我说："你，Translate（翻译）。"天啊，真是怕啥来啥！我只好慢腾腾地站起来，使劲定定神，听着老师讲话，真怪，刚才还听得云山雾罩的，竟然一句跟一句磕磕绊绊翻译出来了，当我把他说的最后一句"马克思教导我们说，外国语是人生斗争的武器"翻译完后，全班响起了同学们的掌声。他用得意的目光环视着我的同学们，也顺带瞅了一下坐在后排旁听的校长，好像在说，你们看看我教的学生！

我理所当然地成了他的课代表。

蔡老师是个不苟言笑的人，但他对我的偏爱从不掩饰。在操场上，只要看到我的身影他就会大声喊着我说外语，弄得一操场的人都看着我们，我只能硬着头皮面红耳赤地回应着。在教室里，每每上自习的时候，他便自顾自地走进来，把我同桌撵走，拿着卷子为我讲解。走到哪里他都要炫耀我。我要是考好了，他会开心。我要是考失常了，最怕的就是和他愤怒的目光对接。我还记得有一次中考完，他把我叫到教研室，当着许多老师的面质问我："这次怎么考的？发挥失常了？"望着他生气的样子，我只觉得脸一阵阵发烧。看到我忐忑的样子，老师突然憋不住了，一阵大笑，拍着桌子说："哈哈,这次你考了满分!"天啊,平时那么严肃的老师也开起玩笑了,旁边的老师们都跟着笑了起来。

那时候,我们班最牛了,全市的外语老师包括各校领导都到我们班观摩学习。蔡老师教会了我们用英语分析课文的语法,比如:这是主语,这是谓语,这是名词动词,这是定语从句修饰这句话,这是状语补主语……20 世纪70 年代的学生,别说用英语分析句子了,就是用汉语许多人也分析不明白啊。蔡老师用"填鸭式"和"威逼法"让我们都进入到他的英语领域,每堂课他大声领着我们朗读,领着我们分析课文,挨个提溜我们发言,到了晚自习的时候,老师和别的老师抢时间给我们补课,我们班许多刚来只打几分的同学,英语成绩噌噌地上来了。

但是,1980 年,外语在高考中只占 30%的分,我们不可能把大部分精力放到那里。到了高二下学期,英语还有生物课要给主科让步,我经常能看到他失落的背影。

现在我明白了,我们都是他的一个梦想,他多希望我们在外语上有所造诣,有所建树啊,所以投入了那么多的心血。写到这里,我的心深深地愧疚,如果我不学医,如果我考的是喜欢的外语专业,从事外文行业,那对他该是多么大的欣慰呀。我愧对老师的期望,没有什么出息,唯一可以向老师汇报的是,那年高考我考上哈医大,在四百三十多名新生中英语成绩第一。

高中毕业后,少不更事,我只看望过他几次。

但是,蔡老师播下的外语种子在我心里已经发芽,对英语的痴迷贯穿在我几十年的学习生活中。随着阅历的增长,我的兴趣也随之而变,但唯一不变的爱好是看"美剧",我喜欢听美剧里节奏优美的英语发音(至少我是这么认为)。1988 年,在单位领导的支持下,我在哈工大脱产学了一年英语,并在全国出国人员英语考试、托福考试中均取得优异成绩。2000 年我参加全国成人教育管理学硕士学位考试,英语以高分通过。我还担任过八年哈尔滨老年人大学的英语研究会会长,为老年大学聘请的来自美国、加拿大、澳大利亚和英国的老师做助理,每堂课现场做翻译。我还曾作为英语志愿者参加哈夏。我在美国旅游,一个人背着包到处跑,英语就是我的伙伴、我的工具。我在希腊、非洲、英国、迪拜、马尔代夫、尼泊尔……用英语做桥梁,基本上所向无敌。

这一切的一切,归功于恩师的教导。

这一切的一切,都要感谢我的老师,特别是蔡老师,是他们给我打开了一扇窗,让我融入精彩的风景中,我的人生才会有和别人不一样的风采。

我只是老师教过的学生中最普通的一名,人生影响如是,他从教几十年,教过的学生无数,我相信会有许许多多的"我"对他心存感恩,许许多多的"我"生活由此不同。

三

随着年龄的增长,我越发怀念和老师学外语的日子,近几年我一直在打听着他,有人说他搬家了,有人说他在国外。2015年的一天,我把对老师的思念和愧疚发在朋友圈中,我在美国西雅图的大学同学小苏看到了(万能的朋友圈啊),她留言道:"这不是我的蔡伯伯吗?他是我父母的好友,我们经常在美国聚会啊。"

在小苏的牵线下,终于找到我的老师了。2015年夏季他回哈期间,我和几个高中同学拜访了老师,时隔多年我们都很兴奋啊,围着老师抢着说起往事。

我在朋友圈发了找到蔡老师的消息,没想到引起很大反响。

同年级的同学和我约定,来年8月21日老师生日,一起去看老师。

邻班的王同学,也是蔡老师的学生,在市内戏剧界小有名气,听我说老师喜欢听京剧,马上承诺一定要找机会好好给老师唱一段,我们班则有同学马上表态要陪着老师听京剧。

"老三届"的师兄师姐们听说了,更是反应激烈,有个叫"董秀芝"的大姐写了一篇近三千字的文章《忆我的恩师蔡光霞老师》。

还有"老三届"刘彬师兄,虽然蔡老师没教过他,但他的耳朵早就塞满了对蔡老师的溢美之言,敬重之心油然而生。他通过我找到蔡宪大哥,特意把

"老三届"制作的《我和我的一中》回忆录,还有"老三届"聚会纪念品寄给蔡老师一套。他说,蔡老师在这里面能看到他曾经教过的许多学生,我想让老人家知道,我们都没有忘记他。

2017 年 12 月,我去美国旅游,在同学陪同下,拜访了住在西雅图的老师,见到了美丽的师母。第二天是圣诞节,老师在饭店设家宴招待我,那天,老师家里所有在美国的亲属都到场了。老师送给我一盒花旗参,悄悄告诉我,这个东西非常好。蔡宪大哥对我说,这是他家最隆重的接待客人方式。

这过往的一切仿佛就在我的眼前。

……

四

5 月 27 日,我发布了蔡老师逝世的消息,我的同学们惊悉噩耗悲痛万分。

同学留言:得知蔡老离世,虽距给我们授课已过四十几年,仍依稀记得当时已五十岁的蔡老走路虎虎生风,饱满激昂形象,他的授课有点公式化,但特立独行,今天仍愿意听电台英语频道应该和他老的教诲密不可分,愿蔡老在天上也继续引领我们读英语,吃水不忘挖井人,怀念他当年为我们的付出。

同学留言:老师霞光照耀,桃李天下! 愿您天堂安息!

"老三届"的同学们更是悲痛万分,纷纷在朋友圈发文悼念。

老师的儿子,蔡宪大哥写的悼文:

我们深深地怀念我们最敬爱的父亲……

自幼懂事开始,父亲就一直是我心中最为敬佩的亲人。是他和亲爱的母亲,给予我们生命,哺育我们成长,教育我们做人,指引我们前行。他的一生都无私地、毫无保留地奉献给了我们这个充满着爱的家庭……

在我人生中的每一个节点，都离不开父亲的关爱与悉心教诲。

父亲就像一盏明灯，时时照亮着我们前行的道路……

我的父亲，一个湖南伢子，经历过民国战乱、新中国建设、改革开放几个大的历史时期。坎坷的经历铸就了他坚韧的品格。

从新中国成立初期，在中央国家机关工作，到响应党的号召，支援边疆建设；无论是在北京优越工作环境，还是在哈尔滨的大学以至中学教书；无论是顺境还是逆境，父亲都始终保持着乐观向上的积极人生态度。

在我心中，他是一位慈父，是一位严师，是一位善良正直长者。父亲的大半生都奉献给了国家的教育事业。

在整个从教生涯阶段，父亲育人无数。其中，不乏国家栋梁之材。

敬爱的父亲，您虽然离我们而去，但您的音容笑貌始终伴随我们左右，您永远活在我们心里。

……

别了，哈一中最老的老师，我的恩师，老师送我的那盒花旗参还在，一如我们师生的情谊永存。

教了一辈子书的蔡老师啊，很平凡，平凡得就像百花园中一个不起眼的园丁，默默地耕耘，默默地守候。他又很伟大，从遥远的湖南到寒冷的北方；从北大毕业的骄子到哈尔滨一名外语老师；从外交部工作到一所普通的中学教书。他的一生跌宕起伏，充满了挫折，但老师宠辱不惊，激情满怀，用深情拥抱生活，用真情教书育人，用无私奉献事业，他就像一团火，一团熊熊燃烧的火，走到哪里就把他丰富的知识和热情洒向哪里，沸腾，然后变成希望，朝气和力量。这，就是一个人民教师的伟大之处。

借用网上的一句话：老师，您用一支粉笔，度过了您神圣的一生。而您的教育，也影响了我的一生。

谢谢蔡宪大哥给我发过来老师的资料，让我在无尽的缅怀中再次看到老师的风采。

　　注一:洪深(1894—1955),江苏武进(今常州市)人,导演、剧作家、戏剧批评家、教育家、社会活动家,是中国现代话剧和电影的奠基人之一。

　　注二:刘兴(1887—1963),湖南衡阳人,国民革命军陆军上将,抗日名将、爱国和平起义将领。

一布袋干虾

又快到春节了，老家大哥寄的包裹如期而至，手工缝制的旧布袋里装着一袋大约二斤重的干虾，一打开腥腥的味道扑鼻，这已经是大哥连续七年给我们寄年货了。

我吃虾皮肤过敏，家里人也不太喜欢吃的，年年就放置着。今年母亲特意打了电话给我，让我告诉大哥，别再寄了，没人吃，可我张不开这个口。

七年前的 5 月份，从母亲的老家河北农村来了一个从没见过的大哥。母亲说，大哥父亲的爷爷和母亲的爷爷是同一个人，也就是我和大哥同一个曾祖父。

之前，母亲很少说起老家，偶尔从他们的来信中得知一点儿消息，每每在信中报着平安，说着家长里短的话，不外乎儿子结婚了，老伴身体又是不好了。大哥文化不高，说的都是平常的话，每次看完信，我回头就忘了。

风尘仆仆的大哥来到我们面前，黝黑消瘦的脸庞，不高的个子，表弟给他的衣服穿在身上显得肥大，两只手有些拘谨得不知道放哪里好。

操着一口唐山口音的大哥看见母亲就哭了。那个时候，母亲刚做完一个大手术，大哥一面叫着老姑，一面紧紧地抓住母亲的手。

五十多岁的大哥思念他的老姑，特别是听说唯一的叔叔也过世了，他再也坐不住了，买了张火车票，一个人一路打听，一路奔波就来了。大哥没出过远门，直接到了大庆，然后，由表弟陪着来到哈尔滨。坐下来聊着彼此的境况，才知道大哥家里的生活拮据，这几年收成不好，大嫂病重时都不能下地，挣点儿钱还不够给她看病的。

我们领着大哥来到太阳岛玩，坐在"钢琴"前的大哥局促着不知道该摆个什么姿势照相。这是他这辈子第一次见到"钢琴"。我们又来到中央大街，举着马迭尔冰激凌的大哥在时髦的人流中特别显眼，因为他实在是"土得掉渣"，可他兴奋得不介意了，站在马路中央留了个影。

大哥出来一趟不易，家里的人也许会盼着他带回点儿特产，除了买些干肠红肠、木耳蘑菇外，我带着他来到了建设街市场，这里的俄罗斯特产他们不会有的，买了巧克力、手电、放大镜、望远镜、酒起子……我告诉大哥，这些小玩意你拿回去给大伙分分，咱别空手回去。

付完款快走到门口时，我忽然想起了大嫂，悄声问大哥："你看看我给大嫂买点儿啥？"大哥满脸通红地说："别买了，太多了。"我执意让他告诉我，大哥犹豫了一下，说："你大嫂这辈子也没戴过一块像样的手表。"我二话没说，拽回大哥，挑了一块他比较中意的手表，大哥小心翼翼地把表放到了贴身的衣服兜里。

送走大哥，时间不久，表弟去了一趟老家，发回来的相片里，土房土墙火炕斑驳破旧，屋子里的陈设既古老又简陋，看了让人心酸。

此时，快过年了，我特意去了一趟市场，买了一堆干肠、红肠、山货，给大哥寄了过去。

很快，就接到大哥回寄的东西，干干的扇贝和蚬子，除了腥味，上面似乎有些发黄，里面夹着封信，说老家实在是没什么东西可送给我们尝尝，只能买到这点儿东西，不知道我们能不能喜欢。

大哥是种地的农民，这些海鲜是他跑到县城里特意买的，也许，在他们那里，这是最贵重的东西了。

东西放在家里，没人动。可当大哥打电话问我，东西好不好？我违心地说，好极了，大家都喜欢吃。大哥在电话里开心地笑了。我不说，是怕大哥听了伤心难受，怕他再去东跑西颠地寻找更贵重的东西。

心实的大哥这几年条件好了，于是，寄的蚬子和扇贝变成了大虾，每一年都要满心欢喜地提前打电话告诉我东西要到了，注意接收。然后，再打电话询问是否寄到，直到得到答复了才放心。

大哥的包裹里寄的是老家的味道，寄的是扯不断的亲情。

一布袋干虾,还有远方的大哥,放不下的情怀都装在这小小的包裹里,那头是大哥,这头是我们。

我准备告诉大哥,现在的交通太便利了,他寄过来的那些海鲜家里这边超市多得很,不要再寄了。

期待有一天,大哥带着嫂子一起回来看看,让没出过远门的嫂子看看摩登的哈尔滨,看看她想象不出来的俄罗斯建筑,看看传说的太阳岛,也看看血脉相连的我们。

大雁的故事

一

大雁是我的街坊，我们住在哈尔滨百年老街中央大街西侧，一条叫东风街的地方。

东风街地处中央大街中段，与著名的马迭尔宾馆、华梅西餐厅、道里秋林毗邻，20 世纪 70 年代，东风街上居住的都是咱寻常的老百姓，人们的衣着基本上是两种颜色，蓝色和绿色，流行的款式是列宁服或者解放装，若是戴上帽子，男女都不好分辨。

尽管都是普通人、平凡人，都在各自生活中忙着，未必谁会注意谁，但是，东风街上却出了一个与众不同的男孩子，他长得和普通人不一样，脑袋明显小，两个眼睛的距离有点儿遥远，鼻子塌塌的，经常淌着清鼻涕，小小的耳朵，嘴边常流着哈喇子，目光有点儿发呆，反应迟钝，常穿一套旧的黄色解放装，不时地拿出兜里的手帕擦鼻涕和口水。

男孩叫大雁，我们都叫他傻大雁。

大雁是 1956 年生人，平日里憨憨的，不讨厌，若是有一天看见他站在街上背对行人，面朝红砖墙，嘴里念念有词，手还指指点点着，不时伸出腿对墙踹上几脚，再吐几口唾液……我们都躲得远远的，大人们说，大雁又犯病了。

大雁姓吕，他爸妈是近亲结婚。家里共五个孩子，大雁排行老二，只有大雁智商低。吕叔和吕婶对大雁上心，心疼，他们家新衣服可大雁穿，好东西可大雁吃。有什么好玩的，大雁的弟弟妹妹们从不和他争抢。要是谁欺负大雁了，好哩，弟妹们拿着棍棒就上阵，非打得对方屁滚尿流，被打孩子的家长从来不敢到大雁家去讨理。因为家里孩子多，父母的工资又低，大雁家一直是单位困难补助户。

大雁的爸爸吕叔和我妈是同事，吕叔工作认真踏实，为人极好，在单位担任保卫科科长。大雁的母亲吕婶在街道上班，吕婶是一个非常热心的女人，谁家有事都去帮忙，她下（做）的大酱有名，年年都要给邻居们送一碗尝尝。

二

大雁家是临街的独门平房，门前是宽敞的空地，靠街道边上有两棵细细的柳树，人行道上铺着地砖，周围院的孩子常在这儿玩游戏，跳猴皮筋、弹玻璃球、撇口袋、丢手帕……这些游戏都没有大雁的份儿。大雁就坐在他家门前的小凳子上，两只手交叉插在袖子里了，呆呆地看着大家玩耍。

不过，大雁也有自己的伙伴，他经常对小鸡叨叨咕咕的，或许他以为鸡能听懂他的话。

大雁很孤独，只有他妈吕婶把他当成心中的宝。吕婶每天都给大雁换上干净的衣服、干净的手帕，告诉大雁别和孩子们打架。大雁听妈的话，很少惹祸。

随着大雁一点点长大了，也懂点儿事了，吃饭时一定要爸妈都上桌才动筷子，吃完饭也帮着收拾碗筷，做点儿力所能及的事情。说到力所能及的事，大雁每天的工作是剁鸡食，吕婶上班前把要剁的白菜准备出来，再捧出一把苞米面，大雁要把白菜剁得碎碎的，剁碎的白菜掺上苞米面，放在鸡食盆里，每次抓上几捧放在槽子里给鸡吃。做这些事大雁是一丝不苟，不仅是要妈妈高兴，更重要的，鸡是他的朋友，他怎么能让朋友饿着呢？白日里，上班的上班，上学的上学，四周静得很，大雁的剁菜声很响，"咚咚咚"一直传到街上……

平时大雁比较安静，和大家也相安无事，不过有一回，我们几个女孩正在院里玩，突听大门洞外面有人喊："不好了，大雁要打人了！"随后见大雁愤怒地拿着大砖头，一边往我们院里跑，一边作势要扔砖头。院里的小鸡吓得扑棱扑棱地四处乱跑，我们也抱着头赶快躲进家里。我透过门缝看着大雁，生怕他把我家的窗户玻璃砸碎了。大雁并没有把砖头扔出去，只是狠狠地砸在了地上。后来知道，我们院里有个孩子趁他不注意，在背后踢他，把他惹翻了。后来这样的事发生过几次，以至于小小的我有点儿怕大雁，平时尽量躲着他。

大雁虽傻，模仿能力却很强。记得20世纪70年代有一阵时兴"红色大院"，院里的孩子都组织起来，每个人持一把红缨枪，轮流在大门口站岗，进来的人要询问，特别是来走亲戚的，更是要仔细盘查后才能放进来。

大雁把我们的行动看在眼里，记在心里，吕婶给大雁的黄衣服外面也扎了个黑色的皮带，又戴了个绿色的仿军帽，别说，这么收拾一下还真有点儿意思，大雁每天全副武装地坐在家里把着自家的门。

有一天，他在山里居住的舅舅来了，舅舅是猎人，经常打些狍子、野兔什么的送给他姐姐家改善一下生活。大雁的舅舅像往常一样敲门，里面的大雁大声喝道："口令！"

舅舅莫名其妙："大雁，我是你舅舅。"

"不行，说不出口令不能进来。"

大雁认死理了，任他舅舅怎么说也不开门。那是个大冷的天，大老远来的舅舅，扛过猎枪打猎的舅舅，愣是没闯开大雁这道防线，恰巧邻居秦叔路过，看见冻得瑟瑟发抖的大雁舅舅，递给他一支烟，摇头叹道："大雁这孩子啊，唉……"秦叔把大雁舅舅让到他家里，直到吕婶下班回来，才把他领回去。

三

过年是大雁最开心的时候，吕婶每到过年都给大雁做一件新的解放服（宁可别的孩子没有），新衣服下面缝两个大大的兜。大年初一，邻居街坊第一个拜年的一准是大雁，他敲开门，嘴里说着过年好，手就把衣服的兜子撑开了,大人们都高兴啊,说大雁来了,大雁也过年好啊,赶忙张罗着给大雁的衣兜里装一把糖果或者花生瓜子。兜装满了,大雁就高高兴兴地跑回家,把东西倒在床上。大雁是舍不得一下子都吃掉的,他嗑着花生瓜子,笑眯眯地看着那些花花绿绿的糖纸,过年是大雁最开心的日子。

可是有一天,大雁家里传来吕婶声嘶力竭的哭声,大雁丢了。

吕婶拍着床帮子哭得上气不接下气,吕叔阴沉着脸,蹲在地上一口一口地抽着老旱烟。吕叔患气管炎,过去一抽烟就哮喘,有一次哮喘得厉害,差点儿要了命,用了喷雾剂才缓解。已经戒了烟的吕叔这时候六神无主了。

邻居们都在安慰他们,有人安排兵分几路找人,有人劝慰吕婶别太伤心,有个不会说话的人说,反正是个傻子,丢就丢吧。吕婶听到这话,拼了命地揪住那人,恨不得撕了他。那几天,吕婶像丢了魂儿,每天坐在家门口等着她的大雁,风吹着她凌乱的头发,吹着她麻木的脸,痛不欲生的吕婶就像祥林嫂一样,看着谁都问,看见我家大雁没有?

大约三四天,坐在家门口思念儿子的吕婶突然看着从中央大街方向有一伙人向她家走来,中间那个好像是她的傻大雁。吕婶以为是幻觉,使劲揉揉哭得上火的眼睛,妈呀,真的是她的大雁,吕婶飞快地迎了上去,一下子把大雁搂在怀里,大声哭道:"我的儿啊,你跑哪儿去了,你可吓死你妈了。"大雁看见妈妈了,咧开大嘴,更是哭得鼻涕一把泪一把。

送大雁回来的那些人是收容所的,他们断断续续还原了大雁丢失的过程。原来,听妈妈话的大雁从不走远,那天上午大雁在街口看热闹,快到中午大雁准备往家走,哪知有个调皮的孩子从大雁的背后推着他,把他推上了公交车。大雁第一次单独坐车,下了车就更傻了,他坐在地上号啕大哭。天慢慢地黑了,有个好心人看他一直在那儿哭,过来问他家在哪儿啊?大雁说不出来,好心人把大雁送到了收容所。收容所的同志给大雁洗了脸,又给他拿来饭菜,安顿下大雁,和他慢慢唠嗑。吃饱了的大雁不哭了,他想起了爸爸妈妈的名字(大雁记得我们左右两个院所有孩子的名字,知道所有家长的姓,有的时候我觉得大雁比我们都懂礼貌,看到长辈总是主动打招呼),收容所的同志马上联系派出所,打听到大雁家的地址,把他送了回来。

吕婶又哭又笑地叫着老闺女，让她告诉她爸和邻居们，大雁回来了，大雁回来了。

这时就见大雁从兜里拿出了一块大饼子给妈妈看，这是他丢的那天吕婶给他留的午饭，大雁宁可饿着也没舍得吃，也许傻傻的大雁觉得吃了这块大饼子，家的味道就没了，妈妈爸爸就没了。吕婶看着大饼子，止不住又是一阵落泪，好在孩子毫发未损地回来了，吕婶不断地给收容所的同志鞠躬，一个劲地道谢。

四

我和大雁本无交往，一个傻子，发起病来疯疯癫癫地，避犹不及。直到有一天吃完晚饭，那天我家吃的红烧肉，我带着满嘴唇的油亮出来找伙伴们玩，没抹掉油就是嘚瑟，想让小伙伴们看看我家吃肉了。哪知出了大院迎面看见大雁，大雁一定看到我嘴上的油了，他说："惠（我的小名）呀，你吃饭了吗?"我说："吃了。"没好意思和他说我家吃红烧肉了，和傻子显摆，我得多没意思。我接着顺口问了一句："大雁，你吃了吗?""吃了。"大雁高高兴兴地回道。这以后，我和大雁仿佛就有了默契，每次见面时都抢着问："吃了吗?"然后都笑了，我也不害怕他了。大雁不犯病的时候挺可爱的。其实那个年代人们见面问得最多的一句话就是"你吃了吗?"可大雁是人们心里的傻孩子，许多人不会问候傻子这样的话，只是那天那个时刻我遇到了大雁，随便回了一嘴，大雁一定是欢喜的，他也许一直渴望有人问他这句话。

有一次，我偷偷地从家里拿了一把父亲刚炸好的黄豆给大雁吃。大雁那个高兴哟，手捧着黄豆，跑到墙根下一粒一粒"嘎巴嘎巴"地吃着，夕阳照在大雁开心的脸上，那么阳光，那么纯真。

五

大雁还在长大，在我上中学的时刻，大雁犯了花痴病，总是坐在家门口盯着大街上来来往往的女孩子,虽然我们也是女孩子,但大雁从不用那样的目光看我们,也许在他心里,我们都是他的家人。大雁对家人是爱护的,我们要是被外院孩子欺负了,只要齐声喊一嘴:"大雁!"大雁立马就出现,随手拿起个砖头吓唬人家。谁敢和傻子对峙啊,跑吧。望着那些逃跑的背影,大雁露出纯粹地傻呵呵的笑,那一刻大雁在我们眼里好威风。

住在我们附近还有个有名的傻女孩,叫大华,年龄和我相仿,大家都喊她"傻大华"。傻大华长得挺俊俏,胖乎乎的脸,白皙的皮肤,双眼皮大眼睛,红红的嘴唇,胖墩墩的身材,走路歪着个脑袋,常常自言自语。傻大华虽然智商低,也是个从不讨厌的孩子,而且嘴特别甜,走到对面总是主动打招呼。有一次在街上看到傻大华,我心里突然一动,想着,要是把傻大华许给大雁多好,大雁肯定会对大华好,就怕大华嫌大雁长得不好看。

后来,大雁家搬走了,我们家也动迁了,大院原址盖上了大楼。

四十年后的一个晚秋,瑟瑟的秋风中飘着落叶,我和少时的几个伙伴约好中午聚聚,然后去东风街老房子那儿看看。席间,有个人不经意地说了句:"大雁死了,听说是脑出血。"我怔住了,正伸向菜肴的筷子停在了空中。大雁,好像是远去的风筝,我都快忘记这个人了。接下来吃得什么不记得了,大雁,一下子把我拽回从前,拽回童年。

那个午后,我们坐在老房子对面的台阶上,默默地看着曾经生活过的地方。大雁家的房子还在,上面接了二层楼,挂了个"朝鲜冷面馆"的牌子,门前那两棵已经长粗的柳树的枝条在微风中轻轻飘荡。秋后的阳光格外明亮,透过树叶照着那块空地,地上斑驳的影子不断地晃动,我的眼前浮现出和小伙伴玩游戏的场面,还有挥之不去的傻大雁:发呆的大雁、威武的大雁、执拗的大雁、开心的大雁、愤怒的大雁、劳动的大雁、丢失的大雁、思春的大雁……

大雁先天智商低,那不是他能选择的。我们曾嘲笑过傻大雁只知道和小鸡说话,和墙打架,可是,经历了大半辈子沧桑的我们,有谁没体会过孤独和失落,没体会过绝望和悲愤?

我永远也走不进大雁的世界,揣度不出来他犯病时的感受,但他一定很难受,他宁可和墙打架,和墙发泄,也不和人发生冲突,傻大雁是多么善良啊。

我的眼眶有点儿湿润,为多年以后才懂得大雁,懂得他的自卑、他的孤独、他的仁义。

现今社会把大雁这样的残疾人称作"折翼的天使",这名字真好,"折翼的天使",尽管折断了翅膀,他们仍是带着温暖和美好愿望来到人间的。

"看,天上的大雁。"有个伙伴指着天空说。我抬起头,好多大雁啊,它们一会儿排成"一"字形,一会儿排成"人"字形,这些大雁要去南方过冬了。

"南飞的大雁,请你快快飞呀……"小时候在大雁家门口跳猴皮筋时我们常唱这首歌,大雁只要听到这首歌就露出他特有的憨憨的笑,他一定以为我们嘴里唱的大雁就是他。

大雁,你是否也飞到那个叫"天堂"的地方,你在那里要开心,做个快乐的天使。

蓦然间,周围喧嚣的声音渐渐遥远,我仿佛又回到了从前那个黄昏,晚霞把房屋、红墙、地砖镀上了一层淡金色,大雁蹲在墙角下,手捧着香喷喷的炸黄豆,一粒一粒"嘎巴嘎巴"地吃着,偶尔抬头朝我一龇牙:"惠呀,真好吃。"

又是一年元宵节

二十岁之前我无数次做一个几乎相同的梦，梦境里我在漂浮，周围被白色的乒乓球大小的物体包围，那个梦充满了幻觉，那些小白球分明没有被我吞掉，可我却觉得味觉很美。

做梦之前，经历过这样一件事。远在乡下的姑父来哈尔滨，父母亲和姑父都是小时候的伙伴和同学，见面自然欢喜。父亲带着我，在松花江边的一个餐厅请他吃饭。那是两层楼的俄罗斯风格建筑，在餐厅里就餐的一大半是俄罗斯人。就在我们上二层楼时，我无意中往下一瞥，看到一位美丽的俄罗斯女人，穿着一件漂亮的连衣裙，一个人坐在靠近江边的位置，她面前有一套小巧精致的景泰蓝瓷碟瓷碗，就见她用小汤勺从碗里捞起一个白色的、圆圆的、比乒乓球略小的食物，轻轻放进嘴里，然后慢慢地品味。她的动作那么优雅大方，举止就像远离人间喧闹的仙子。我看呆了，为她的美丽，还有她吃的东西，在我幼小的想象中，那个食物一定特别好吃。哦，说来可笑，当时我并不知道那是元宵呢。

初识元宵是在 20 世纪 70 年代，我上小学的时候，去同学家里玩，她家来自南方，不知道为什么到这冰天雪地的北方生活，只说是投靠亲戚。

她家住在一座平房，若明若暗的阳光照着卧室。她做裁缝的父亲占据了窗下相对亮堂一点儿的地方。家里的厨房被一面火墙遮盖在后面，当时她的母亲正在忙乎着做饭，只见她把一团面粉加水和成团，用手揪成一小团湿面，再压出圆形的皮儿，挑一团馅放在皮儿上，用双手边转边收口，做成一个个球状放在盖帘上。她母亲一边做一边告诉我，这白色的面不是你们北方的白面，这是南方老家寄过来的糯米面，做出来的东西叫"汤圆"，你们这儿叫"元宵",在南方的老家,只有正月十五才会吃到。

她母亲接着说,汤圆的寓意象征着团圆。到了这一天,老家的亲人们必定要坐在一桌,吃个团圆饭,年已经过去了,外出打工的人吃了这顿饭,也要告别父老,继续去外地谋生。说这话时,我分明看见她的眼睛有些湿润。

同学的母亲把汤圆下到翻滚着水的锅里,一会儿工夫,汤圆就漂在了水面上。她用饭勺捞上来三个汤圆放在碗里,又添了些汤水,让我尝尝。很少吃别人家东西的我不由自主伸出了手,快速地把三个汤圆吃了进去,只觉得一股滑滑的、甜甜的、柔柔的味道,伴着花生的香味从舌根一直传到胃里。

回家问母亲,正月十五我们为什么不吃元宵啊?母亲叹气道,哪有条件吃那么好的东西呀,能吃到黄米面和红小豆做成的黏豆包就不错了,即便是这样,好多人家也吃不起,要把苞米面掺到黄米面里。我吃过用黄米和玉米两掺的黏豆包,粗糙得刺激嗓子。

在我上中学的时候,家里条件有些好转,各家各户凭票也可以买到元宵了。过年前,母亲给了我几块钱,让我去买点儿元宵。我飞快地穿好棉衣和奶奶做的大棉鞋,戴上棉帽子和手套,来到了位于中央大街东南侧的松滨饭店。饭店里现场制作元宵出售,买元宵的人从饭店的屋里排成了一条长龙,一直延伸到街上。小小的我很快就被寒冷包围着,眼睫毛"冻"上了一层霜,一会儿工夫全身就冻透了。我把双手捂在胸前,不断地跳跃着。好不容易熬到我进去了,我跺着冻得麻木的双脚,瞪大眼睛好奇地看着眼前的一切,一条长长的木板案子上有个机器,一个个拇指大小的"馅"从机器里出来,机器下面是一个装着糯米粉的大簸箕,工人们不断地摇动簸箕,不时洒点儿水,糯米粉沾到馅料表面翻滚成球状,形成乒乓球大小后,就把元宵拿出来,再重复作业。

这一年的正月十五,家家户户都吃上了元宵。当母亲把煮好的元宵端上桌子时,我不再狼吞虎咽,而是慢慢地品尝青红丝、花生碎、芝麻糅合在甜软的糯米里的味道,真的太好吃了,甜甜的元宵就像我们的日子,越过越甜蜜。

上大学的时候,两岸开放,传过来一首台湾民谣《卖汤圆》:卖汤圆,卖汤圆,小二哥的汤圆是圆又圆,一碗汤圆满又满,三毛钱呀买一碗,汤圆汤圆卖汤圆,汤圆一样可以当茶饭……我们在寝室的走廊里经常摇头摆脑地唱着,好像人人都是货郎公,却没体会到汤圆背后的含义,团团圆圆才是两岸民众最大的期盼,盼着"骨肉心连心,月映不须分两岸"的那一天。

改革开放后,生活水平明显提高,北方的正月十五不仅仅闹花灯、猜灯谜、踩高跷、耍狮子、扭秧歌了,也有甜甜蜜蜜的元宵尽情地吃了。

随着生活条件越来越好,元宵的皮越来越细致,元宵的馅不断翻新,有白糖、玫瑰、芝麻、核桃仁、果仁、大枣等等,做法也多种,除了煮,还可以炸、煎、蒸、拔丝、糖炒、烘烤、酒酿……可我心里最想的还是最早用胡萝卜、木瓜和橘子皮做的青红丝馅的元宵。

有一年,我吃好了米旗的汤圆,觉得特别地细腻,就在元宵节的时候捎给正患癌症的舅舅吃。舅舅说,这是他这辈子吃过的最好吃的元宵。可惜,舅舅没活到第二年的元宵节,我也没机会给舅舅捎他最喜欢的东西了。

去年元宵节,同学送我一袋汤圆,告诉我,汤圆可以炸着吃,它是用湿糯米面做的,而元宵是干糯米做成的,最好别炸,容易被溅出来的油烫着皮肤。我一下子醒悟了,原来元宵和汤圆是一个家族的两个姐妹,我却一直把她们混淆了。

又快到元宵节了,2020 年的元宵节却是有些紧张、沉重甚至压抑的,新型冠状病毒像一个无形的网,笼罩在城市的上空,它来得那么急,那么凶,让人猝不及防。我的很多大学同学临危受命,有的奔赴武汉,有的在急救岗位坚守,有的在等待随时上岗,他们经历过 SARS,经历过埃博拉,今天,又要面对"新冠"。

就在前些日子,同学们还在讨论不断出现的对医护人员的殴打伤害案,在谴责暴力伤人的同时甚至有些悲观消沉,可当危难来临之际,他们瞬间就忘记了那些不快和阴影,他们站了出来,义无反顾,逆流而行。他们说:一切为了病人,和患者一起战胜疾患、痛苦是我们的责任和义务,从我们入医学院时就宣誓不辜负"健康所系,性命相托,献身医学,奋斗终身"。此时不上,更待何时?

为了家家户户的团圆,他们放弃了属于自己的节日和快乐,舍弃了自己的小家,他们把生命置于最危险的,没有硝烟的战场上,担当与使命,奉献与伟大……用多少语言也无法表达对他们的敬意。

　　这个春天尽管来得很艰难,但什么也阻挡不了春的脚步。你听,春的鼓点在复苏的大地上敲响,她在为抗疫的勇士们加油。

　　错过了元宵节,不会错过春天,当鸟儿在北方的枝头歌唱,当绿色铺满大地的时候,我们等待你们胜利归来,等待着团圆的日子。

　　这时的团圆不仅仅意味着一家人的团圆,那是祖国大家庭的团圆。

城里的人们

多样的端午节

童年的端午节

小时候,过端午节最开心,平日里只有改善伙食或者野游或者生病才能吃到的鸡蛋,这几天可以管够吃。农村的大姑和叔叔头几天准送来些鸡蛋、鸭蛋、鹅蛋,奶奶买了粽叶,用黏米包成粽子,鸡蛋和粽子都在头一天煮满了一大盆,放在饭桌上。

那是 20 世纪六七十年代的事,那时候,再穷的人家端午节也要尽量吃上鸡蛋和粽子。

端午节最好玩的游戏是"碰鸡蛋"。上学时把鸡蛋揣到衣服兜里,到了学校开始"比武",最后鸡蛋完整的人胜利。红皮鸡蛋相对比较结实最受宠。有一次我挑鸡蛋时看到盆子里面几个鸭蛋,心中忽然一动,挑了一个比鸡蛋略大的鸭蛋揣了起来。到校后,用小手紧紧地握着鸭蛋,只露出顶端和同学们碰,结果毫无悬念,那天我是多么得意扬扬地回到家,在桌子上使劲碰碎这"功臣",蘸着奶奶做的大酱,一点点、一点点吃掉,好香啊。

端午节当天,早早就被大人叫起来,睡意朦胧中母亲把五彩线系到手腕、足腕上,扎上五彩线的头绳,据说戴上它能辟邪驱瘟。然后父母带我们去松花江边,用江水洗眼睛、洗脸、洗手,母亲说这样能保证一年不生病(大人们的想法多么的幼稚)。

父母还要买回来艾蒿、彩色的小葫芦,插在门上,淡淡的艾草香味会持续好久。

端午节后的第一场雨是大人最关注的,雨点儿刚下来,母亲就要求我们把手腕上的五彩绳剪下来,扔到雨水里,寓意远离邪恶、烦恼、疫病和忧愁。

我常常把五彩绳轻轻地放在大院里一条窄窄的水沟里,呆呆地看着它扭动着舞姿,顺着水沟往大门外漂流,鲜艳的颜色越漂越远,心中盼着下一个端午节快快来,我快快长大。

童年的端午节既快乐又有仪式感。

北方的端午节

2009 年,联合国教科文组织正式批准将端午节列入"人类非物质文化遗产代表作名录"。端午节是中国首个入选世界非遗的节日。端午节真正成为和春节、元旦、中秋节并重的节日。

而在北方,端午节尤其受垂青。是啊,北方的春节和元旦都逢冬季,寒冷挡住了人们外出的脚步,端午节恰逢夏至前后,温度适宜,天气正好,春暖花开,这样的环境满足了人们渴望出游,渴望踏青,渴望和家人、朋友聚会的心情。

所以,北方人对端午节相当重视。端午节的前夜,哈尔滨中央大街、太阳岛、斯大林公园……总之,沿着松花江边,到处是人群、到处是帐篷、到处是汽车。

我的工作单位在太阳岛上,是个疗养院,每逢端午节来临之际,单位里600 多张床位早早被预订,来的人以各大工厂的工人师傅居多。

端午节头一天,人们就带着准备好的吃喝大包小包入住了,有实力的单位会租我们的俱乐部、会议室,举办各种娱乐活动。

到了晚上,院子里华灯齐放,舞厅里响起音乐,喜欢跳舞的人们一直跳到午夜才散去。

端午节的晚上,对于工作人员来说注定是个不眠之夜,我们不仅要照顾好客人,还要穿上军大衣,在 10 万平方米的大院里巡视,除了"四防"安全,院子里到处是盛开的芍药、玫瑰、月季,还有樱桃树、李子树、野莓,美丽的花果也是我们保护的对象。

第二天一早，天刚放亮，如潮而来的人们又如潮般退去了，人们涌向松花江边去洗脸、踏青、采艾蒿、放纸龙、拴五彩线、佩香囊……

每年的端午节在松花江上赛龙舟的呐喊声中渐行渐远。

课堂上的端午节

端午节在我心中有了不同的感受是在一次课堂上。

退休后我在老年大学文学系学习，教授古文的是外聘的哈师大刘老师。端午节前夕，刘老师事先打了招呼，让大家预习《离骚》。

那天上午，伴着上课的铃声，着一身灰白色汉服的刘老师抱着一把古琴走进了教室，稍事片刻，刘老师轻抚古琴，一曲《离骚》行云流水般倾泻而出，琴声时而深沉含蓄，时而凄凉压抑，时而豪放悲愤……最后，一个悠长的静止音符在教室的上空久久环绕。

曲罢，刘老师站起来，整整衣冠，一展喉咙，为我们背诵屈原的诗《离骚》，"帝高阳之苗裔兮，朕皇考曰伯庸。摄提贞于孟陬兮，惟庚寅吾以降……"《离骚》原文 373 句，2490 个字，词句生涩，刘老师抑扬顿挫，字正腔圆，一气呵成，中间几次被大家热烈的掌声打断。

如此氛围，如此学习，如此心情，再拿起手中的《离骚》，一点点品味诗中的含义，家国情怀油然而生：

"路漫漫其修远兮，吾将上下而求索。"不忘初心，努力奋进，是我中华儿女本色。

"长太息以掩涕兮，哀民生之多艰。"这是习近平总书记经常说的一句话，体现了总书记心中时刻牵挂百姓冷暖。

"诚既勇兮又以武，终刚强兮不可凌。身既死兮神以灵，魂魄毅兮为鬼雄。"这样的壮志情怀，这样的坚定意志，从来在中华民族危难的时刻体现得最耀眼。

品读《离骚》，掩卷深思。

不屈的民族精神和对生活美好的向往，强烈的忧患意识和社会责任感，几千年来就是我们的血脉，我们的支撑，我们的力量。

下一个端午节，我们也穿上了汉服，在刘老师的带领下，激情澎湃，一起朗诵屈原、文天祥、陆游、李白、王安石等爱国诗人的诗，一起体会中华民族文化的精髓。

端午节，在吟唱与怀旧中度过，我也上了一堂人生难忘的课。

疫情防控下的端午节

2020年的端午节遇非常时期，我们以举国之力抗击病毒，已经取得了阶段性的胜利，但疫情的阴影未散去。

人们自觉遵守政府的号召，不扎堆、不聚会，减少出行，中央大街和太阳岛比往年安静了许多。

端午节那天，先生和我早早起床，在家附近的地摊上，先生买了艾蒿、五彩线和彩色的纸葫芦，他把艾蒿和葫芦插在门前，又小心翼翼地把五彩绳系到我的手臂上，还熬了艾蒿汁儿，让我洗眼睛，洗手。我知他的心情。

忽然很想念小时候端午节的仪式感，我不会笑话大人的幼稚了，真的希望五彩线、葫芦、艾蒿能吉祥驱瘟，逢凶化吉，让地球上所有的人都健康快乐地活着。

端午节，从上古先民对龙的崇拜，到纪念屈原，已形成了民族特色、民族味道、民族风情的传统节日，它体现了中华文化源远流长、博大精深的精神，愿"乘骐骥以驰骋兮""亦余心之所善兮，虽九死其犹未悔"。

童年的游戏

现在的孩子们的童年是出生在 20 世纪六七十年代的人不可想象的,电脑、电视、游戏机充斥了所有的业余时间,他们瞪大了眼睛看着电视里青春四射的韩剧、港剧、美剧,他们用鼠标完成一项项模拟世界里不可思议的各种游戏,他们在电视和电脑的陪伴下,迅速成长,伴随着他们身体长高的,还有充足的荷尔蒙,他们早熟,甚至有些世故,在骨子里有和表面不相称的各种离奇古怪的想法。不得不承认,他们进化了,可是,在他们走进现代化的同时,我以为,他们的童年也缺失了一些东西,一些返璞归真的、原始的游戏。

我的童年和一切电子的东西无关,家里买第一台电视大约是在 1978 年,那一年我 16 岁,正上高二,当时对这个东西是又喜欢又怕,喜欢的是电视里可以看到好多曾在画报里出现的真实的偶像,比如李秀明、张金玲、李谷一等等,怕的是学习正紧张的我看了电视会上瘾,耽搁了我的宝贵时间,所以家里人看电视的时候,我在另一个房间用棉袄把脑袋包上,专心做题。而电脑的出现是在 90 年代,那时我早过了青春的时代,它和我的童年无关。

60 年代初期出生的我,童年正赶上三年困难时期,老人们都知道那个灾害到底有多深,许许多多的人没能熬过这个难关。我生活在城里,父母是双职工,每个人的工资都 50 多块钱,我们家里只有姊妹三个,父母的工资要接济在农村生活的姥姥姥爷和爷爷奶奶,所以我们家不是很穷,但不富裕,可是,我的童年的生活虽然清贫,我和小伙伴们仍能开开心心地玩各种游戏,现在回忆起来还是那么快乐,嘴边不自主地露出了微笑,想到童年的游戏就想到了那些陪我度过童年的小伙伴们,现在大多数人都没有联系了,你们还好吗?

童年的游戏分动和静两个类别,还分男孩和女孩的不同,还有共同的游戏,说起来还真挺复杂。

先说女孩的游戏吧,这个我熟悉。那个时候最盛行的是欻(chua)嘎拉哈,太对不起了,不知道是不是这几个字,这个最先进的打字组合里没有这几个字,其实就是玩动物骨关节膝盖骨那块的,常用的自然是猪骨做的啦,大小合手,四个骨头是一组,配合这个游戏的是个装满了小米或者细沙子的小口袋,口袋往上扔的同时右手迅速抓起地上的骨头,累计得越多越好,如果口袋落地了,你手里还没有,或者你比对方抓得少,你就输了。女孩子们手里基本上都有几块这样的骨头,如果谁要是有羊骨头的,那种小小的玲珑的骨头,就可以炫耀了。如果你再有个牛的,大大的、一只手搂不住的骨头,那就是你的资本了,伙伴们一准总找你出来玩。记得我们院里有个于娘,在道里八道街一个饭店上班,她经常给我们攒各种嘎拉哈,所以于娘在院里的知名度最高,孩子们都喜欢和她搞好关系。这个游戏比较流行的原因估计是北方天天气寒冷的日子多,大多时间只能在屋里度过,而它不占地方(那时候各家的房子都小啊,玩游戏的空间少得可怜)。

冬天里唯一的户外活动就是打出溜滑,院里有个高高的煤堆,我们拿出脸盆从上到下一点点浇着水,很快就冻成了冰,蹲在最上面,伸出胳膊摆好姿势,顺着"滑道"骄傲地迎风而下,然后到底下基本就是仰面朝天的屁股墩,一点不觉得难为情,拍拍衣服,再继续爬上去,一年下来,不知弄破了几双棉鞋、磨破了几条裤子。而男孩子们多数都有一个冰嘎,用木棍绑上绳子,把冰嘎放在光滑的冰面上,一边抽着鼻涕(冻的)一边使劲地抽着,冰嘎打着圈地转啊转,煞是好玩哪。

小伙子们常玩用烟纸叠成的三角形"片技"(东北人读作 piǎ jì)。这个词实在不好查,一打就出"嫖妓"这两个字,不敢用啊,他们把叠好的烟纸放在地上,撅着屁股用手掌在边上拍着,借着手掌出现的气流把纸翻转过来,谁翻得多谁就赢。那时候,没有几个男孩的手掌不是红红的,在地上拍的呀。

到了春天，伴着第一声鸟鸣，孩子们欢呼雀跃地走出家门，开始了开心的户外游戏。女孩们还是玩口袋，但不是用手而是用脚了，里脚踢、外脚踢、脚背踢，左脚踢、右脚踢、前面踢、后面踢、高高地踢、转身踢，小小的口袋被施了魔法，变换成无数个花样，直到口袋落地，一局定音。还有撇口袋，这个游戏不分男女，两组孩子对面而立，中间画上三八线，口袋打上对方就赢了，这个游戏需要反应快，脚步灵活，稍不留神就被击中。前几年我们一批平均50多岁的葫（芦丝）朋友到江北大坝野游，聚餐后不知哪位姐姐从兜里变出口袋，我们玩起了这个童年的游戏，虽然脚步已经不灵便了，身子也笨拙了，可是真开心啊，大家一边玩一边笑得喘不上气，足足过了瘾了。

还有玩猴皮筋，每个女孩都有这个宝贝，有宽的有窄的，有长的有短的，可以两个人各扯一头，第三个人在中间用脚绕着猴皮筋跳。也可以环绕上，环在两个人的身上，第三个人从脚的高度一边唱着童谣，一边抬高难度。直到脚和猴皮筋分离了，就输了。

还有一个至今都流传的躲猫猫，我们叫捉迷藏，先用石头剪子布分出输家，然后由一个人把口袋（童年的游戏里离不开口袋，实在是没什么可用的了）尽力撇得远远的，输家要赶快跑去捡起口袋，趁这个工夫，伙伴们迅速四散藏起来，捡回口袋的人，要站在指定的地方，用敏锐的眼力指出谁谁在哪里，被猜中的人慢吞吞地走了出来，她（他）是下一个输家。

哦，想起来了，男孩子们这时不玩烟纸了，他们弹玻璃球，小小的玻璃球在他们手里被准确地射出，弹到地面上另一个玻璃球上，这个游戏我没玩过，想不起来输赢了，好像是弹上就归自己吧。

还有一个非常好玩的游戏：丢手绢。小朋友们围坐一圈，选出一个人带着手帕沿着圈外跑，他要悄悄地把手帕放在一个人的后方，然后装作没事似地继续跑，被丢了手帕的人要迅速地发现自己身后的手帕，拿起手帕追赶丢手帕的小朋友，一圈追不上就算输。丢手帕的人如果被抓住就要表演一个节目。

童年游戏里记忆最深的是，小朋友人数相等相隔几米而站。还是以石头剪子布定输赢，赢家的小朋友手拉手形成一道墙，嘴里唱道：我们要求一个人,我们要求一个人。对方也用唱声应道:你们要求什么人? 这边唱道:我们要求×××。这个人就要出列,看看对家哪个小朋友比较弱势,对准他们之间拉着的手用力跑过去冲刺,如果冲开了,他就赢了,可以带回去一个人。如果没冲开,她(他)就是俘虏了,被人家接收。人数多的自然就是赢家了。

　　童年的游戏还有很多,都是简单的,可是现在想想,我们这些游戏有手脚并用的,有锻炼反应能力的,有增加协调能力的,还有消耗体力的,这些游戏也是健康向上的呀,而且我们小的时候,不太懂得男女的概念,相对来讲,纯洁度是不是比现在的孩子高些啊? 我们那个时候没有胖墩,我想除了生活条件不好,没有那么多好吃的鱼肉供应,也可能和经常的户外活动有关系吧。而现在的孩子在教室里坐着,回家从电视前挪到电脑前,一直就这么坐着,吃的东西没处消耗,脂肪不高才怪呢。

　　童年还有一个难忘的记忆。那是我在上小学的时候,班里转来一个姓翟的女同学,她家里有一台弹拨琴(大筝琴),我和她关系好,她常慷慨地让我玩,那把琴是我人生接触的第一个乐器,那个琴启蒙了我对音乐的爱好,为我打开了音乐殿堂之门。母亲后来也给我买了一把,我至今记得,我用右手弹拨,左手按键,弹出的第一个曲子是"我爱北京天安门"……

东风大院的"年"

在我上小学之前家里就从道里安和街搬到东风街 21 号，大院里面有一个小二层楼和一趟平房，平房住三家，我家在最里面，我在这里度过了童年、少年和青年时代。

大院共十几户人家，大人们差不多都在一个单位上班，所以，院里的人自然比别处的相熟、亲近些。

大院有个门洞，一对漆黑的铁大门把守着，关上门，院里就是个小集体，小单位，一家人。20 世纪 70 年代，各个院兴起名，有叫"红旗大院"的，有叫"红卫大院"的……我们院的大人们一合计，咱们住东风街，索性就叫"东风大院"吧。

于是，某一天，一块红彤彤的"东风大院"牌匾面朝大街，挂在了铁大门上面。住在东风街其他院落的人只能看着牌匾琢磨别的名字了，用现在的话说，我们抢注了"商标"。

东风大院里春夏秋冬都有故事，而最热闹的当属过年了。

过年的气氛从小年开始逐渐进入高潮。阴历二十三，各家忙着洗衣服、打扫卫生，天棚和房子四角的蜘蛛网都清理干净，地板用蜡打得锃亮，贴窗花、做灯笼，换上新的窗帘、门帘、年画。我妈手巧，年年在窗帘门帘上绣各种各样的花草、动物、风景画，过年时到我家串门的人们总要羡慕地夸上几句。

收拾完卫生就开始准备年货了。

蒸包子、蒸馒头、包饺子、杀鸡、煮肉……热腾腾的蒸汽像白雾一般从门缝里窜出来，汇集在院里。各家门前的桦棚上面也摆满了一盖帘一盖帘的面食。冰天雪地的，很快就冻住了，装在面袋放在棚子里。棚子里还有冻梨、冻柿子、冻苹果等等，想吃的时候顺手拿出来就是了，过年的时候就可以放松地休息，放松地玩耍了。

除夕这天，大人们早早起来把院里打扫干净，然后带上各家凑钱买的两瓶白酒去看锅炉房师傅，一年了，感谢师傅们的辛苦，另一个暗喻大过年的，请给好好烧烧。拿到酒的师傅们笑逐颜开，烧起锅炉来浑身是劲，那几天热得屋里只能穿衬衣。

孩子们则赶紧拿出来面盆，到棚子里取出来冻水果缓上。

到了下午，各家各户开始准备年夜饭了，平时舍不得吃的肉和豆油都端到厨房备着，煮、炸、溜、炖、炒，敞开的门飘香四溢。我父亲不知什么时候从五七干校学会炸黄豆，炸出来的黄豆撒上点儿盐，又香又脆，回味无穷。他做的第一道菜往往是这个，他要大量地做，然后让我各家都送一盘子尝尝，我回来也不空手，盘子里总要带回来邻居家做好的东西。

年夜饭少不了炖鸡、炖肘子、溜肉段、拌凉菜、花生米、炒鸡蛋和香肠等熟食，端上农村老家送过来的黏豆包，再起开白酒、啤酒或者色酒，一家人其乐融融地开始"造"了。

我和妹妹们最爱喝的是色酒，那时候有苹果酒、梨酒、桃酒、葡萄酒……喝到嘴里甜甜的，这可是平时喝不到的东西啊，基本上是家里有多少，就尽情喝多少，喝醉了也在所不惜。

那年月没有电视，吃完饭大约也就是晚上八九点钟，大人们收拾残余，孩子们急忙穿上新棉袄，拿起自家做的灯笼，揣上小鞭，招呼小伙伴们一同到院里玩耍。鞭炮不多，也舍不得买，更不用说礼花了。跟随大人到街上放"二踢脚"就是最响亮的炮了，"砰－砰"，二踢脚蹿向天空，第二声在空中炸开，人们都仰着头看着，蹦开的红纸像天女散花一样洒了下来，落在地上、落在身上，人们把一年的期望都在这爆竹声中放飞。

邻居晋叔家有亲戚在北京，年年给捎过来礼花，全大院的人不管多忙，午夜前都来到院子里，看晋叔一家放礼花，我一生第一次看到五彩缤纷的礼花就是晋叔家里的，有拎在手里带捻的小礼花，有点燃了带着火花到处乱蹿吓得我们躲跑的爆竹,有在空中打着旋的礼花……礼花映照着一双双好奇的眼睛,映照着满天星星,映照着各家各户的门窗。晋叔家的礼花曾经给我们大院带来很多快乐。看完礼花就午夜了,回家给老人拜年,欢欢喜喜接过来"压岁钱",大人们在自家门前再放上一串串爆竹,寓意辞旧迎新,再煮点儿饺子吃,才可以睡觉。

第二天,孩子们早早就被家长哄起来,吃口饭就到各家拜年。家家都准备了糖果、瓜子和花生。我最愿意去楼上的于大爷家拜年,他是单位的领导,每天小汽车在院子门口等他上班(我妈他们要坐停在街头的解放牌大卡车),他家的糖果最高档。我先找上我的要好伙伴小萍,然后一同怯生生地敲开平时不太敢敲的门,赶快说声:过年好。于娘马上就大把大把地糖装进我新罩衣的兜里,那时就嫌衣服兜母亲做得小了,我带着甜蜜的微笑和于娘再见。

过年最常做的事是揣着米或者沙子做的小口袋,或者带着收藏的糖纸到小伙伴家串门,进屋先拿出糖纸,互相炫耀一下,再交换些各自没有的,然后就坐在地上玩嘎拉哈。

我还经常去邻居崔姥姥家,崔姥姥识文断字,常在炕上带着老花镜看古书,我去了也上炕,和她对着坐,听她讲书里面的故事,崔姥姥对我后来爱好文学起到了启蒙的作用。

若是院里晋辉她小姨从道外来串门,我们会放下一切,等着小姨吃完饭就一窝蜂地钻到她家,小姨是故事大王,她常带来拆针织制品的外活,我们就坐在板凳上,一边帮小姨干活,一边听她讲故事,"一只绣花鞋""无头女尸"……小姨的"鬼"故事源源不断。

东风大院有个最难过的事,院子里没有厕所,要到邻居大院去方便。过年了,好吃的吃得太多,最想去的地方就是厕所了。厕所在邻居大院的尽头,男女各两个蹲位,中间用木板条隔开,木板条也不是严丝无缝的,每每上厕所总觉得身后有窥视。白天还好,看见男厕所似乎有人,就在外面候着,等没人了赶快上,而晚上呢,特别是夜深人静的时候,冰凉的月光照在大地,照在厕所前的一汪冰水上,四处寂然,树欲静而风不止,小姨讲的鬼故事这时候就来了，我上厕所时常盯着对面的墙，唯恐一个伸着舌头披头散发的女鬼出来，上一次厕所毛骨悚然一次，我的胆子就是这么一点点练大的。

后来，我家从东风大院搬到江北九站附近，进了新房子，我无比幸福地看到室内有卫生间，简直酷毙了。

过年也有沮丧的时候。

有一年，我叔给我家送了个猪头，父亲用了半天的时间燎去细毛，然后放到棚子里准备二月二吃，结果三十晚上被偷走了，同时被偷的还有奶奶挂在院里的，农村老太太样式的藏青色新衣裤。紧挨我家的崔叔家连续两天发现棚子上的木板也少了。大院里开了紧急会议，决定成立保卫组，晚上各家大人轮流值夜，守株待兔，白天由院里的红卫兵和红小兵们到大铁门那儿站岗放哨。男孩子找出木枪，我爸给我做了红缨枪。院里大哥哥和大姐姐们给我们分成小组，轮流值白班。

那段时间院里气氛非常紧张，每天由指定的红小兵到各家通知进院的"口令"，大铁门和上面的小铁门都紧紧地插上，我们各执武器守着进出的小门，口令不对不让进。

这场闹剧直到三月一日学校开学，大铁门也就不再坚守了。

再听爆竹声，就是又一年了。

三四十年过去了，东风大院原地址早就盖上了大楼。东风大院的人有的已经作古，有的远在他国，有的即便在一个城市联系得也少了，但每每想到"东风大院"，想到那些人和事，嘴角就不由自主地挂上微笑，东风大院的"年"和东风大院的故事随着岁月的流逝，越来越远。

市井风情

锅炉工老王与老高太太

锅炉工老王只有冬天才上班,故事也只能在冬天发生。

锅炉房在我们住的大院靠着大门洞的地方,我常常在玩冷了的时候去锅炉房,锅炉房在半地下室,推开门中间是个高大的锅炉,炉门一打开,通红的火舌就蹿了出来,一股热浪扑面而来。房子上方有许多纵横交错的粗管子,左侧还有个小楼梯,上了楼梯贴着墙搭着木板条,木板条通向最里面一个小屋,那是锅炉工的休息室。

我曾在锅炉工老王不在的时候,悄悄地上楼梯,踏着木板条走到休息室,里面好乱,被褥随意堆在床上,靠墙小桌子上有个写着"为人民服务"的大茶缸子,茶缸子许多地方掉了瓷,显然使用很久了,桌子上还摆着空酒瓶子,竟然还有一面小镜子。

锅炉工老王经常在白天把煤压好就出门了,他惦记着去旁边院的老高太太家去串门。

老王那个时候也就五十来岁,短粗的身材,有点儿罗圈腿,眼睛大大的,略显空洞,颧骨有点儿高,平时不苟言笑。我一直以为老王单身,后来旁边院的小伙伴偷偷地告诉我,老王家在农村,他有媳妇,也有孩子。

老高太太是大家嘴里的"传奇"人物。六十来岁的小脚老太太,胖胖的身子,胸部高耸,圆锥的体型,经常穿件灰色的斜襟大褂,黑裤子,走起路来一颠一颠的,乳房直颤悠,据说她嫁过四个男人,分别前赴后继地去了另一个世界,大人们背地里说她"命硬"。"命硬"的老高太太性格豪爽,开放,用小伙伴"文"的话说:"她虽然外观带着旧时代的印记,但思想前卫,勇于追求幸福,内心和精神,潮!"

我也总去老高太太家玩,她的外孙女艳儿和我是要好的同学,经常碰见锅炉工老王,老高太太和老王常常盘腿对坐在炕上,各自叼着一个大烟袋,慢慢悠悠唠着嗑,也不急也不缓,你一句我一句,真是岁月静好,相看不厌啊。老王的衣服若是掉了扣子或者破旧了,老高太太就戴上老花镜,一针一线缝补好。

　　老王隔三岔五给老高太太带点儿吃的,老高太太也是个讲究人,赶到了中午就留下老王,给他做些喜欢的饭菜,两个人倒点儿小酒,就着小菜,温馨地吃着。

　　老高太太是个重感情的人,每次老王离开,她都送出家门,手搭在额头上做遮阳状,一直目送他淡出视野。

　　过年时,组长到各家齐点儿钱,给锅炉工老王买点儿酒和花生瓜子,老王除了给我们烧得更卖力气,就是拿着酒去老高太太家,他俩又能整两口了。

　　冬天过去了,锅炉房停了,锅炉工老王不得不告别老高太太,也许他们比我们更盼着下一个冬天快点儿来吧。

去痛片加土霉素

"半片去痛片加一片土霉素，一天三次，几天就能好利索。"说这话的是房管所卫生院的周大夫。那次我感冒发烧，父亲带着我，找到和他熟悉的周大夫。在卫生所拿了药，吃了后很快就退烧了。父亲自言自语地说："果然好使啊。"以后我们家里或者周围的人但凡有个头疼脑热感冒发烧的，父亲就用这个方子，屡试不爽。

那是我第一次见到周大夫，我还在上小学。

房管所卫生院就在我们住的那条街上，离我家很近，在一个地下室里。周大夫是这个诊所的主治医生，大家都喊他老周大夫，其实他并不老，也就四十多岁，周大夫瘦瘦的身材，不知道是不是因为常年在地下室工作，脸色有点儿苍白，还有点儿沧桑，鼻梁上架着一副近视镜，平时不爱说话，没有患者时就坐那儿看书。听父亲说，周大夫年轻时毕业于名牌医科大学，后来被打成右派，发配到这个小卫生院工作。

周大夫的家也在我们这条街上，每到下班时，脱下白服，穿戴整齐的周大夫昂着头，背着手，不急不缓地往家走，见到熟人就矜持地点点头。

父亲是我小时候的偶像级人物，虽然他在家里总是板着脸，对我们姐仨很少用柔和的口气说话。我妈说他一心想要个儿子，没想到我妈一连给他生了三个闺女，没有儿子的父亲在院里看见别人家的男孩，跟着撵着叫着"干儿子"，尽管有时人家头都不回。

我父亲的情商特别高，待人接物老到，家里的大事小情，只要父亲出头就能搞定。比如，我们生病时、牙疼时、买菜时、需要转学时……我父亲都能找到认识的朋友，而且是直接认识，随时去找。父亲在不同领域结交不同朋友。

父亲怎么和周大夫相识的，我不知道，但和父亲去卫生所次数多了，我多少看出点儿端倪。他们之间的友谊有惺惺相惜的成分，周大夫是右派，父亲出身地主，都是被改造对象，难免互相同情。他们之间还有相互利用的因素，我父亲在医药系统工作，那个时候弄点消炎用的"青链霉素针剂"是需要特批的，可是我父亲却能给周大夫弄一些，周大夫手里有了"特效药"，治疗急重病患时，偶尔用上，立竿见影，痊愈的患者对周大夫感激不尽，每每提着礼物表示感谢时，周大夫会一脸严肃地拒收，若是逼急了，周大夫就轻轻抬起头，看看墙上写着"妙手回春 华佗再世"锦旗，患者立马心领神会。渐渐的，周大夫的诊室挂满了锦旗。周大夫就在这些锦旗的簇拥下，拿着听诊器看病，或者静静地看着医学书籍。不得不说，周大夫这些锦旗后面，也有我父亲的微薄之力，所以，他对我父亲是另眼相看的。

平日里对我们严肃的父亲，当我们生病时，也是很关心的。有一次我晚上又发烧了（为什么得病的总是我），这次来得急，父亲就带着我直接去了周大夫家。周大夫家很小，地上放着个一边倒的桌子，几件简单的家具，一铺大炕，他家有三个儿子，周大夫一家五口人就挤在这个大炕上睡觉，炕里面背朝着我们躺着一个小伙子，周大夫略有尴尬，轻轻对父亲说，这是他老儿子，白天干活累了。我们在他家唠着嗑，他的儿子就那么一动不动地躺着。这个情景我所以记得清楚，是因为之前有一次我大爷来我家，我正躺在床上看书，一看是我大爷，打个招呼就没动，我父亲进屋朝我一声怒吼："起来。"吓得我一骨碌爬了起来，从此家里来人再也不敢躺着了。周大夫儿子也许是真累了，也许就是娇惯的，东北有句老话，老儿子大孙子老爷子命根子嘛。

过了不几天，我听父亲和我母亲在厨房悄悄嘀咕，说周大夫的老儿子被抓起来了，说是犯了"强奸罪"，要判刑的，周大夫正在四处奔波，想轻点儿处罚。

再在街上看到周大夫，见他低着头，匆匆地走着，似乎不想和任何人打招呼。

最后一次去卫生所还是因为感冒发烧,这次我的嗓子疼得说不出话了。进到诊室见周大夫正坐在椅子上打瞌睡,书被撇在一边,看见我父亲,他勉强挤出一丝笑容,算是打招呼了。他让我坐在对面,用压舌板压住舌头,看了看嗓子,父亲担忧地说,都烧两天了,不行就打点消炎针吧。老周大夫放下压舌板,摸摸我的额头,然后慵懒地靠在椅背上,冲父亲摆了摆手:"问题不大,还是吃去痛片加土霉素吧,这孩子打青霉素过敏,等她长大了,记着把扁桃体割了吧,那玩意总发炎,对孩子的心脏和肾都没好处。"

　　不久,听父亲说,周大夫搬家了,他也调到另一个卫生院工作了。

　　上中学后,鉴于我的扁桃体经常发炎,父亲带我去省医院,找了熟悉的医生把扁桃体彻底割了下来,切掉扁桃体后,发烧的次数明显少了,我在心里一直很感激周大夫。

　　多年以后我成了医生,想想周大夫的这个配方很有道理,去痛片含有退烧、缓解疼痛,镇静的成分,土霉素具有消炎作用,现在土霉素在医药市场却很少见了,偶尔周围有感冒发烧的,我总是推荐"去痛片加先锋霉素"试试,别说,还挺顶用。

　　切记,服这个方不能喝酒。

中医老赵

老赵和我在一个科室，上我两届，他是中医药大学毕业，我是西医院校毕业。

我们工作的单位是个疗养院，比较轻松，不像大医院说来急诊就是人命关天，平时也是高度紧张。我们疗养院里的医护人员除了领着疗养员（患者）做做操、量个血压、听听心脏，做个医疗保健，基本没啥大事。

我在疗科当主任，老赵虽然比我高两届，但他是老三届，上学时就是大龄青年，毕业到我们单位也是近四十岁的人了。老赵看人生比我透彻，凡事不争不抢，给我这个 20 多岁的人当部下，他一点儿不觉得憋屈。还得说明一下，老赵年轻时得过肾结核，摘掉了一个肾，剩下那个肾也是带病工作，况且，老赵的身体其他部件也是病恹恹的，老赵所以不争不抢也是体力跟不上。

疗养院的工作特适合老赵，没事他就捧着中医的书，给自己对症下药调节身体，当然，他没忘他还是大家的医生，有疗养员想吃中药的，老赵会很认真地号脉，下药。老赵给患者看病有个特点——磨叽。从人家坐下来老赵的嘴就不闲着，不只是问诊，还唠家长里短，国内国际的。老赵是个红脸大汉，典型东北男人的形象，只是长相不太受恭维，细长的眼睛，厚厚的嘴唇，好像脸上的肉都长在嘴上了，老赵说话时厚厚的嘴唇快速地开合，经常唾沫星子四溅，有的时候我都觉得我的听力跟不上他的语速，而我又不想为了听清楚坐得离他近些。

你别说，患者不介意这些，他们就需要和医生倾诉，需要医生懂他们，懂他们的郁闷，懂他们的疑虑，懂他们的纠结，他们恭恭敬敬地听着老赵说话，在老赵喘息的当空抓紧说一下自己的病症,有的烟民自然就递上支烟,吸烟都不耽误老赵唠嗑,反正不管男女老少,老赵都能找到共同的话题,这让我们暗自佩服。老赵就像他们的亲人,不对,比亲人还好,老赵下的药吃了就是舒坦,后来我发现,中医不仅医病,更医心,有些患者心理负担重,浑身哪儿都难受,到大医院各项检查做了也查不出来毛病,还可能被医生斥责:没事搁家好好待着,别来这添乱。而老赵能打开他们的心结,老赵得过结核、腹水、肝病、风湿、哮喘、肾炎等等,人间疾苦特别青睐老赵。总之,老赵在"闲聊"中就把患者归到和他一个频道了,老赵对患者的态度充分显示了作为医务人员的爱心、耐心、关心,这让我们自愧不如。当然,专心研究业务的老赵治病还是很有一套的,反正,最后是一传十,十传百,老赵越来越受欢迎,名气直线上升。曾经有个疗养员说,疗养院要是让我们选院长,我们就选老赵大夫。

老赵对待同事也是如沐春风,院里有个小护士结婚几年也没怀孕,去大医院检查也查不出毛病,我把愁眉苦脸的护士带到老赵这儿,老赵号了脉后说,这是宫寒,胎儿不着床,给我弄个胎盘,剩下的不用管了。我马上给在妇产科工作的同学打了电话,很快,中药学名叫"紫河车"的胎盘就送了过来。过了几天,老赵把我和护士叫来,拿着一包东西一起进了处置室,只见老赵拿来一个干净的大盆,把包里磨成细粉样的中药倒了进去,又拿来一瓶蜂蜜,像和面似的,一边倒蜂蜜一边用消过毒的筷子搅动着,老赵一如既往地磨磨叨叨,我则一边紧张地看着他的嘴,生怕唾沫溅下来,一边看他操作。直到看不到干粉了,老赵才停止倒蜂蜜,然后,他把这坨东西拿出来放在擦净的玻璃板上,像包饺子那样搓成条,再揪成差不多鹌鹑蛋大小的剂子,揉成球,一个一个放在塑料袋里,叮嘱护士回家吃,每天两次,每次一粒,保证吃不完就怀孕。

我和护士将信将疑地看着他,他得意地笑了一下:等着吧,我就要这效果,大医院看不好的,我来。还真别说,那堆药吃了不到三分之一,小护士就怀孕了,不久生了个大胖小子。从此后,老赵的患者队伍又多了一些年轻小媳妇。

若干年后我们都退休了,老赵应聘到一个诊所继续做中医,听说他的身体越来越糟糕,每天挂个尿袋上班,前几年老赵去世了,问题还是出在那个仅有的肾上,最后肾衰了,透析都不顶用。不争不抢的老赵还是没挣过命。

　　赵大夫走得几分无奈,几分不甘。他去世之前有很多自己研究的配方,这些配方对不孕症、风湿、结核病、呼吸道疾病等等有独特的治疗效果,老赵生前非常珍惜这些方子,他觉得放到哪儿都不安全,他曾经对科里的同事说过,我死以后要把这些方子献给社会,可惜他走得太急,他的这些方子怎么也找不到了。

　　老赵啊老赵,你把这些方子究竟藏到哪儿了?

老吕大夫

　　我从省城的医大进修一年回到单位，推开医生办公室发现多了一张办公桌，桌子后面坐着胖胖的，长得像活菩萨一样的老吕大夫。我很惊诧地望着他，老吕大夫本是我们单位 X 光室的医生，怎么到医疗科室上班了？

　　迎着我怀疑的目光，老吕大夫多少有些不自在，他期期艾艾地告诉我，他在 X 光室工作了一辈子，最大的梦想就是穿着白大褂，坐在诊室里，拿着听诊器，给患者看病，过一场医生的瘾，此生无憾。这不，眼看要到五十岁了，他坐不住了，找到和他关系铁的业务院长，特别不好意思地说出了自己的想法。没想到业务院长乐了，一拍他的肩膀："这不是啥大事，这样吧，我先送你到市级医院学习几天，你熟悉熟悉业务。"半年后，老吕大夫带着抄得满满的笔记回来上班了，院里把他分到我们科室。我们科原来有哈医大毕业的科主任和我，中医药大学毕业的老赵大夫，佳木斯医学院毕业的小王大夫，都是科班出身，领导的意思很明白，让我们带带他。

　　这种事撂别的地方肯定不中，医院是啥地方，救死扶伤，人命关天啊。但我们单位不同，我们是疗养院，来的都是不痛不痒的疗养员，我们的职责就是每天给疗养员量量血压，听听心肺，领着打打太极拳，做做第几套广播体操，有时间再"话疗"，有些疗养员是劳模，年轻时拼命干，老了落下一身毛病，在我们这儿休养还可以按摩、针灸、理疗等等，疗效很好，对这些疗养员，工厂是很重视的，基本每年都送他们来疗养，我们疗养院在美丽的太阳岛上，四季风景如画，这也是疗养员喜欢来这里的原因之一。所以，一来二去，很多疗养员和医生都是朋友了。简单一句话，疗养院对医生的水平要求不是太高，能应付日常就行，有了急病救护车随时拉到大医院。

记得上世纪80年代我刚大学毕业分到这儿时,是疗养院时隔三十多年才来的第一位正规院校的大学生,听说我们院长为了要应届毕业生,跑了好几趟卫生局才给了一个指标。上班第一天,我正在卫生间上厕所,就听外面走进来两位女同志议论说,这新来的大学生不知咋想的,学了五年医学,上咱这地方不是白瞎了吗?听了她们的谈话,我心里偷偷地乐,学校的用人单位通知一贴出来,我第一眼看到疗养院几个字就相中了,为啥?我不愿意学医,上学时我喜欢文科,考高中时我就想报考哈一中的文科班,可我爸不同意,出身地主的他一辈子活得小心翼翼,他说一有运动都是整顿文人在先,因为文人都嘴"欠儿"。高考报志愿,他毫不犹豫给我报了医学院校,理由是"进监狱也是狱医"(若干年后我忽然反应过来,质问我爸,你凭啥就认为我要进监狱,他用不屑的目光瞅了我一眼)。上大学时,同学们都捧着医学书苦读,我则跑到图书馆津津有味地看世界名著,脱离了我爸我妈的视线,我像小鸟一样自由。考试成绩自然不会理想,我的追求是"六十分万岁"。深知自己半斤八两的我,很理智地认为,疗养院这个名额简直就是给我配的,工作轻松,技术含量不高,有时间读书,工作环境优美,所以抢着把这个名额拿了下来。

单位挺重视我,不久送我去哈工大读了一年英语,接着,又派我去哈医大进修了一年神经内科,这不,才回来。

就这样,不愿意当医生的我和特愿意当医生的老吕大夫在一起共事了。

老吕大夫性格随和,与人无争,总是笑呵呵的,但不代表没个性,没想法。有个刚分到后勤的年轻员工,有天在路上遇到他,大刺刺地喊了一声:老吕头,我这个周末结婚,你一定要来啊。老吕大夫看了看他,未置可否地走了过去。回到办公室生气地对我说,他这个婚礼我不能参加,而且也不随礼,尽管我不差钱。因为啥呢,第一,他平时遇到我就像没我这个人似的,连招呼都不打;第二,我这老吕头该他叫吗?没老没尊的,他得叫我吕大夫。

没两年,我被院里提拔当了科主任,别看我不喜欢学医,但不意味着我不喜欢当领导,不是有那么一句话嘛,不想当将军的士兵不是好士兵。我当科主任后,第一个就把老吕大夫聘到科里。我欣赏他的忠厚朴实,而且,老吕大夫靠谱,珍惜这份工作,即便是值了夜班白天也不愿意休息,我觉得"爱岗如家"这四个字就是对他最贴近的形容。有老吕大夫为我们兢兢业业值守,科里的问题随时解决,大家都轻松。但是,他老伴见到我就抱怨,说他心里就有单位,也不在家多陪陪她。

老吕大夫有两个女儿,一个在国外,一个在税务局,老伴也是医生,家境优越,他最喜欢吃肉,喜欢抽烟,饭盒里离不开红烧肉、排骨、烧鸡,从来不去食堂吃饭。他的生活理念是,活一天就高兴一天,不想明天的事。

科里的中医老赵是忙人,和患者打成一片,经常下病房,办公室常常只有我们两个人,我喜欢看书,平时除了工作就捧本书,和老吕大夫交流得自然比较多。老吕大夫之前在县医院工作,那里的故事多啊,他讲起来云山雾罩,神神道道的,有时候听得我毛骨悚然。

后来有段时间老吕迷上了"测字",也叫拆字。就是用字卜算,那时候我已经是院医务科副科长了,上面没有科长,我主持工作。听说组织部马上要研究工作调动,我是个上进心强的人,这点儿老吕了解,有一天趁我到科室他对我说:"下雨天打孩子,闲着也是闲着",你给我写个字,我帮你看看吧。我未置可否地瞅瞅他,顺手写了个"正"字,我想转成正科长的愿望太强烈了。老吕大夫歪着脑袋端详着这个"正"字,嘴里嘟嘟囔囔地说:这个字,不上不下的,不好断。忽然,一拍脑袋:你去找姓王的人吧,这个人能帮你办成事。我一脸懵圈地看着他。他和我解释说,你看这个"正"字,左边那个"丨"你把它放平,不就是个"王"字嘛,姓王的是你的贵人,一准能给你转正。我将信将疑,搜尽脑袋想我周围姓王的都有谁,突然灵光一现,我们新来的院长姓王啊!既然有仙人指路了,那我就照办吧。去找院长谈话不能冒失,晚上回到家里,我拿出纸和笔,把我们疗养院现在存在的问题,我认为如何解决这些问题都写了下来。所以这么做,是曾经有一位老领导意味深长地对我说过:"小于啊,到领导这来,不能光喊困难,摆难题,还要有思路,要想出来怎么解决这些问题,要当好领导的参谋,否则,还要你们在基层做领导工作干嘛?"领导的话让我受用一辈子。第二天,我拿着写的材料,署上名字,趁王院长还没上班,悄悄地放在他办公桌上。我和院长还不熟悉,领导要是看了动心,自然会找我的。大约第五天,领导给我打了电话,亲切地说:小于啊,到我办公室来一趟。在领导的办公室,我敞开心扉,大胆地把心中的"宏图"统统讲了出来。领导只是笑眯眯地看着我,我在领导的目光里看到了鼓励。不久,我的调令下来了,不是"医务科长",而是"院长助理"。那天在公布干部的会上,我和台下的老吕大夫交换了一个心领神会的目光。

研究"测字"的老吕乘胜追击,同时琢磨"奇门遁甲"。大家都觉得好玩,有点儿事就找他,他也乐此不疲。有一天,有个护士对他说,咱科小乔怀孕了,你给测测是男孩还是女孩呗。老吕轻松地说,这都不是事。护士赶紧去叫小乔,我那时恰好也在。老吕把手中的笔和纸推到小乔面前,小乔写了一个字,老吕心不在焉地瞄了一眼,告诉她,回去好好养着吧,将来是个大胖小子。小乔乐得满地转圈。她们走了以后,我问他,那个字你也没好好琢磨,咋就断定是小子呢。老吕哈哈大笑,小同志啊,那字我根本没看,你没看见她们俩一前一后进来,后面的那个手里拿着一炷香嘛?带着香火来的,还能是啥?原来,我们的办公室地板下面是空的,里面耗子泛滥,因为下药,常有死耗子难闻的腐败味道传上来,所以大家就经常烧烧香祛祛味。几个月后,小乔真的生了个大胖小子,满月那天我们去喝喜酒,小乔把老吕让到主位置,说,自从老吕大夫说完以后,她的心情超好,达到了优生优育的状态。老吕露出了慈祥的笑容。

几年以后老吕大夫退休了,爱吃肉,爱吸烟的他血脂超高,不久就得了脑梗死,话说不清,走路一拐一拐的,大街上遇到老同事,未及款叙,先落泪了。

老　千

这个叫老千的人，和赌场、诈骗之类毫无关系。

老千是我上高中时的数学老师。老千的本名叫李笃千。我和同学们私下研究过他的名字，"笃"的本意是忠实，忠诚，按照字面的意思，后面这个词应该是"百"，百分之百的忠诚嘛，没听说"千分之千"或者"万分之万"的忠诚。再翻字典，"笃"有姓之焉。莫非他母亲姓"笃"？总之，这是个搞不懂的话题。但是，我们这些同学一致认为叫他"老千"非常顺口，非常亲切，非常接地气。于是，背地里，"老千"这个外号就像当红明星艺名似的，流传甚广，当然，老千本人还蒙在鼓里。

老千其貌不扬，属于敦厚的土命型人体，个儿不高，一头永远杂乱无章的头发，犹似经历过一场风暴，留着黑胡子，穿得非常随意，甚至有点儿不修边幅。最有特点的是他戴的眼镜，黑色的镜框，厚厚的镜片，一层一层的圈，和他的得意弟子——我们班的数学课代表赵西滨的那副高度近视镜有一拼。

说来老千很不幸，本来他和著名数学家陈景润生在同一个年代，也是名牌大学的数学系毕业，老千分到了京城一个研究所工作，若是如此顺风顺水地下去，也挺好，但问题出在他的个性上，老千耿直，不会阿谀奉承，眼里只有1、2、3，用现在的话说"只知道埋头干活，不知道抬头看天"，原来他所在的那个单位的领导遇上搞运动，顺手给他戴个右派帽子，就把他流放到咱们东北来了。

不过，老千又是幸运的，他遇上了"伯乐"。我们学校原本就是省重点中学，校长姓金，是个转业军人，据说金校长的父亲曾是某个军区的司令员，金校长是个不拘一格广收人才的好领导,只要你有才华,他才不管头上戴着什么"帽子"呢,统统收归麾下。当时我们校许多老师是所谓的右派,或有历史问题,有的老师是从北京下放来的,有的则是本地优秀的知识分子,1978年恢复中考,这些老师摩拳擦掌,纷纷上阵,一展才华。也许是用这样的方式报答金校长的知遇之恩。老千再愚也明白若不是金校长把他收编,自己还指不定在哪个山沟或者荒原改造呢。而我们这个班级的学生就是最大的受惠者。我们是第一批从全市考上来的学生,千老师们把一腔热情都倾注在我们身上了。

第一天的第一堂就是数学课,只见老千大步流星地走进教室,拿起粉笔,目不斜视,直奔黑板,一边写一边不停地讲,一课堂45分钟分分秒秒都被老千抓得紧紧的。

老千不善言谈,上课也不提问,只管教授几何代数三角函数,除非遇到难解的题,在鸦雀无声的教室里,他狡黠的目光在厚厚的眼镜后眯缝着,环视着四周,看到我们费解吃劲的表情,老千狡猾地一笑,用手一指赵西滨,或者女生学霸王佳萍,让他(她)上黑板前给我们解题。老千对他的这两个得意门生就像对数学题一样胸有成竹。

老千像陈景润似的,有点儿"痴",同学们每每谈到他总能找到他的趣事来开心,说起来不免哈哈大笑,笑声落下之余,有的时候还夹杂些许心酸。

比如,有一次,老千拿着不知道在哪儿淘到的习题集,摘出一道写到黑板上让我们解,显然这是一道难题,我们从他的脸上就猜到了,果然不出所料,我等绞尽脑汁也解不出来,他用手一指王佳萍,王佳萍走上前,用牙咬住手指(这是她思考时的下意识动作)看着题,半天无语。老千背着手,得意扬扬地巡视在我们中间,又叫鬼精灵朴晓燕去解,朴晓燕在座位上没动,告诉老千她解不出来。老千转身对坐在第一排的赵西滨说,还是你上吧。赵西滨慢慢地走上前,呆愣愣地看着黑板,左看右看仍无从下手。老千走回讲台,大手一挥,回去吧。赵西滨不甘罢休,轻声对老千说,老师,我能不能看看原题?老千把书递给他,他仔细一看,老师啊,您这第一行抄的是上题,第二行抄的是下题,你把两道题并成一道了。老千急忙拿过书和黑板一对比,一拍脑袋，自言自语地说，这扯不扯？全班同学这才如卸重担般松了一口气。

还有一回，老千如往常一样背对着我们在黑板上写题，我们总觉得老千哪儿不对，终于发现他衣领上露出半截袜子，那袜子像只小松鼠似的，随着老千的身体起伏，在老千的脖子后面一蹦一蹦地跳跃着，同学们指点着，忍不住哄笑起来。不仅如此，一天上早课，老千穿着黑皮夹克匆忙走进教室，放下教案就写题，这一转身，皮夹克下面飘出一只衣袖，同学们瞪着眼睛奇怪地看着飘来飘去的衣袖，老千转过身许是看到了我们的目光，低头也看自己的衣服，终于意识到自己的问题了，他早上穿衣服，里面穿的衬衣一只袖子套在胳膊上，另外一只忘记套了，没套上的那只袖子就像飘带似的，一路陪着他从家飘到学校。同学们又是一阵大笑。后来，听说老千的爱人常年有病，孩子还小，老千的家里负担特别重，老千每天要早早地起来做好一天的饭才能出门，晚上还要熬夜给我们批作业，知道这种情况后，我们笑不起来了。

读高二的时候，老千讲课时常常按着胸前，有的时候用桌角顶着前胸趴在讲台上讲课，一次疼得大汗淋漓实在讲不下去了，老千用拳头按着胃，弯着腰走回教研组，班里几个男生急忙跟了出去，有的去校医那儿拿药，有的跑去买了热水袋，吃了药挂上热水袋，老千的疼痛缓解了一些，他还是坚持给我们上完课。

原来，老千因为常年饮食不规律，患了胃病。此后老千经常挂着热水袋给我们上课。我们多少也懂事了，上他的课尽量让他少说话，有些题就由赵西滨替他为我们讲解。千老师可以坐在旁边休息一下。

老千家要路过我家，放学后我特别愿意和老千一起走，其实离我家更近的是教外语的蔡老师（蔡老师之前在外交部礼宾司工作），我和蔡老师几乎住在一条街上，况且我还是蔡老师的英语课代表，可是不知道为什么我还是愿意和老千一起走。背着书包和老千往家走心中特坦然，其实我们也没什么聊的，一老一少就默默地走，有的时候走着走着，他突然站住，仰面朝天，嘴里嘟嘟囔囔说着数学题。我就在一旁等着，等他从数学王国里回来，我们再继续往前走。

高考前几个月,老师们都抢着占用我们的晚自习时间补课,老千在这件事上当仁不让,数学是主科,老千想当然地认为我们应该以他为主,一周里数他占我们的时间最多。挂着热水袋的他显得特别臃肿,那时候是五六月份,天已经热了,有时候汗水从老千的脸上流下来,他也顾不上擦,磨磨叨叨地讲着,嘴边都是白沫子。

那一年高考,我们班很争气,基本都考上大学本科了,他的课代表赵西滨考到了北大数学系,这让老千很是得意了许久。

日夜操劳的老千身体每况愈下,终于卧床不起了,医院诊断,晚期胃癌。老千自知时日不多,便开始安排后事,他把一本泛着黄色的,很古老的《英汉大字典》交给去探望他的同事,委托他想办法转给我。他说,那孩子喜欢读外语,这本字典给她吧,兴许有用。

不久,老千就过世了,去世时还不到六十岁。

几年后,那本卷着边的老字典辗转来到我手里,我抚摸它,仿佛又看到老千在眼前,禁不住泪奔,老千啊老千,你是个重情重义的人,你没有教够,我也没有学够。如果有来世,我还做你的学生。

小　　院

几年前,我们在市郊买了一处带小院的房子。

小院,确切地说是开发商在楼房后面的一楼开了个门,又围成了一个院子,每套房子面积不过 50 来米,小院子仅 30 米。

我们这排楼有十几户人家,我家在中间,我们买了两套打通在一起,房子就宽敞些。

因为是在市郊,这里居住的人口大多是当地动迁户,外县进哈却在城里无力买房子的居民,还有我们这样买不起别墅的老年人。

这趟房从西往东数,一共有九家,依次为收废品的老李家,酱鸭作坊,租房子住的老王大哥,外县来的年轻人吴青夫妇,我老年大学的同学赵大姐夫妇,我家,不是鳏夫却独守空房的老杨,老丁和黄大姐夫妇,最靠东的是一家私人门诊。

人家不多,故事却不少,已经不能用"幸福的家庭都是相似的,不幸的家庭却各有各自的不幸"来概括,幸福和不幸不是绝对的,它们之间可能有回肠百转的周折,有意想不到的转接,甚至有出乎意料的结局。

先生和我当初看好的就是小院,想着夏日里开辟个菜园子,种点儿蔬菜,坐在遮阳伞下,看着绿油油的菜,喝着茶水,悠哉游哉。

"我能想到最浪漫的事,就是和你一起慢慢变老……"这样的想法很温馨,也很符合老年人的节奏。

先生有个搞装修的朋友,喜欢文学,尤其喜欢先生的作品,甚至能大段地背下来某些文章的段落。装修小院,朋友当仁不让地接了下来。

朋友当自家房子一样地拾掇,他说,他也有小院情结。朋友把房子设计成三间。东侧是卧室带卫生间，装了榻榻米，边上给我留个书桌。西侧有个独立的书房，先生写作的地方。中间开放空间是餐厅、客厅。

外面有两个门斗，我们把门斗打通，用钢化玻璃封闭，打造成两米多宽，十多米长的阳光房，装上了带电风扇的灯，东侧窗下靠墙打了一排小柜，门外边接了水龙头，还在墙里墙外留了几处电源插座，甚至贴心地安上了监控。

室外，留出两块地做菜园子，其余的空间铺了鸭蛋青色的地砖，鹅卵石的小道，朋友说，要有足够的地方供孩子们和朋友们来烧烤和聚餐。没错，若都是菜园子，就变成庄稼地了。

我们还很应景地购置了遮阳伞，烧煤炭的炉子，煤和柈子，做饭的大铁锅，孩子们送了烧烤的设备。

第二年入冬前，有个热心的农民朋友在猪场弄了猪粪，乌泱乌泱地来了好几个人，在地里堆了一个大大的粪堆，说，这粪先沤着，等来年过了清明，我们来把粪掺在土里，"庄稼一枝花，全靠粪当家"嘛，您就瞧好吧。

阳春四月，先生和我满怀回乡种地的向往，从海南回到东北，哪知道疫情从冬天到春天还没结束，农民朋友村里有确诊的患者，村子封闭，出不来了。

先生和我看着园子里的粪堆傻了，先生笔杆子运用自如，拿起铁锹、镐头却不知从何下手，城里长大的我连庄稼都认不全，更不会种地了。

我让先生先坐下，稳稳神，别急，我起身在小区里蹅摸，到处打听有没有会种地的，我出费用，哪知，现在这人不差钱，我找了好半天才请来一个扭扭捏捏，不太情愿的老头。

我和老头回到房头，远远看着我们家院里似乎不少人，走近才看清，是左邻右舍的邻居们，原来，他们看到先生在家里不知所措，主动来帮忙了。

那个大大的粪堆引来众人一顿嬉笑，邻居们说，我家院子有五分之一都足够了。

先生反应快，索性让邻居们随便拿吧，给我们留下足够的就行了。

那天晚上，整个小区飘满了粪"香"，住在楼上的邻居们"啪啪"地关上窗户。

小院的故事就从这儿开始了。

（上）

老孙太太

一

老孙太太是在抬粪的时候出场的。

老太太自来熟，看到我家召集大伙分粪，就拿着盆，拖拉双破布鞋过来了。邻居黄大姐看她往这儿走，悄悄地趴我耳边说："这是老王大哥新找的老伴，今年68岁了，你看那黑瘦的样子，和谁都不外道。"

"我是有条件和他过日子的，三金加两万。"

老孙太太盘坐在我家的葡萄架下，一手遮着阳光，一手夹着烟，神气十足地对我说。春天的阳光并不刺眼，我注意到她的耳朵上没有耳环，手上也没有戒指。

老王大哥离我家隔三个门，租的房子，据说前老伴身体不好，老大哥伺候十多年，终究是久治不愈，去年年底就走了。黄大姐说，老大哥都82岁了，一个人顶门过日子怪可怜的，这不嘛，年前去农村找了个老伴回来。

老王大哥平日里不爱串门，耳朵有点儿背，走路也略显吃力，拖着脚走，每每路过我家，若是看到我们在园子里，就边走边大声打个招呼：你家这儿地种得不错啊！先生忙回道：就是个玩，指着它得饿死啊。说完，两个人一起笑了起来。

王大哥伺候园子精心，还喜欢种花，小小的园子，除了种点庄稼，还沿着园子的边上种满了各种花草，我经常趴在他家栅栏上看他的花，数着我认识的：芍药、玫瑰、地瓜花、格桑花、菊花……还有些我不认识的。王大哥看见我了，就说，屋里坐吧。我摆手，不了。其实他家的房子我很熟，是我姑姑家的,当初我们一起买的。

人老了总得有个伴,我替老大哥高兴。

二

老孙太太颇具指挥才能,拿着铁锹,分配拿着大盆小筐的邻居们装运着,小半天过去了,粪堆就剩不多了,老孙太太冲我先生龇牙一笑:"大兄弟,大伙干半天了,就不用请我们吃午饭了,拿盒烟就行了。"

"对,对。"先生忙不迭地回屋取了盒"南京",老孙太太喜笑颜开地接了过去,自顾自地点上,又给旁边干活的小伙子邻居吴青扔过去一根。

望着这片冻得硬邦邦的土地,我却犯愁,我不会给地打垄,何况还要把粪掺合进去,想想就打怵。

老孙太太看出我的窘境,拍拍我:"没事,大妹子,就你这点儿地,俺们农村人一个手指头都干了,你等我歇歇,晚上我给你弄,你不用管了。"回头对旁边吴青的媳妇晓琴说:"她兄弟媳妇,歇会儿吧。"叫晓琴的小媳妇抬起头,用手背擦了下脸上流的汗:"俺不累,没事的。"

老孙太太和我并肩坐着,拉开了话匣子:"老妹子,俺老家是望奎的,娘家姓孙,命不济,老头子死好几年了,你邻居王大哥有亲戚在俺们村,年前他过去,也算是相亲吧,俺一瞅,人还中,就是老点儿,俺和他说,俺也不非得明媒正娶,但是,得给俺配上'三金'(戒指、耳环、项链),再加上两万块钱就中。这老头当时就答应了,俺一寻思,既是这样,那就跟着来吧。你看看,"她抬起脚,让我看她那双穿破的旧鞋。"衣服也没带几件,鞋都来不及换就来了。"

说到这儿,老孙太太开始抱怨了:"俺都来快一个月了,这'三金'还没买,说是钱没到期,提前支取亏本。还有,这个老头子天天给俺炖白菜土豆吃,太抠门了。"我眼睛一转:"大姐,那王大哥不也这么吃吗?再说了,我咋不信大哥就不换个样吃?"老孙太太扑哧乐了:"也是,昨天还割块肉炖豆角了。"

我起身从屋里拿出来一双旧皮鞋，又拿了五十块钱，塞到她手里。我说，大姐，钱不多，喜欢啥买点儿啥吧，老孙太太推让一下就扭扭捏捏收下了。

　　当天晚上我们回到市里，刚要休息，手机微信响了一声，晓琴发来的，"阿姨，地都备好垄沟了，放心吧，是我和孙大娘一起弄的。"晓琴还发来一张图片。我感叹地对先生说，真是远亲不如近邻啊。

　　隔天我们发现小院浇地的水管被挪动了，老孙太太笑嘻嘻地承认是她拿去浇她家地了。过两天，先生又发现水管少了一截，他认定是老孙太太干的。我捂着他的嘴不让他说下去，没有证据就没有发言权。

　　天越来越暖，我们搬到了小院住，每天早上先生天刚亮就起来，惦记着他那点庄稼，邻居们一个比一个起得早，时而教教他给茄子、柿子掐尖，时而告诉他要间苗，要松土，要除草，老先生在学习中体会种植的快乐，乐此不疲。

　　老孙太太爱串门，起初到我们家推门就进院，望着我家长势良好的豆角说，俺家豆角长得不好，等着吃你家的啦。我心想，就我家那两垄豆角，还不够给家里人分的呢。一寻思这垄是人家帮着备的，话就没说出口。我是个不爱串门的人，我有自己的事做，没那么多时间唠嗑，白天我也把小院的门锁上了。

　　老孙太太再来，推不开门了，她也不恼，站在门口和我说话："大妹子，你说俺这腰腿总疼，一到阴雨天就犯病，腿还总抽筋，你是医生，你告诉告诉俺，该咋办呢？"

　　"你等等。"我回身去屋里取了两盒维生素 D3，递给她。又叮嘱她配着钙片吃，她这是骨质老化的表现。我让她和王大哥一起吃，我瞅着老王大哥也是老寒腿的病症。老孙太太高兴了，悄悄说："这老头子还行，吃药的时候俺想吃也让吃，俺看他那儿有钙片，不过，"她话锋一转，又生气地说，"到现在'三金'还不落实到位，再这么下去俺就走人了。"

三

有一天,先生和我正埋头在地里干活,就听老孙太太的声音传了过来:"大妹子,伺候地呢?"我头没抬地应付道:"是啊,这草太多了。"先生在耳边悄声说:"抬头,抬起头。"我仰起头,只见阳光中几道金光闪耀,老孙太太站在我眼前,笑得一脸褶子,头向两边晃悠,金耳环乱颤,还把戴着戒指的手特意在我眼前晃晃。"哎哟,大姐,'三金'戴上了。"我惊喜地叫道。"老妹喜欢不?喜欢的话大姐送给你。"我笑着揶揄道:"大姐,谁信啊?"老孙太太哈哈大笑,一路轻飘飘走过,她身上那些病症好像都跑了。

我目送她的背影,这个老太太要四处炫耀了。别看老太太来的时间不长,但她腿勤,没事就在小区晃悠,找那些没事晒太阳、打扑克、看孩子的老头老太太聊天,小区的消息好多都是她告诉我的,比如谁家两口子干仗了,谁生病住院了,谁动了我家停车标识了……自打认识她,我好像多了一对顺风耳。

老太太开心,感觉到老王大哥也是春风拂面,走路比平常有劲,路过我家说话的声音更洪亮了。我悄悄地对先生说:你看,这第二春还挺像样啊,老太太得到三金了,估计伺候老大哥也能用心。

这时,有个作家采风团邀请我们去外地,我们只好把园子交给邻居黄姐照管。

四

大约一个月回来,稍事休息就急忙去小院。

小园子让黄姐打理得干干净净,黄瓜、豆角、辣椒、茄子都有收成了,晚上,我们坐在小院里,插上电炉子,端出来一盘煨好的牛肉,还有炒花生米,园子里刚摘的黄瓜辣椒,农村朋友送来的大酱,一边烤肉,一边喝着啤酒,天上的星星闪烁,月光下两人对酌,好不惬意。可是,喝着喝着,我忽然觉得少点儿啥,问先生:"你不觉得有点太安静了吗?"先生疑惑地看着我,我提醒他,我们来了大半天了,没看到老孙太太啊。

实在是抑制不住我这八卦的心,第二天我早早地去黄姐家,站在门口招手把她叫出来,询问老孙太太哪儿去了?黄姐神秘地说,走了,这不"三金"戴上了,还差两万嘛,天天向王大哥要,王大哥逼急了,说,不是没有钱,是在考验她,自从她来了后,见天吃完饭就惦记找人唠嗑,也不做家务,也不管老头,特别是有了"三金"后,出去得更频繁了,到处显摆,不吃饭都看不到影子。老王大哥不干了,人家找的是老伴,做伴的,这老太太心飘啊。前几天两个人干了一仗,老王大哥把她撵走了,"三金"也不要了。老孙太太回家就后悔了,找了几个当地的村干部和亲戚来了一趟,想说和说和,哪知王大哥说啥也不干了,说宁可一个人过,也不想见她了。

老孙太太走了,我心里竟然还有点儿失落,先生笑我:"这回没人给你传播小道消息了。"其实,我觉得老孙太太也向往新生活,她孤身一个人来到一个陌生的环境,需要有安全感,她只是把精力放错了地方,她应该更多地陪伴、关心她的老伴,实实在在过日子,幸福的生活不只是"三金"和金钱带来的,也要用"心"换取的。我挺后悔没有耐心多和她沟通,多和她交流,我手机里有她的电话,可我犹豫好几次,还是没打,人各有命,随她吧。

又回到单身生活的老王大哥像落单的孤雁,每天早晚出去两趟,或捡块豆腐,或拿把菜,一个人静悄悄地过着日子,见到我们还是一如既往地打着招呼。

五

又是一冬过去了,夏天的时候我们回到小院,刚停下车就见老王大哥迎面走了过来,我急忙打个招呼,老大哥的表情有些黯然,告诉我他在旁边的楼又租个房子,这个房子的房主把房子卖给了吴青他家。我想劝劝他,有合适的再找一个吧,老了总得有个伴。终究没说出来。

老王大哥陆陆续续地搬着他的东西,直到有一天,来了一辆大车,把他所有的东西装上,他随着车走了,再也没回来。

新房主开始叮叮当当地装修了。

他家园子,老王大哥在春天种的蔬菜和花儿无力地长着,若是赶上下雨它们才滋润些。没想到到了晚夏,那些菊花却争先竞放,黄的,红的,粉的,白的,遍地开着,而且越开越茂盛,不断伸展,大有铺满院子的架势,每次路过我都要站下多看几眼,有时恍惚又看见老王大哥从房里出来,招呼我进屋坐坐。

孤单的老杨

一

邻居老杨大哥和我们一墙之隔，再也没有比这更近的邻居了。

老杨大哥是小区的一道风景线，每天早上推出他那台绿色的"单骑"，身着蓝色白条运动服，头戴迷彩帽，蹬着"单骑"出发了，骑十公里是基数，除了刮风下雨，基本雷打不动。

他也是七十多岁的人了，这样的潇洒，这样的风采让小区许多老人羡慕嫉妒，估计年轻人也嫉妒，只不过他们要上班，要为生存和生活拼搏，他们只能装作毫不在意地瞟他一眼。

我是"60后"，我那个年代的人，年轻时最怕老，觉得老了，退休了，没价值了，哪知老了老了却赶上了好时代，有车开，有带卫生间和地热的大房子住，有电脑，有手机，有各种先进的东西眼花缭乱地在眼前飘动，花钱不用动钞票，手机轻轻一划就搞定。而且，想去看大海，想去温暖的地方，想去找个风景如画的地方度度假，都不是难事。

先生和我已经连续几年自驾往返三亚哈尔滨，一路风光一路美景，超过七十岁景区不花钱，坐公交车不花钱，我们享受老年生活，享受社会给予我们的待遇，享受蓝天大海，过着有工资，有时间，潇洒走世界的日子。

老杨却不这样，虽然他外表很光鲜。老杨有老杨的烦恼。老杨有一儿一女，都已经结婚了，儿子是军官，女儿是老师。按说工作都不错的。可是，老杨的女儿患肾病，常年透析，还有个刚上小学的外孙子，女婿要上班，要养家糊口，女儿自身难顾，更管不了孩子，老杨的老伴只好和他挥泪告别，住进女儿家,照顾下一代和下一代的下一代。老两口的那点儿退休金也时常搭到女儿身上。

一个人的老杨生活得很节俭。常常看到他在集市上买一碗大馇子就点儿咸菜就是一顿饭。但是老杨也是爱美的人,他把节省下来的钱买了最便宜的染发剂,把头发染得黑亮黑亮的,不过也闹出个笑话,有一次老杨染完头发估计是剩了点儿舍不得扔,照照镜子眉毛也是白的,他就把眉毛也染黑了,可是,他这染发剂太黑了,把他浓厚的眉毛染得像两条粗重的长虫挂在脸上,那天他坐着小区中间的空地上晒太阳,我家先生出来竟然没认出他,直到他主动打招呼才发现原来是老杨,我闻讯装作不在意出去,看他那副滑稽的面孔,实在控制不住表情,赶快跑回屋里,蹲在地上差点儿笑喷了。老杨也许意识到脸上有些不妥,找出个鸭舌帽子戴上,把大半个脸都遮住了,冷不丁走个对面好像过来一个"接头"的。

老杨的儿子很忙,但很孝顺。老杨买的是二手房,刚搬过来那会儿,儿子派过来几个小战士,带着防腐的木板,在老杨指挥下,留下小院挨着我家那一块地种庄稼,其余的部分垫上红砖,铺上地板,又刷了红油,看上去很气派。

转天地板就干了,老杨从屋里拿出个小桌子,折叠椅,泡上茶水,点上一根烟,"刺溜"一口茶,再吸一口烟,眯缝着眼睛自我陶醉。

老杨的儿媳虽然不常来,但每次开着宝马车来都装着满满的东西。老杨对儿媳很客气,总说,进屋歇一会儿吧。儿媳笑着摆手,不了,有空再来,爸你也多注意身体,多保重,有事随时打电话啊。说完,钻进车里一溜烟地走了。

有一年中秋节,儿媳照例代表儿子来送东西,米、面、月饼、水果一大堆。儿媳刚走,老杨转身一撇嘴,自言自语地说,走这个形式干啥,给钱才是硬道理。说完,老杨还摇摇手里的手机,似乎那钱就能从手机里掉出来。

二

老杨是个干净人,尽管没有老伴照顾,他依旧把自己收拾得利利索索,头发梳得板板的,自行车擦得锃亮,院子里的地板几乎一尘不染,从这点儿我们可以看出来,老杨也是个热爱生活的人。

孤单的老杨把满腔的热忱都倾注在他那片只有二十多平方米的土地上,长出来的庄稼却是不尽如人意,不知道是不是因为秋天他把吃剩的中药渣子撒在地里的原因。老杨说中药渣子能做肥料,我百思不得其解,后来查了一下"百度",这玩意还真能做肥料,但前提是使用前要掺水沤肥,变成腐殖质后再使用。而老杨只把原生的中药渣子均匀地撒在地上。他干这个活让住在房头的收废品的老李大哥很瞧不得,路过他家时,老李大哥用余光看着他,嘴都快撇上天了。

自称种地出身,当过兵的老杨家的庄稼地收成是参差不齐。

最不争气的是茄子,也许是对药渣子"水土不服",年年种,年年发蔫,灰头灰脸地长着,立秋那天,老杨实在看不下去了,全都拔下去,换上了绊倒驴(青萝卜)。

而黄瓜就很善解人意,因为孙子、外孙子爱吃黄瓜,老杨种了几垄旱黄瓜、水黄瓜、水果黄瓜,这些黄瓜可不像茄子那么不懂事,一个赛一个地甯着,一到周末,老杨就带着攒了一大兜子的黄瓜过江去送给孩子们,用他的话说,这都是"老贱种"爱干的事。

老杨园子里的架豆角也行,够他一个人吃了。最想不到的是苦瓜,老杨沿着栅栏撒了一圈苦瓜种子,没想到这几棵苦瓜像被打了鸡血似的,伸展腰肢尽情地爬着,不仅挤满了他家门前的栅栏,也把我们两家之间的栅栏爬满了,我们从来不动,老杨总是亲自摘下来送给我们。

让老杨寄予满怀希望的"绊倒驴"却犯邪,和他较上了劲,我和他几乎同时种的,我种的水果萝卜,我那个萝卜长得费劲,被成群的害虫骚扰,叶子嗑得大窟窿小眼的,水果萝卜在百般折磨中费劲地长着,而老杨那绊倒驴的叶子用足了力气,一天一个样,每每看到它们,老杨的目光便充满了慈祥,要知道,萝卜是他儿子的最爱啊,前两年种的绊倒驴儿子吃得很满意,尽管不常看到儿子,可一想到儿子"咔咔"地吃大萝卜的样子,老杨心里就充满了宽慰。可是,长着长着,老杨发现不对了,这萝卜叶子疯长,下面的萝卜就像小手指头似的，就是不长，再看看我家地里的萝卜，虽然很艰难，却一直在努力，已经长成拳头粗，一掌长，可以吃了。这事儿让老杨觉得很没面子，在一个风高月黑的夜晚，老杨把绊倒驴一气儿拔了，统统扔到垃圾箱里，那块地啥也不种了，反正它挨着我家，老杨不往那儿瞅，也就不心烦了。先生笑侃道：老杨这庄稼把式没种过你这"二五子"。也许是吧，反正收上来的水果萝卜又脆又甜，无论是蘸酱吃，还是炖鱼，包包子，无比好吃。有心想给老杨尝尝，又怕刺激他，终究还是没送出去。

三

老杨经常和我先生隔着栅栏唠嗑，两个人点上烟，你一句我一句地聊着，老杨是我家先生的"顺风耳"，小区的新闻源源不断地传过来，当然，老杨也很敬重我家先生，他听装修的工人管先生叫老师，误认为先生是教师，也一口一声"老师"地叫着。

老杨神秘地告诉我先生，他手里攒了十万块钱，这钱谁也别想拿走，那是他的保命钱。先生回来如实和我学了，我又犯了医生的职业病和女人的同情心，我叫先生加一下老杨的联系方式，那么大岁数的人了，难保会发生什么事情，身体无恙最好，若是真有什么问题，儿女再好也不如我这个"近邻"医生啊，也许关键时刻我能救命呢。

自打他俩加了电话，救命没用上，却成了联系暗号，"老杨老杨，在家吗？我老伴做的饺子（包子、面包、面条），你到栅栏边，我给你递过去。""收到收到，马上就位。"于是，两个人像地下工作者一样，手递手传来传去。之所以鸟儿悄地，是因为我们和邻居关系都不错，怕他们看到了心里不舒服，干吗只给老杨啊？可是，咱家虽然东西不少，没时间做啊，再自私点儿说，我们两口人经常不在这儿，老杨替我们看家最现实，最到位，最靠谱。

"来而不往非礼也"，老杨是个懂大道理的人，他把儿子送来的上好的面粉送给我们，嘴里还说着，我一个人吃不了，白瞎了，你们帮我吃吃吧。他这么做让我抹不开了，只好加倍地压面条，做面包。老杨对我先生说，你家大嫂做的面包是我这辈子吃过的最好吃的面包。这句话简直让我"上听"（麻将用语）了，更加热情无比地劳作着。

老杨曾经不无羡慕地对我家先生说："我要好好活着，等老伴把那个瘫犊子伺候大了，我们也过你们这样的二人世界，我买不起车，我可以骑自行车驮着我老伴就近周游。"说到这儿，不屑地望望远处收废品的老李头家，压低声音说："咱可不能蹬着三轮车拉着老太太四处收废品，档次太低。"然后又大声说："我也要领着老伴旅游，去海南，去北极，看看祖国的美好山川。"

四

老杨忽然消失了，好几天没看见他，我们都有些惦记，先生给他打了电话，方知他的女儿去世了，老杨在办理女儿的后事。白发人送黑发人，老杨的悲痛可想而知，先生在电话里宽慰他几句，让他放心，家里这边有我们。

过了一个月，老杨和老伴回到了小院，他老伴特意到我家打个招呼，感谢我们平日里对老杨的关照。老太太慈眉善目，一看就是个善良的人。我劝慰她，女儿也算解脱了，你们这对老鸳鸯可以在一起了。老太太叹了一口气，一副一言难尽的样子。

老太太住了几天就走了，原来，小外孙上学没人接送和做饭，老太太接着去伺候。

老杨又是一个人了。晚上，他家的灯光孤零零地亮着，从窗外可以看到电视的荧光屏一闪一闪的，老杨蜷在沙发里，蔫蔫地看着电视。

我的青春谁做主

一

谁都没想到吴青和晓琴两口子能离婚。

那天我正站在院里浇花，看到吴青和一个靓丽的女孩子有说有笑地从远处走过来，女孩子挎着他的胳膊，很亲昵的样子，吴青一扭头看到我，稍愣了一下，很快就恢复常态，和我打个招呼。

望着他们的背影，我犯嘀咕了，这个女孩子和吴青长得有点像，莫非是远房亲戚？不对，远房亲戚不能这么亲密，有肢体接触，说明关系不一般。莫非是密友，现在的年轻人打打闹闹的，也未尝不可。

可是，他媳妇晓琴呢？自打我从海南回来，就没看见晓琴。

正寻思呢，邻居黄大姐捧着一大碗大楂子粥小心翼翼走了过来，一边走一边说："老妹子，尝尝新下来的大楂子，老好吃了。"我急忙打开门，接过大楂子粥，小声对她说："进屋，我有话问你。"

走进屋，一听我说吴青这个事，大姐笑了，指着外面说："这个是人家的新对象，把晓琴打发走了。""离婚了？"我疑惑地问，"对，离了。现在的年轻人咱理解不了，说不过就不过了，你说说，这晓琴多能干啊，做家务，带孩子，伺候菜园子还上着班，吴青连个草都不拔，见天不是东走西逛的，就是招一帮朋友喝酒，他上哪儿找这样的媳妇，竟然给休了。"黄大姐替晓琴打着抱不平。

这实在是突破了我的三观，记得去年夏天一个夜晚，他们在吴青父母家（他们也住在附近）吃完饭，把孩子放到那儿，两个人手拉着手亲密地往家走，晓琴的脸上带着甜蜜的笑容，看到我她还有点儿不好意思地打个招呼。

二

第一次见到晓琴是在大伙在我家抬粪的那天,她先帮着老孙太太装,然后才装自己家的。吴青也在,两个人装了好几桶才罢休。晚上,晓琴又和老孙太太帮我家把地打了垄沟。为了表示我的谢意,我做了面包和冰激凌给晓琴。晓琴回伊春娘家,给我带回来满满一兜子自家种的木耳,如此一来二去,也就熟悉了。

晓琴每天起得很早,不声不响地蹲在菜园子里干活。等吴青和孩子起来了,她开始做早饭,收拾卫生,只要在家里,总能看到她闲不住的身影。

我家园子边还有空地,我琢磨着补种几颗苞米,怎奈地下盘根错节的树根太深,刨起来很吃力,晓琴看到了,二话没说拿个铁锹就过来了,我说:"晓琴,你干不了,不行喊吴青出来吧。"她回道:"姨,不指着他,我行。"果然,她几下子就挖出来那些树根,又细心地挖了几个坑。望着她流着微汗的面庞,我心中似乎有些触动。这是个独立,质朴的女孩子,现在的年轻人这样的不多啊。晓琴似乎看出来我的心思,笑道:"姨,别看我家吴青平时不干活,其实他可聪明了,你要有啥事,喊他就行。"

别说,我家新买的水枪先生怎么也安不到水龙头上,我想起晓琴的话,把吴青喊了过来。吴青拿过来一比画,对先生说,叔,你这螺丝帽的型号不匹配,你等着,我家有这个型号的。吴青拿过来换上就好使了。先生递给他支烟,吴青边抽边说,叔,这都不是事儿,以后有事您就说话。

我说:"吴青啊,你可娶个好媳妇,见天就知道干活。"

"那是,"吴青自豪地拍着胸脯说,"俺那是打着灯笼找的。"

吴青的职业是导游,经常跑川藏线,走起来十天半个月不回家是常事,没活的时候就在家待着,他和旁边做酱鸭的,开诊所的年轻人经常在一起喝茶,喝酒。周末的时候他常开着车带着媳妇和两个女儿出去玩。

晓琴有时也带孩子在小区的广场玩,晓琴看孩子的目光不仅有母爱,还有知足和满意。

城里的人们

我们这趟房就这么一对年轻夫妇,老年人生活沉稳,节奏慢,这对恩爱的夫妻经常找朋友们烧烤,喝酒,高兴起来甚至嗨歌,大伙不但不烦,反而觉得生活似乎增添了朝气。

三

熟悉了,晓琴和我说起了她经历。

她出生在农村,后来随爸妈搬到伊春,在那儿种木耳,再后来有个亲戚在哈尔滨开旅店,她就来当服务员了。

晓琴比吴青大三岁,认识他之前有过一段不幸的婚姻,还有个7岁的小女孩。三年前吴青带个旅游团到她所在的旅店住,慢慢地就熟悉了,吴青对她特别体贴,关心,而且也许因为是导游的缘故,吴青的表达能力特别强。经历过一次婚姻的晓琴非常谨慎,不敢相信吴青能看上她,要知道,吴青不但长得帅(中等身材,五官端正,时而戴个眼镜),而且还是个未婚的小伙子,虽然自己也喜欢他。当吴青表示要处朋友时,晓琴慌了,她躲着他,她伤不起了。

晓琴说,姨,吴青对我真好啊,他天天去旅店守着,我干活,他就坐那儿痴痴地看着我,看得我心这个乱。我撵他走,告诉他,我还有个孩子,我不能不要孩子跟你走。吴青说,你的孩子就是我的孩子,带着你的女儿嫁给我,我保证不会儿亏了你,更不能亏了孩子。

就这么着,晓琴答应了吴青的求婚,可他们都没想到,不仅吴青家不同意,晓琴的父母也不同意,晓琴的父母怕孩子跟着她受屈,怕吴青比她小,将来不稳定。而吴青父母斩钉截铁地告诉他,坚决不许晓琴带着孩子入钱家的门,他们在亲戚朋友面前抬不起这个头。晓琴含泪和吴青商量,我们还是算了吧,做个好朋友也挺好。吴青却像吃了铁秤砣,非她不娶。他一个人回老家(他老家是肇源)找到他叔叔,吴青的叔叔没有儿子,吴青从小自在叔叔和婶子家长大的,叔叔做生意,家里条件好,吴青一直过着优越的生活,从某种意义上来说,吴青和叔叔更亲。吴青在叔叔面前鼻涕一把泪一把哭得惊天动地。叔叔问他,你这是铁了心了?吴青连连点头。叔叔说,我知道了,你先回,这个事我来安排。

叔叔安排的结果是,给吴青在哈尔滨买了一套带小院的房子,给他哥也就是吴青的父母在附近买了一套楼房,给自己也买了一套楼房。三套房子离得很近,一个开发商盖的。

这样的结果让吴青父母无语了,再加上看到晓琴也是个肯吃苦、不花哨的女孩子,也就同意了这门婚事,只提出一个条件,可以带孩子过门,但结婚后马上要生个孩子。

就这样,在我认识晓琴的时候,她和吴青已经过了三年了。第二个孩子还是女孩,已经2岁了。晓琴的大女儿很乖,每次见到我,老远就喊,奶奶好。小女儿不常看到,那是爷爷奶奶的宝,基本住在那边。

转眼,晓琴的大女儿到了上学的年龄,晓琴有工作不能照顾孩子,吴青又经常出去干活,即便是在家也指不上,公婆早就声明只负责小女儿的日常生活,晓琴明白,这个孩子只能送回伊春老家了。

送完孩子回来的晓琴,明显憔悴了许多,眼窝都塌陷了,虽然一如既往地干着家务,人却好像一下子老了好几岁,也懒得化妆了。晓琴每天早早去上班,吴青的工作也似乎很忙,总也不在家。

四

只过了一个冬天,晓琴也消失了。

不是我不明白,这世界变得太快。

我和吴青是微信好友,我悄悄地看了他的朋友圈,他倒是不隐晦,大大方方晒恩爱,这个女孩青春靓丽,一看就是活泼张扬的类型。吴青的主页写道:生命只有一次,所以,你有责任让自己活得精彩。

再看晓琴的朋友圈,一个人孤零零地在巴洛克自拍(我怀疑那是她和吴青初恋去的地方),一个人孤零零守着旅店,偶尔和几个好友相聚,脸上的微笑好像是给朋友们看,似乎让大家放心,我很好。她的主页写道:"努力到无能为力,拼搏到感动自己""顺境思无常,逆境思因果"。

两个人的座右铭代表各自的世界观、处事态度和对人生的选择。

吴青说要对得起只有一次的生命，他要活得精彩，他认为这是他的责任。似乎有道理，又好像不完全有道理，我不知道这个责任是否自私，是否考虑过别人的痛苦？吴青肯定是要在人世间潇洒走一回，可是，当他偶尔想起晓琴时，会不会愧疚呢？

晓琴的座右铭透着无奈，透着倔强，又似乎看破红尘，把这一切归结到因果，颇有"阿Q精神"。我猜不出她对吴青是恨还是留恋，但我能感到，她的心肯定流过很多血。

五

吴青把他和晓琴曾经的住房挂了"出售"的牌子，他叔又把紧挨着他家的房子，也就是老王大哥租的房子买下来了，这套房子归吴青和他现在的媳妇住。

这个夏天，吴青很忙，忙着卖房子，忙着张罗装修，装修之前特意到我家考察。他说："姨，每次看到你和我叔两个人坐在院子里看书，或者喝茶聊天，或者烧烤什么的，我老羡慕了。特别是我发现你俩一下雨就喜欢在大阳台里涮羊肉，雨中看着你俩对着喝啤酒，那个洒脱啊，我就想，将来我也要过这样的日子。"我笑呵呵地看着他，心里说，小子，你不配。

吴青的新媳妇像个小鸟似地陪着他里外张罗着。

待出售的园子里还有晓琴种的菜，因为没人打理，生菜有一尺高，中间长出了粗粗的茎，香菜也开出白色的小花，茄子和柿子没架秧，都耷拉着脑袋无精打采地长着。有一天，来了一个带着小孩的老太太，把晓琴种的菜都拔掉了，院子里也打扫得干干净净，小孩在院子里蹦蹦跳跳自己玩着。那是晓琴的前婆婆和小女儿。

可怜两个无辜的孩子，一个又没爹了，一个没了妈。

不知道晓琴现在过得好不好，只想对她说，无论黑夜有多么漫长不堪，黎明始终会如期而至。

自己的青春，自己的生命，终究要自己做主。

老丁家的风波

一

早上起来，"黑客"它"爹"老丁忧心忡忡地打开小院的铁门，吆喝着"黑客"去树丛里方便。看见主人不高兴，"黑客"一声不吱地处理完自己的内急。"黑客"是条纯种的拉布拉多犬。

前几天煤气公司来人，指着几家带煤气管道的门斗，要求限期将煤气管道露出来，便于工人紧急时维修。据说旁边那栋楼有户人家门斗里的管道煤气泄漏，因为封闭，家里人煤气中毒，幸亏发现及时，否则差点儿酿成大祸。

煤气管道从上到下贴墙而过，因为施工的原因，有的直接裸露在外面，有的被包在门斗里，我们这趟房有几家不幸中招，包括我家。

随后，执法局的同志也来了，说这一排所有住户门斗都是违建，要全部拆除。大家据理力争，反复强调门斗是买房时自带的，不应该被拆迁，但大多数人都认同煤气管道是需要暴露出来的。老百姓还是讲理的。执法局领头的是个白白胖胖、戴着眼镜的同志，很和蔼地告诉我们，他们到规划局查了案底，门斗压根就没注册。住了几年的房子忽然告诉你门斗是违建，要拆除，这消息让所有人心里发堵，想找开发商吧，听说抓起来了，在监狱呢。

老丁家的门斗也有煤气管道，让他拆门斗他闹心，拆了门斗不仅缺了一道防护，而且门斗相当于一个小仓房，两侧可以放些家什。

一筹莫展的老丁坐在楼前的空地抽着烟，"黑客"静静地坐在他身边。

二

那天早上,老丁冥思苦想,终于想出了一个好办法,挂"市长热线"。老丁丢掉烟头马上就行动,没想到他还真挂通了,而且,热线里认认真真地记下老丁说的事和联系电话。对方说,老百姓的事不能含糊,也不能让老百姓吃亏,我们要调查一下,若是您说得属实,我们一定要给您一个满意的答复。

老丁放下电话好兴奋,特意到我家告诉一声。老丁说,我就知道,到啥时还得依靠组织,依靠领导。

老丁是典型的东北汉子,爽快,急躁,黝黑的面庞,说话时好舞动两个胳膊,他常站在我家栅栏外和我家先生聊天。老丁以前在大连开工厂,生产"冥币",老丁说这话时我在跟前,老丁怕我听不懂,特地说,"冥币"就是纸钱,给逝去的人烧的。老丁说着大手一挥,现在不干了,工厂也卖了,都六十多岁的人了,不想辛苦自己和老伴了。这不,我们在哈尔滨郊区用儿子的名字买了一块地,围成大院,我和老伴在里面种庄稼,种果树,养花,养狗,养鱼,养鸡鸭……后来儿子在大院里开个工厂,工厂里见天机器轰鸣,弄得人心烦躁,儿子看这边清静,就买了套房,我一看还带小院,挺好啊,就和老伴,"黑客"搬过来了,说实话,在那边也真干不动了。

老丁一直在等市长热线答复,等到第三天早上忽然刷牙时发现嘴有点儿歪,继而左侧胳膊腿麻木,还有点儿恶心。黄姐一看不好了,赶快给儿子挂电话,又拿出硝酸甘油片塞到老丁嘴里。老丁儿子把他送到医院,确诊为脑梗,住院了。这是急火攻心啊。

老丁想过消停日子,没想到还真不消停。

就在老丁住院期间,"市长热线"回复了。那时老丁已经不能接电话了,是黄大姐接的,对方说,老丁说的事基本属实,若是买房子时就带着"门斗",尽管当时没有注册,我们要以老百姓的利益为重。至于煤气管道,还是要尊重煤气公司的意见,要以安全为主。

黄姐撂下电话,尽可能语气平缓地趴在老丁耳朵边说了这个事,黄姐不敢表现出来兴奋,她怕老丁一激动,脑梗再多几处。

老丁闭着眼睛听完黄姐这段话，身体动了动，第二天就能下地走路了，不几天恢复正常出院了。

老丁见到我们说起话来还是大声，尽管听起来底气有些不足，老丁除了走路有点儿慢，基本看不出来得过"脑梗"了。我对他说，别嫌我说话不好听啊，这脑梗得上了以后就要万分小心了，不要激动，不能生气，否则复发的可能性很大。老丁笑呵呵地说，放心吧，我老丁命大着呢。说完，还拍拍"黑客"：你说是吧？"黑客"摇着尾巴围着老丁团团转，老丁不在家这段时间"黑客"明显见瘦了。

老丁看到我家已经把管道露了出来，似乎很不以为然，那几天，他和邻居吴青那小子总在一起嘀嘀咕咕，吴青家的煤气管道被他用衣柜遮上了。老丁和吴青密谋什么不得而知，但在我们冬天离开之前，他们的管道没动。也许，他们想拖过一阵，把这个事就蒙混过关了。

三

转年我们从海南回来，没看到老丁，还有"黑客"。

原来，让我不幸言中，老丁又一次脑梗发作住院了，这次更严重，左侧肢体瘫痪，说不出话，多亏抢救及时，加上黄姐和护工的精心护理，一个月后总算能下地了，现在做康复治疗呢。因为没人照顾，"黑客"也被送走了。

老丁这次发病和政府无关，也有点儿"关系"。老丁用儿子名买的那片地被政府拆迁了，预计能给几百万元补偿，老丁和老伴高兴啊，掐着手指算着，盼着，哪知道取钱那天，儿子儿媳根本没告诉他们，直接取走了。老丁两口子傻眼了。儿子是亲儿子，平日里挺孝顺的，儿媳也处得不错，老丁两口子咋也没想到是这个结局，他们一分钱都没拿到。

老丁悲从心来，有口难言，又是一股火上身，老丁倒下了。这次，老丁的儿子承担了全部的医疗费用。

初夏的时候，黄姐带着老丁回来了。

老丁和以前比判若两人，他的一只胳膊僵硬地弯曲在胸前，一只脚拖着另一只脚走路，嘴里含含糊糊地说着只有黄姐能懂的话。老丁严重自卑了，每天躲着我们，或者自己静静地坐在院子里晒太阳，或者趁没人时使劲迈着他那不灵活的腿脚锻炼走路。有的时候迎面遇上躲不过去了，先生安慰他：你这走得多好啊，比我走得还快呢。老丁就尴尬地咧嘴笑一下。

自打老丁这次病后，做过两次大手术(肠癌，胃癌)的黄姐却奇迹般地变了。过去黄姐不管庄稼，不管家务，不管"黑客"，不管所有的大事小情，黄姐的任务就是做好饭，因为她的胃需要调剂，不能吃硬的，冷的，热的，辣的，酸的，总之，她的胃需要爱护，每天三餐后，总看见黄姐在小区里手揉着胃慢慢地走圈。黄姐说，我都闯过两次鬼门关了，我可得好好养着，好好活着。

现在黄姐成了家里的顶梁柱，不仅要买菜，做饭，收拾家务，伺候园子，交各种费用，还要陪老丁去针灸按摩，陪老丁晒太阳，给老丁换洗衣服，忙得不亦乐乎，走路都快带着风了。

黄姐饭后不再揉着胃走圈了，好像她自己都忘记有这码事了。

煤气公司的同志又来了，限令他家几日内露出管道。老丁在旁边挥着他那只能动的胳膊，嘴里"哇哇"地叫着，黄姐瞅都没瞅他，直接到大街上找了两个"站大岗"的，花了700块钱把门斗往里挪了一块，露出了管道。

四

黄姐是个喜欢读书的人，她的父亲是教师，从小家里有很多藏书，要不是赶上"上山下乡"，黄姐也会考大学的。"这几次搬家，扔了很多东西，唯独舍不得扔掉书，我都给我的小孙女留着，将来让她好好读。"黄姐似乎放弃了对她儿子的期望，把所有的憧憬都放在小孙女身上。

我的文章若是在报纸发表了，我就给黄姐带一份，黄姐拿回去高高兴兴地给老丁读，最初老丁不相信是我写的，在他心里我只是个医生啊，他让黄姐把报纸拿到他跟前，看清楚作者确实是我，老丁不作声了。

有时候看黄姐实在太累了，我也给她送点儿我做的面包和面条，黄姐从不和我说谢谢，她直接把我家小院的钥匙要下来，只要我们不在家，园子里的庄稼浇水，除草，掐尖、补种都归她管，还给我买了两盆茶花放到门前，又把她家多余的大缸搬了过来，让我入冬腌酸菜用。她还准备明年给我一个大盆种荷花,总之,黄姐已经把我家当她家了,我呢,也乐享其成,有这样的姐姐是福气。

有段时间,黄姐心情明显好,她悄悄地对我说,他们现在住的房子是儿媳的名,虽然儿子儿媳说他们随便住,想住多久就住多久,可他们总感到心里不踏实,她和老伴在郊区有套老房子,最近要动迁了,说是给补偿两套带电梯的小房子。他们决定自己留一套,卖一套,"谁有也不如自己有啊。"黄姐对我说。他们要用卖房子的钱好好安排一下今后的生活。比如,冬天可以去三亚晒太阳,秋天可以去大连吃海鲜……"要带着'黑客'啊"。我补充一句。黄姐笑了,好久没看见黄姐的笑容了。

这期间,黄姐还做了一件让我们所有人觉得不可思议的事。

事情是这样的。某天我家先生突发奇想,要在阳光房下面的墙前垒一个长池子,里面种花。先生的想法就是指引我的行动指南,我马上开车去市场买花土,去附近的建材商店购置红砖、水泥。送红砖的商家挺贴心,一块块在院子里码好。送水泥的却不讲究,把水泥袋子卸到小院门口就扬长而去。没想到水泥那么沉啊,先生拖都拖不动,邻居老杨看见了,急忙戴上手套过来,两个人把着水泥袋子两头齐声吆喝着,水泥纹丝不动,却把两个老头累得满头大汗。黄姐走了过来,冲他俩说一句:"闪开。"只见黄姐两只手掐着水泥袋的两头,双臂一使劲就把水泥袋拖到了我家院子里。两个老头都看傻了,万没想到合伙败给了一个瘦弱的、得过大病的老女人,这让他们觉得很没面子,却也发自内心地佩服。黄姐迎着他俩崇拜的目光笑呵呵地说:"俺年轻时也是青年突击队的一员。"

抬水泥时我没在场,我刚一回家,先生就怀着无比崇敬、无比惊诧的心情描述了这件事的经过。我俩针对黄姐这段时间的表现得出了一个结论:人的潜力是无穷的,只要遇到合适的机会就会激发,就像火山爆发,像大地喷涌。人啊,蕴藏着不可思议的能量。这么一想,我备受鼓舞,仿佛看到自己充满了生机和活力的晚年生活。

收废品的老李

一

春天是在老李头家门口的迎春花落脚的。

彼时料峭的北风还在呼呼地抖着余威,一切都瑟缩在寒冷之中,迎春花却轻轻地走来,仿佛一夜间,光秃秃枝条上缀满了绿色的芽孢,然后嫩黄色的花等不及树叶了,争先恐后地伸展腰肢,远远望去,黄彤彤的一片,煞是好看,迎春花唤醒了大地,唤醒了猫冬的人们。

六十来岁的老李就在花开的时候准备种地了。当然,种地的最佳时节是清明前后,老李心情迫切而已,他装上一袋旱烟,端个小板凳坐在他家小院的门前,看着迎春花,琢磨着今年种点啥好。

老李家入住得最早,房子在这趟房的最里头,我们住的楼和对面楼之间有一片空地,物业只把空地中央部分铺上地砖,又在周围种上矮灌木丛,象征性地放了几把椅子,在靠大街那边种点儿松树,格桑花,至于老李家这侧,不知道物业是忘记了,还是没精力弄,或者就是不想弄,反正老李搬来时就是一片砂石地。

老李蹬着三轮车一车车往回拉土,在砂石地上铺了厚厚的一层,又弄来鸡粪掺了进去,种上了迎春花、沙果树、红玫瑰,在树下备上整齐的垄,撒了毛葱、小白菜,生菜,香菜的种子,这些同样不惧严寒的小棵菜,在老李的注目下,伴着"春风催又生"破土而出。

到了清明前后,老李忙了起来,在与旁边小区相隔的墙下开发了一片空地,老李种上豆角、黄瓜、大辣椒等等。

你若以为老李是个"占山为王"的人就大错特错了。老李种地是一种情怀，一种对土地的热爱，一种勤劳的表现。老李总是对来来往往的邻居们说，大家吃吧，难得的是绿色的东西。老李这么说着，大家也很领情，但几乎没有人惦记着去采摘，生活富足的人们现在想吃啥都能买得到，不像困难时期饿肚子的时候了，何况大家都看在眼里，老李每天的"工作"是骑着三轮车到处拾废品，谁好意思和一个拾废品的老头争东西吃，尽管都知道自己种的庄稼肯定会更好吃。

也有人不这么想，比如我，我觉得若是大家都敬而远之，会让老李尴尬的，兴许他正希望有人分享一下他的劳动成果，或者老李需要有人懂得他对土地的情结。有一天中午先生和我突发奇想地想吃快餐面，先生煮的时候我就去老李种的地里拔了一小把小葱，一把香菜，老李连连说，多薅点吧，我和老伴根本吃不了。我一听，毫不客气，回头又撸了一大把。老李脸上现出了欣慰的笑容。

快餐面出锅的时候撒上一把碎碎的香葱和绿莹莹的香菜，那股清香带着微辣的味道，简直香极了。当然，我不能总去摘老李家的菜，做事要适可而止，要有分寸，何况我家园子里的香菜也要长出来了。

二

老李家的院子也是别有特色的。老李把门斗拆了，把窗户和门连在一起盖了一个长长的大阳台。院子里搭了一个藤架子，把捡的一个大大的破渔网披在上面，在院子两侧种了倭瓜、冬瓜，苦瓜，丝瓜，这些瓜特别是丝瓜长得非常快，很快他家小院的上空就变成了绿色的"海洋"，到了夏天，各种形状的瓜从渔网垂下来，煞是好看。

老李把小院设计成两部分，角落的地方搭个棚子，堆放着他和老伴拾的废品。余下的地方铺上红砖，放上一把躺椅，一张小桌子，几个凳子，还有一个烧烤炉，一个煤炉。平日里他和老伴就用煤炉熬大楂子粥，炖鱼、炖肉。若是儿子两口子回来了，就把烧烤炉挪到院子中央，一家人一边烧烤一边喝着啤酒,其乐融融。

老李家种的菜越长越旺,这对自称19岁就种地的邻居老杨是个挑战,老李和老杨暗地里较着劲种庄稼,老杨虽然伺候得也精心,怎奈不知道是因为中药渣子铺地,还是种子的缘由,茄子、豆角长得就是不尽如人意,老李每每路过他家,总用余光看着他家的地,脸上不屑一顾的样子。

第一次种地,我们买了茄子秧却不知道怎么种,看见我拿着手机查"百度",老杨拿个小铲过来,一边种一边告诉我,要先挖个一掌深的坑,然后把秧放进去,四周用土拍实,再浇透水就行。这功夫老李路过,听到这儿,一副实在听不下去的样子,大声说:"要先挖坑,浇透水,再放秧苗,培土。你这程序不对。"老杨头都没抬,继续弄,我看看老杨,又看看老李,都是我的农民大哥,都是我的老师,老杨言传身教我不能得罪,只好对老李微笑地点点头,表示我明白了。

老杨干完活,接过我家先生递过去的烟,长吸了一口,不悦地说:"你瞧那样,不就种两亩地吗?有能耐你和我比比骑自行车,看谁蹬得快?"先生点头说:"那是,别说这趟房啊,就是咱们小区的人都羡慕您的体力和精神头。"

老杨帮我家种的茄子长得很壮实,这让老杨非常有面子,事实证明,两个方法都切实可行。老李虽技术好,但只指点不动手,这让我们和老杨大哥走得更近些。

三

老李的土地情结来自他生存,生长的根系。

老李和老伴是当年"闯关东"的后代。他们的父母是世交,结伴从关内来到东北,在东北农村这片广袤的黑土地上落脚生根。老李和老伴从小一起长大,正所谓两小无猜。老李老伴比他小几岁,长得白净,性格温顺,不爱说话,见面时就是微笑地点点头,算是打个招呼了。老李说,他和老伴这辈子从没红过脸。

他们原先住的地方在近郊,两个人勤劳一生,盖了房子,给唯一的儿子娶了媳妇。突然某天政府来人测量房屋土地,说要建开发区。还没等老李一家反应过来呢,政府就给了他们一笔数目不菲的拆迁费。

老两口这个高兴啊,就如何安置这笔钱开了个家庭会议,老李认为当务之急要买房子,儿子儿媳表态,全权听爹妈安排,但是小两口都在呼兰上班,买房子是否优先考虑一下地点。

老李和老伴揣着钱开始蹅摸,来到江北这片正在盖楼的工地时,老李的眼睛一下子亮了,他看见了围着铁栅栏的小院子,他仿佛嗅到了黑土地的味道,他决定就是这儿了,他要把这里安排成他和老伴养老的家园。

就这么着,老李和老伴买了一个带小院的两屋一厨,给儿子在离这儿很近的呼兰区买了一套楼房。全家皆大欢喜。

老李和老伴自打交了房款就有事干了,见天过来看施工的进度,房子一交工,老李就带着老伴入住了。

四

不差钱的老李,把能种的地都种上了,心里开始空落落的,本来是想过颐养天年的日子,可一不干活浑身哪儿都难受,他得找点儿事儿干。

终于老李发现契机了,刚买到房子的人家除了装修就是买家具,到处是扔的纸箱、瓶子。老李买了一辆三轮车。

从此,早起老李先伺候地,吃完早饭,老两口就推出三轮车,老李老伴坐在三轮车上,老李悠悠地蹬着。别说,每天都有收获,有的时候一天收好几车。东西多了,老两口一点点归拢整齐,再装上车拿去卖。

作为友好的邻居,我们常常把家里废弃的纸盒、啤酒瓶、饮料瓶等等放在自家小院的门外,老李或者老伴路过就顺手捡起来。有一阵我发现我放的东西很快就不翼而飞,原来对面楼有个老太太,时刻瞄着我们,看见东西总能飞快地过来拿走。有道是"朋友有远近,亲戚有厚薄",再有废品我就直接放到老李家门口,老太太不敢动他家门口的东西。

对于我们的举动,老李很领情,新下来的黄瓜赶紧给我们送过来尝尝新,别说,顶花带刺的黄瓜确实好吃,那种脆生,清香,久违了。

不久,我发现他又开拓了一项新的业务——"磨剪子戗菜刀"。我好奇地问他:"你家也不缺钱,咋又磨上刀了?"他边看着刀刃边笑呵呵地回道:"咱有胳膊有腿的,干活累不着。再说,我磨一个菜刀,就挣出一个馒头钱,多好啊!"他老伴在旁边一脸笑意地看着他。

最初,儿子对他们拾废品强烈反对。儿子在单位是个小领导,单位给配了一台黑色 HAVAL 车,儿媳自己也买了一台同款的白色车,儿子觉得让朋友们知道老爹老妈每天拾废品很没面子,况且儿子很孝顺。儿子劝老李,爹呀,咱家不差钱,动迁费还有不少呢,你们就花吧,别惦记着给我们留着了,我们俩的工资不少,完全可以自立的。

老李掏心窝子对儿子说,你爹我生来就是贱命,我说啥也没想到这辈子能住上屋里上厕所,做饭不烧柴,不用烧火炕就地取暖(地热)的房子,有时候我都好像是做梦。你说,咱们农村人没文化,再不干点活,我觉得活着都憋屈,眼前那点儿地我拿出不到十分之一的力气就干完了,我还担心邻居们认为我抢先抓早地占地,我都快求人家来摘了。我每天骑着三轮车拉着你妈,我俩看着风景,唠着嗑,有废品就捡,没有也没啥,心里头还觉得亮堂些,我俩不图挣多少钱,但是每天有点儿收入,有成就感。你要是真孝敬,赶紧给我生个娃,趁我俩身体还行,给你们带带孩子,你们呢,就好好工作,争取做个有出息的人,给爹妈人前人后露露脸。

儿子听明白了,带着媳妇回家全力以赴备孕。

五

拆迁的风波也涉及老李家。

话说就在"黑客"它"爹"老丁等市长电话的时候,执法局的同志又来了,他们手里拿着第一批拆迁门斗的名单,都是家里有煤气管道的。

这次他们带着一众民工,拿着工具,先是直奔着"黑客"家,老丁一边打市长热线,一边堵在小院门口不让进,他媳妇黄姐坐在当院的地上,手揉着胃,有气无力地说:"你们这是欺负人啊,这么多家,你们偏偏先上我家,我也没两天活头了,你们要是敢动我家一个手指头,我就死给你们看。""黑客"静静地站在黄姐身边,虎视眈眈地看着他们。

住在我家和"黑客"家之间的老杨坐在自家的院子里,喝着茶水,不声不响地盯着他们,老杨头家里没有煤气管道,但门斗是有的。

就在他们在"黑客"家僵持不下时,老李家传来动静,老李和儿子正在拆阳光房,准备露出煤气管道,执法局的同志急忙叫几个民工过去帮忙。执法的同志对老李的积极配合很满意,在现场对老李提出了口头表扬,说他带了一个好头,要和领导汇报。

谁知当天傍晚,我正坐在小院看书,耳边传来老李声嘶力竭的喊声:"我把门窗框子都拆了,露出了煤气管道,还让我拆院子里的棚子,我不活了。"邻居们悄然地站在自家门前向他家的方向观看,他儿子抱着肩站在外面,冲众人摆手,示意啥事没有,不用担心。实事求是地说,他家院子里的棚子还真是私建乱建。

老李还是明事理的,把院子里的棚子拆了,收的那些废品运走了,院里一下宽敞利落了,老头放了两排不知在哪儿捡的椅子,又在院子中间支上个捡来的旧遮阳伞,晚上儿子回来,他和儿子在伞下乐呵呵地吃着烤串,喝着小酒,唠着嗑,日子又回到从前。

老李不准备收废品了,因为他的小孙女马上要出生了,老李和他老伴有更伟大的事要做。

六

东北夏日的早晨四点多钟天就大亮了,这时候,这趟房的老头们(包括我家先生)抖落掉一夜的睡意,洗把脸就奔向菜园子。

谁都想不到,醒得最早的竟然是老李不到一岁的小孙女彤彤,彤彤醒了就往外指,不给穿衣服就大哭,老李只得赶快准备好婴儿车,把小孙女放进去,一边推着走,一边唱着跑调的山东小调。

老李的儿子索性把呼兰的房子租了出去，搬过来和他们一起住，没有比把孩子交给老人更让人放心的了。白天老两口轮着照顾孩子兼做饭，晚上儿媳回来接过孩子，一家人说说笑笑，老李过上了天伦之乐的日子。

老李推着小孙女彤彤路过老杨家时，不再用余光瞄着老杨了，而是昂着头，跑调的歌声更大了，脚步也慢了，老李很享受这个显摆的过程。老杨呢，毕竟比老李大几岁，又当过兵，见过世面，不再和老李抬杠，坐在当院喝着茶，笑呵呵地看着他和彤彤，也许老杨想起了他的小孙子。

把日子过成诗的赵姐

一

夏日，一缕晨光照进赵姐家的阳光房，姐夫推开房门悄悄地走进菜园子开始干活，一阵悦耳的朗诵声从屋里传了出来，那是赵姐在读《新概念英语》呢，姐夫对英语一窍不通，但他崇拜他老伴，喜欢听她读英语，他说听起来像听音乐那么优美。

赵姐是快七十岁的人了，我们俩是老年大学的同学，所以关系自然比别的邻居近了一层，我们两家的房子挨着，我经常不在家，我家的钥匙就放她家一把。

我之前对赵姐痴迷英语很不解，按说，她这个年龄的人，经历过上山下乡，没学到多少知识，要想学的话，也应该是语文数学。我把这个疑惑说给她，赵姐说，你说就怪了，我不是下乡的时候受过伤嘛（修备战路时塌方，差点儿被活埋），抢救过来以后就浑身乏力，按病退返城了，街道给我安排了收废品的工作，有一次一个戴眼镜的教授抱下来一摞子书，里面有勾勾拐拐的外文字，他看我好奇地瞅着书，就指点着对我说，这是英文，这个苹果英语叫"Apple"，老师叫"Teacher"，你是工人吧，就叫"Worker"……那位教授说得咋那么好听啊，我一下子就喜欢上英语了，我把这些书都留了下来，那会儿正好电台播放"陈琳英语"，我就买了书，利用空闲时间学上了，不瞒你说啊，一学就上瘾了。后来单位让我看水房，我一上班就把水房上上下下擦得干干净净，把地整整齐齐铺上炉灰渣子，又把捡来的一个小桌子放在墙角，每天烧上水我就坐下来读外语，学完了《陈琳英语》我就学《新概念英语》，我学

城里的人们

外语就一条,死记硬背带说唱,《新概念英语》第二册我都背完了,现在主攻第三册,再就是学唱英文歌。听到赵姐这样学习我很吃惊,我虽然《新概念英语》学好几遍了,但极懒,只挑单词背,大段的课文基本跳过,俗话说,"熟读唐诗三百首,不会作诗也会吟"。我想起我们每次和外教会餐,赵姐总是能和人家谈笑风生,怪不得啊。

赵姐是个特别乐观的人,她经常回忆下乡时的美好时光,有一次我们两个在小院喝酒,她感慨地说,你说现在的日子就是鲜花插在头上,美透了,我还是怀念我在农村时,记得有一年冬天,特别冷,我们干完活进屋就把冻得梆梆的鞋垫儿放炉子上烤了,快睡觉时不是谁想吃烤土豆,我就去食堂弄了几个,把鞋垫从炉子上拿下来,把土豆切了几片放了上去,哎呀,烤出来的土豆咋那么香啊,大家都抢着吃,谁也没寻思之前的鞋垫。赵姐把下乡的经历写了近万字,知青出书,全部被选了进去。

赵姐还是个浪漫的人,每年开春总是找个阳光灿烂的日子,带上面包、红肠、矿泉水,去江北的三岛一湖湿地待一天,这情形有点儿像苏联电影《春天第十七个瞬间》里那个老太太对施季里茨说的话:"你带我到森林里待一天吸的氧气,足够我用一年的了。"赵姐每次都单独去,用她的话说,给自己的心灵放个假。话说有一次赵姐坐在大坝上拿出香肠正准备吃午餐,走过来一个卖冰激凌兼啤酒的老太太,赵姐一招手,买了一瓶啤酒,边吃边喝,卖冰激凌的老太太和她年龄差不多,索性不卖了,拿出来一根冰激凌,坐在她旁边聊了起来,赵姐是个和任何人打交道都能找到话题的人,两人很快就唠得热火朝天的,一直到日落西山,那个下午赵姐喝了三瓶啤酒,老太太临分别时意犹未尽,大有相见恨晚的意思。

赵姐和姐夫的生活并不宽裕,但赵姐过日子的原则是精打细算,该花的一定花,该省的也不含糊。当年他们在工厂每个人挣45.8元时,就商量每人每月存5块钱,到了年底就是120元,把钱取出来好好过个年,后来工资涨了,就存10块,水涨船高。存钱干嘛,就是为了消费。20世纪80年代哈尔滨进了第一批电饭煲,赵姐一看这玩意好,把米和水放锅里自动就煮熟了,不用看着,马上从存款拿出钱,跑到市场抢到一台,赵姐用电饭煲省下来的时间学外语。90年代初,哈尔滨百货商店进口了几个日本全自动智能马桶,赵姐和姐夫逛商店刚好看到,这马桶上厕所不用手纸,用手指一按就全解决了,出的还是温热水,原来这不是传说啊,赵姐想到姐夫有痔疮,用这个指定舒服,一看价格一千多块,割肉啊,赵姐一咬牙,抢先开了一个票,指示姐夫速去银行取钱,就这样,她家的马桶随着搬家换了好几个,但都是智能的。她女儿说,妈呀,你这个年代的人不会有人理解你的,把一千多块钱"坐"屁股底下,烧包啊。赵姐却说,人最不能委屈的是身体上的两个"口"——入口和出口。

赵姐是这么想的,也是这么做的。她是我心中的美厨娘,她做的饭菜堪称一流,这不是说她做得有多高档,而是接地气,吃过的没有不称好的,不是有句话嘛:大家说好才是真正的好。比如,她炸大酱吧,不仅放足了油,而且还要放肉末、花生碎、芝麻和糖,出锅时点上蒜末。每当赵姐捧着一碗香喷喷的大酱出来,我们就在小院里放好地桌,洗好在地里现摘的小葱、白菜、黄瓜之类的新鲜蔬菜,切上姐夫爱吃的里道斯香肠和熟食,还有凉透了的啤酒,等着。生菜蘸着大酱,越吃越香,熟食就着啤酒,越喝越过瘾,这样的晚餐往往要吃到润泽的月光升起来。喝了酒微醉的赵姐,会给我们一段一段地背诵《红楼梦》里的诗句,她是不折不扣的红迷,一部《红楼梦》她看了无数遍,在盛夏的夜空中,"满把清光护玉栏",那些委婉华丽的诗句吟出,顿觉浪漫美妙。

说赵姐做饭好吃,仅仅说了一个大酱显然不够,她还有一个我们百吃不厌的下酒肴"酱油醋泡花生米":把花生米用水泡两个小时。酱油、醋、糖、盐等调料放在一起调成汁儿,煮沸放凉后放香菜。把晒好的切碎的橙子皮、调料汁与花生米混合,两三个小时后就可以吃了。做好的花生米放在冰箱里,喝酒的时候随时拿出来,可比街上买的什么椒盐花生,辣花生,炸花生,五香花生好吃多了。这个菜看似简单,就像上面的炸大酱似的,可我怎么做也做不成她做的味道。

还有一个肉菜,她姑爷有一次吃了一大碗,撑得回家骑自行车都蹬不动了。这个菜叫"酱油腊肉",卤汁是酱油、大料、桂皮、香叶、糖,煮沸,放凉。

再把肉(不能用水洗)用高度白酒洗两遍,然后放入料汁里泡两天,拿出穿绳晾一两天(肥肉呈透明状),放入电饭锅按煮饭键（不放水或放一点点水)即可。这样的肉要蘸调料吃,调料也是她自己发明的,芝麻盐、橙子皮碎、花生碎混合在一起,撒在肉上,尽可以吃了。

赵姐好多菜都是自己琢磨着做出来的,我建议她开个"赵氏小厨",不多做,少而精,几张桌子,像鲁迅笔下的"咸亨饭馆",温上纯东北粮食酿的烧酒,几碟花生米,几盘腊肉,几条油浸鱼……来的人慢慢地喝,细细地吃,品味独具特色的厨娘手艺,那也不失为另一种享受。

二

赵姐夫也不是等闲之人。他虽然外语一窍不通,但酷爱朗诵和摄影。

我和姐夫在老年大学一个朗诵班学习过,姐夫退休前在工厂就是播音员,别看他个子不高,朗诵起《将进酒》气贯长虹,仿佛胸中有一发发炮弹冲天而出。姐夫朗诵《将进酒》时也收获了一批粉丝,老年大学的特点是女生多,所以,姐夫的粉丝大多都是少妇和老太太,她们崇拜姐夫就像姐夫崇拜赵姐一样,听不够他的朗诵,而且付诸行动。姐夫上课时经常会有女同学把书桌事先擦干净,还有的给姐夫带苹果、糖果,冲好的咖啡。姐夫心中坦然,回家和赵姐显摆。赵姐笑呵呵地听着,不动声色。一天中午,英语班下课时她提前出去,到楼下食堂买了几个包子,然后,大大方方来到姐夫的朗诵班,一进屋就笑呵呵地奔姐夫去了,姐夫急忙站起来向大家介绍,这是我老伴。同学们热情地和赵姐打着招呼。赵姐啥人啊,手里拿着包子,边吃边和大家聊,一会儿就打成一片。赵姐有意无意地谈到她有一次去香港,在肯德基遇到个美国人,聊得投机啊,从东北的冰雪谈到了台湾的解放,唠得那个痛快啊。朗诵班的同学都听傻了,想不到貌似平常的赵姐英语这么厉害啊,好几个人的目光里就多了些敬仰。从此后,朗诵班有活动,总有人叮嘱姐夫,带着你老伴啊,多有才的一个人。赵姐也当仁不让,背上挎包就跟着玩,你们不是朗诵嘛,赵姐也朗诵,但赵姐朗诵的是英文的诗,朗诵完自己再翻译过来给大家听，下面要是掌声热烈，赵姐就再来一首英文歌，哇，听众全是崇拜的目光啊。赵姐谈笑间就把自己的阵地维护住了，真是道高一尺魔高一丈啊。

赵姐对姐夫爱好摄影也是绝对支持。谁都知道，摄影就是烧钱，可谁让他痴迷呢？

话说有一天放学，回到家里的姐夫也不吭声，到处找活干，平日里是赵姐做饭，他抢着去炒菜。

赵姐坐在沙发上，等他忙乎完了，也不吃饭，盯着他说："有事就说，别憋着，容易把身体憋坏。"

姐夫吭吭唧唧地说："我想添置点儿摄影设备。"

赵姐乐了："这算啥事，买呗。"

"得，得十万多块钱。"

"啥？"赵姐一下子从沙发上蹦了起来，摸摸姐夫的额头："你没发烧吧？"

"我没发烧，班里的同学都张罗买。"

"没发烧，那你知道咱家有多少钱吧？"

那时候赵姐他们刚搬到小院，原来的房子还没卖掉，这个房子是从姑娘那儿借的钱。买房子加上装修，花了好大一笔钱。可是，看到他渴望的表情，赵姐心软了，自己的男人自己最了解，平日里他除了每天喝点儿啤酒，爱吃个松仁小肚和里道斯香肠，没啥特殊爱好，他是个巧匠，家里所有的活都会干，包括装卸家具、电工、木工、种地……这辈子也没提啥要求。这么一想，赵姐就下了决心，告诉姐夫，抓紧吃口饭，咱俩去串个门。吃完饭，赵姐和姐夫去她弟弟家借了几万块钱，给他装备了摄影设备。这笔钱，直到三年前他们才还清。

有了好设备的姐夫如虎添翼，他本来对摄影就有天赋，拍出来的片果然不一样，有一次他给我和赵姐看拍的一组太阳岛相片，那是我看过的拍得最美的太阳岛，我说这话是有发言权的，我在岛上工作了快 20 年，我熟悉那里的一草一木，他拍出来的片子不仅美，我能感到里面的动感，里面的灵魂。我伸出拇指给赵姐点了一个大大的赞，没白投资。

三

赵姐前年搬出了小院，她看中了旁边小区一个有更大院子的房子，她和姐夫把现在的家装饰得有一种朦胧、怀旧的美，墙角一串古老造型的灯笼发着若有若无的光，天棚上灯的造型是中国结，家具的贴面古色古香，甚至院子里捡来的废轮胎做的秋千都别具特色……

搬走的赵姐对我多了几分惦记，经常收到赵姐的微信：生菜吃不了，赶快过来取。茄子熟透了，再不拿就烂啦。今年的苞米特好吃，又香又糯，你馋不馋啊？得，每一条信息都是诱惑，不去取多不给赵姐面子啊。

现在赵姐在姐夫的熏陶下，也喜欢上了旅游和摄影。这几年他俩的足迹遍及东北、华北、江南……赵姐用手机照出的相片越来越精致，人也越来越精神，仿佛时间倒流，岁月有情。

赵姐和我一样，是"候鸟"，我们年年去海南过冬，想不见面都不行，用赵姐的话说，我这辈子是躲不开你了。我笑嘻嘻地回道，谁让你做饭那么好吃，我是奔着香味来的。我前些日子去她海南的家，正好赶上腊肉和泡花生米都有，一大碗透明的、肥美的肉我吃了一半，瞅瞅剩下的那一半，索性打包带走，顺手把泡花生米也拿走了。

我说，赵姐，你生生把日子过成了诗。她笑了，沉吟了一下，说，你要是死过一回，也会这样过。

（下）

酱鸭作坊和私人门诊

酱鸭作坊和私人门诊。一个杀生，一个救人。

一个在西边，一个在东边。

从西边走过来，先闻到的是浓浓的卤味，走到东边，又飘来中药汤和消毒液的味道。

酱鸭作坊有点儿神神秘秘，总是紧闭着大门，但闻鸭香，未听鸭叫，少有人出入，院子里搭着用苫布罩得严严实实的棚子，门口一台密封的货车，车上打着广告：××酱鸭，人间美味。偶尔从屋里出来个人（总是一位年轻人，偶尔看到一位中年妇女），猝不及防走个对面，年轻人特别客气，特别谦虚，特别小心地打个招呼便急急走开，似乎怕要多聊。

有的时候站在自家的院子里，免不了张望到他家，心中总是疑疑惑惑的，而那种卤肉的香味，顺着风飘飘洒洒就过来了，初闻起来很对胃口，往后越来越浓，竟觉得有点儿受不了，反胃。

一日，我和先生坐在院子里喝茶，眼见装满酱鸭的车疾驶而过，我们俩交换了一个目光，我说，从此以后我们不要再买什么酱鸭了。先生若有所思地点点头。

门诊也是年轻人开的，是个女医生，她的丈夫似乎和酱鸭的那位年轻人很熟，有时看见他们，还有吴青，坐在门诊的院子里喝酒。都说，年轻是年轻人的通行证。这话不假，他们和我们这些老的自然而然分成了两个群体，他们有说不完的话，喝不够的酒，而我们，经历了世事沧桑，更愿意坐下来享受休闲时光。

门诊和酱鸭作坊形成了强烈的反差。因为小院近郊，这里的人以当地人和外县来的居多,有点儿小病小灾的不愿意去大医院,大医院像个几何盒子,走进去绕得人发蒙,况且没完没了地排队挂号,排队交款,排队取药,排队检查……大医院是治疗大病的,小门诊就像便民超市,老百姓更愿意就近解决,所以,门诊每天人来人往很热闹,门前停的车也五花八门,轿车、小货车、三轮车、自行车。

小门诊夫妇俩齐心合力经营,妻子负责看病,抓药,打点滴,丈夫负责采买进药,干得风生水起,两三年的工夫就把一左一右两家的房子买下来了,三套房子之间的栅栏一拿掉,院子敞亮通透,铺了鸭蛋青的地砖,又放了两排椅子,等候就诊的,打点滴坐不下的就在院子里,一边晒着太阳,一边聊天。

我几次想进去看看,我也是医生,很好奇,但终究止住了脚步,没病没灾地往里去,怕是讨人嫌。

黑　　客

　　我和老丁及他媳妇黄姐相熟绝对是因为"黑客"。我并不太喜欢狗，并且多少有点儿排斥，小时候我家对面邻居养了一条狗，那狗天天像打了药似地狂叫，叫得人心里发毛，每次路过它身边我都要使劲瞪它几眼。

　　而看到"黑客"第一眼我就被征服了，"黑客"有着纯黑发亮的毛，一米多长的身材，背部弧线优美，四肢结实有力，当它从远处向你跑过来时，带着灵动的敏捷，优雅的风度，特别是它那双褐色的犬眸，晶莹温柔，光泽有神，关键是，"黑客"几乎不叫，除非极特殊情况。

　　老丁说，"黑客"救过他的命。之前他养过两条狗，一个是"黑客"，另一个是德国黑贝。"黑客"忠诚老实，温顺善良，黑贝聪明伶俐，善解人意。两个犬相比，他喜欢黑贝多一些。有一次他带着它俩去家附近的河边玩，天热难忍，老丁跳到河里游泳，哪知游着游着腿抽筋了，身子渐渐往下沉，只剩下两只胳膊在水面上扑棱。就见"黑客"一个箭步冲向河里，快速地游向老丁，把老丁从水里拖到岸边。老丁揉好腿，回头一看，黑贝没了。老丁带着"黑客"回家，看见黑贝在家，老丁把黑贝一顿收拾，"这个狗东西，我白疼你啦。"老丁一边收拾黑贝一边骂，黑贝用无辜的眼睛看着他，也不躲也不跑。老丁后来想到黑贝可能回去叫人，怎奈家中无人，他似乎冤枉黑贝了，但老丁的心已经被伤了。"你说说，等它叫来人，我不得淹死啊，多亏'黑客'出手及时，我捡了条命。"

　　从那以后，老丁走到哪儿只带"黑客"。

　　老丁说完这个故事，我对"黑客"就更另眼相看了。家里只要有吃剩的骨头，过期一点的香肠，吃不了的肉，我都给"黑客"送去。有一次路过一个

城里的人们

酱骨头馆,见一帮人坐在大街吃酱骨架,吃剩的骨头扔了一地,我立刻把车停了下来,向老板娘要了一个塑料手套和塑料袋,蹲在地上一点点捡起那些骨头。那次战利品丰厚啊,我拿着一袋骨头在"黑客"面前晃悠,"黑客"急得围着我团团转。我放下骨头,它急忙去屋里找出来黄姐,没有老丁和黄姐的同意"黑客"从来不吃别人送的东西,即便它馋得口水流了一地。黄姐给它拣出来两块,让它解解馋,告诉它,剩下的明天吃。"黑客"摇着尾巴高兴地吃了起来。

投之以桃报之以李。"黑客"每天早上出来放风,必然先到我家院子的门口瞭望一下,不管我们在不在,然后再去解决个人问题。

"黑客"还认得我的车,出来玩的时候总要围着车绕两圈。但是,它的防范意识特别强,有时候我实在是喜欢它,想摸摸它的头,它立刻躲开,老丁吆喝它:"过来,让你姨摸一下。""黑客"才不情愿地把头伸过来,让我碰一下马上就跑了。老丁自豪地说,拉布拉多是导盲犬,虽然没有攻击性,但它智商位列世界犬第六位。

黄姐却不太喜欢"黑客",黄姐身体羸弱,老丁不在家时,她要遛狗弄狗食,有点儿不情愿,但老伴喜欢,只能从了。

老丁生病住院,黄姐借机把"黑客"送到乡下,再也没回来。

乖巧的"黑客",你在他乡还好吗?

奇妙的砍瓜

装修时就在小院进门处搭了个木制的廊亭，住在楼上的老大姐对我家先生说，我那儿有几颗瓜种子，说不出叫啥，但是，长得大，还好吃，改天我给你们拿来点儿，种这里吧，爬上去也好看。

隔了几天我们到小院，见门锁上绑着一个塑料袋，打开一看是几粒黄浅浅的种子，先生说，既然送来了，就是和咱们有缘，种上吧。

廊亭两侧各有一排座椅，我们就在两座椅下面挖了几个小坑，把种子放进去，培上土，灌满水，该做的都做了，剩下的就看这个瓜的造化了。我对这个瓜的生长持可有可无的态度，长不长瓜，长什么瓜不要紧，现在想吃啥瓜能买到啥瓜，这都不是事，我关心的是长出来的叶子，我盼着叶子爬满了架子，这样我就能在下面乘凉了。

真是"无心插柳柳成荫"，就在我们把注意力都放在茄子、豆角、黄瓜秧苗时，这几颗种子发芽了，拱出了地面，以不容置辩的姿态开始了成长，看到一天天长大的叶子，我赶快在网上买了绳编的"网格"，把廊亭用网格罩上，又分别在几个"瓜"的旁边立了竹竿，把枝蔓缠上去，"指引"着它们向上挺进。

有了依靠的叶子开始了没心没肺地疯长，它像"心"形的绿叶很讨人喜欢，有的像男人的手掌那么大，我开始憧憬它们爬到架子顶上，缠绕，会合。有一天早上，我发现它们开花了，同时开了好几个，娇嫩的黄色，像大大的喇叭，骄傲地迎着早上的太阳。邻居们看着新鲜，都来瞧，可是谁也说不出来这是什么品种的瓜。

花到了晚上就蔫了，第二天早上，又有新的黄花开放。

　　　　城里的人们

帮我们种地的农民朋友一早来看我们，一进门就看到了怒放的鲜花，她大声地喊道："姐，你这花得授粉啊，不授粉哪能坐果啊？"我一头雾水，没想到还要干这事，她把我先生叫过去，摘下一个花，把花蕊对着另一株花蕊蹭着，告诉我先生哪个是雄的，哪个是雌的，怎么授粉。先生认真地听着。

我急不可待地问她，可知这是什么瓜。她端详了会儿说，好像是"砍瓜"，我也说不太准，看看结的瓜再说吧。

从此后，先生有事干了，早上看到开的花，先识别雌雄，然后搬个梯子，煞有其事地授粉，每看到他干这活我就想笑，这让我想到人类的繁殖。

终于有的坐成了"果"，坐成"果"的瓜翠绿晶莹的，挨着花的那部分有些粗，我拿起手机，用"识图"App识别，果然是"砍瓜"啊。

眼看砍瓜长得越来越长，先生找了一个网兜，把瓜接住，绑在架子上，免得长得太大，太沉，坠下来。邻居老李看见了，说："不用的，这玩意根茎粗，掉不下来。"老李家也有网架，种满了倭瓜、角瓜、冬瓜什么的，显然经验比我们丰富，不过我还是用眼睛示意先生继续干，我们种瓜不只是为了吃，他懂的。

爬满蔓藤的叶子终究不负我望，密密泱泱地，像两支部队交融在一起，大有和邻居家那些葡萄藤一决高低的气势，远远看去，无数个"心"铺成绿色的地毯，好像向天空表白，亭上面形成了一个天然的遮阳伞。

午后休闲的时光，我就在廊亭下面放个躺椅，拿上一本书，旁边放一杯咖啡，看会儿书，或者打个瞌睡，或者就看着砍瓜发呆。黄昏时节，我和先生常常在下面支个小桌子，或者煎肉，或者烤肉，或者就弄几个凉菜，再倒上两杯冰镇的啤酒，两边有清风从间隙中徐徐吹来，日子就在这纤纤若细的指尖中滑过。

这一年，长出了五个大砍瓜，每一个都有一尺多长，它们在小院的上空像几个亭亭玉立的少女，体态优美，太阳下闪着润泽的光。百度说，这种瓜在生长期可以任意"砍"着吃，吃多少，砍多少，不影响生长。这样的吃法头一次听说，让我们觉得很神奇啊，可我们没舍得"砍"，因为这几个砍瓜，我们家成了邻居们的瞭望热点，没事溜达的老头老太太见天过来，看看又长多少？抱着孩子的妈妈来给孩子科普，还有路过的拿着手机拍照，而我们的砍瓜，好像爬上树的孩子，顽皮地左右晃荡。

眼看到了秋天，砍瓜变成了黄澄澄的颜色。我和先生商量一下，把最大的那个摘了下来，砍瓜皮薄肉嫩，先切了一小块做汤，感觉不错，汤汁儿清亮，瓜片儿糯甜，绵软，再撒上一点儿香菜沫儿，汤汁更有味道。好东西是要分享的，我们把这个砍瓜切了好几份，分别给孩子们送过去，他们吃没吃不知道，没有反馈，这让我们多少有点儿失落。我俩互相安慰，也难怪，他们也没见过这玩意，咱俩不也刚认识嘛。

入冬，哈尔滨下了一场几乎是史无前例的大雪，我们俩就在那天出发，应朋友之约去大连长山岛。

朋友很热情，每顿饭都做得丰盛可口，贪吃的我终于有一天中午吃不动了，罢餐，先生自己去楼下吃，过了一会儿，只见先生神秘地拿着几个包子回来，说："媳妇儿，你一定尝尝这包子，简直太好吃了。"我疑惑地看着他，拿过来包子吃了一口，还真是啊，包子馅鲜美，细腻，又有一股清香的味道，我禁不住大口吃了起来，问他，这是啥馅啊，这么好吃？他哈哈大笑道，你是猜不到的，这是砍瓜和瑶柱做的馅。啊？我瞪圆了眼睛，砍瓜？就是我们种的砍瓜。是啊，先生点着头。

看着手中的包子，我差点儿错过了这么美妙的味道。

朋友说，你可别小看这个瓜，营养可丰富了，不仅有大量的维生素 C 和氨基酸，而且有排毒美颜的功能。另外，要是手指头被什么东西割破了，你就砍一下砍瓜，把被砍截面分泌出来的黏液覆盖创口，黏液很快就形成了一层保护膜，这层保护膜将创口和外界隔离，不容易被细菌感染。据说战争时期，咱们的战士常用这个方法。

回家后，我们把剩下的那几个砍瓜摘了下来，做馅，炒菜，煲汤……竭尽所能。

一粒小小的种子蕴含着一个奇妙的世界，大千世界就是这么奇妙。

夏日里怒放的野百合

野百合就是来当老大的。

秋天的早上，先生去赶集。我们这里不像市区，市里的人早上逛市场叫去早市，我们是郊区，郊区就有郊区的特色，每周三次集市，去市场买东西叫"赶集"。

赶集的日子特别热闹，集市里不光有卖各种吃的，还有生活日用品，五谷杂粮，衣服布匹，种子秧苗，瓜果梨桃，花卉农药，等等，先生就在这里"邂逅"了野百合。

卖野百合花苗的是个男人，黑黝黝的皮肤，干瘦的面庞，戴个草帽，面前的竹筐里装着野百合花苗，他对先生说，我这野百合是我亲自采的，绝对纯，温室里养的那些百合和咱的不能比，咱的百合开花后，艳、香、大。先生动心了，他是个"花痴"，心动不如行动，买了 6 棵回来。

买回家的百合一点儿也不起眼，不到一尺长，细细的茎，几片绿色的叶子，我顺手指着菜园边上靠近马葫芦盖的空闲位置，指挥先生排成一列种上，6 棵百合像寄养在人家的孩子，不声不响地住了下来。

天很快冷了，院子里光秃秃的，只有枯萎的野百合，还有它身旁的伙伴，一棵刚刚买来的樱桃树悄然屹立，下雪了，雪花厚厚地铺了一院子，百合身上落满了雪花，好像穿上了冬衣。

春天我们从海南回来，推开院子，百合的位置堆着一堆枯干的叶子。我说，不知道这花还能不能活过来？先生未置可否，只是轻轻地"嗯"了一声，他心里也没底。

浇地的时候顺便浇几下，心中暗想先生大概上了山里人的当了。野百合却不这么想,不知道是不是一冬的雪水滋润了她的根系,它们竟然活着,悄悄地发芽,悄悄地长出叶子,长到一尺半左右,终于厚积薄发,顶端现出了花苞,每一株野百合上面长出了十多个花苞,花苞可不是圆的,野百合的花苞像合起来的大人的手掌,终于,她们在夏日阳光热烈的拥抱中,陆陆续续地开放了。

开放的野百合有橘红和嫩黄色两种颜色,每个都有拳头那么大,每一朵花由五六个花瓣组成,里面透明娇嫩的花蕊顶着棕色的帽子。

她太招眼了,她的招眼和"砍瓜"不一样,砍瓜是辛勤朴实的园丁,奋力攀登,用力开放,可是它笨拙啊,近在咫尺的两朵黄花只能眼巴巴地相爱,好在它的果实硕大独特。而开在盛夏的野百合,艳丽,浓郁,弯弯的花瓣优美地向后仰着,好像跳跃着芭蕾舞。她喜欢在阳光下伸展腰肢,来捧场的是蜜蜂、蝴蝶,她们不辞辛苦地在花间跳跃,尽情地采集着,传递着花粉,她们心甘情愿做爱的使者。

都说野百合也有春天,她的夏天更浪漫。开放的野百合散发着迷人的香气,她的香像乐曲一样缭绕,若是香有颜色,她一定是紫色的,在我心中,紫色代表曼妙,惊艳,绝配野百合。

那个夏天,野百合整整开了一个多月,她也夺走了我的心,她没有玫瑰的娇艳欲滴,没有桂花的古典内敛,不如茶花大气端庄,不如莲花充满禅意,但她顽强坚韧,她是经过岁月雕琢后的美人,锦绣从容,风姿绰约。

野百合开放时,院子里所有的花——格桑花、牵牛花、三色堇、波斯菊,在她面前都黯然失色,野百合毫无争议地成为小院的"花魁"。

我为之前对她的冷漠或者藐视道歉,她若是有感觉,她肯定有感觉的,她能感觉到我对她的不在意,她淡然接受了这种态度,因为她对自己有底气,她自信着呢,她用自己的魅力征服了我。

据说,野百合有好多药用,比如有丰富的野百合碱,对白血病和癌症有抑制作用,还可以作为茶饮,清热解毒、安神,定心,润肺。

一种花,不仅开得美丽,还有那么多的益处,实属难得。都说妖艳有毒,野百合却破了这个神话。

捡来的碗莲

开春时节，我们还在南方，家里孩子替我们去小院看看，不知在哪儿看到几粒莲花种子，顺手把它们丢进院子里一个废弃的油漆桶里，桶里有积攒了一冬的雪水。

十多天后，我们回来了，意外地发现，那几颗种子竟然发芽了。

来的都是客，不能怠慢。

我把发芽的种子小心翼翼地捞了出来，找个盆倒上水，把种子放在里面。

在网上买了一个大小差不多的瓷花盆，不是"出淤泥而不染"嘛，再买些污泥。东西到了以后，莲花的种子已经长出了第二个分枝了，把它们插入到污泥里，露出枝丫，灌满水。

把她们放在哪儿呢？我四处蹾摸，发现野百合旁边的马葫芦盖，因为觉得铁马葫芦盖不好看，我们装修房子的时候特意叮嘱木工做了一个一般大小的木盖，放在马葫芦盖上面。就这个地方了。周围不仅有野百合，还有韭菜，大葱，小白菜，生菜，香菜，苏子，没开过花的樱桃树，上方还有"大哥"砍瓜罩着……做伴玩吧。

在我家园子里生长的植物，不考虑什么喜光，喜阴，喜水，喜旱，不在意风吹，不畏惧雨打，就像小时候我在农村老家看到我姑姑养的鸡鸭鹅猪，任意放养，物竞天择，适者生存。

在野百合开放的时候，莲花长出了像婴儿小手一样的绿叶，圆圆的叶子漂浮在水面，很滋润，很快，瓷盆里长满了叶子，它们拥挤，摩擦，风吹过时，微微摆摆手，很淡定。

野百合和她一定有花语,野百合把开花的任务传递给她了,野百合一凋零,长长的一支花茎就从莲花的绿叶中脱颖而出,几天后,一朵娇嫩的、黄色的睡莲开放了,她在水面上似颔首,似微笑,在她身下,又有几支调皮的花茎儿升了出来。不久,小小的瓷盆里几支睡莲竞相开花,她们白天像碧波仙子,楚楚动人,纤尘不染,晚上像睡美人一样娴雅安静。

　　网上说这种黄睡莲原产于北美洲的墨西哥和美国的佛罗里达州,真没想到,她们还是远来的客人。

　　睡莲真像她花语所说的,洁净、纯真、端庄。她没有因为丢在废弃的桶中而放弃孕育宝宝,也没有因为不在池塘里生长而拒绝开花。真是"花开见佛性",人要是有了莲的心境,也许也会沾了佛性,凡事淡然。

　　埃及的国花是睡莲,古老的埃及人认为她是神圣不可侵犯的圣灵之花,在寺庙里,睡莲是最常见的图腾,是"只有开始,不会幻灭"的祈福。

　　如此看来,莲落我家,是缘分,是开示,是幸运。

远来的香椿

对香椿的喜爱由来已久,春天里吃上一盘嫩嫩的香椿炒鸡蛋,味道浓郁鲜美,据说这菜还是河南某个地方的四大名菜之一呢。我家先生拿手菜是香椿拌豆腐,早上起来拌上一小碟,嫩绿的香椿,白白的豆腐,好看又开胃。若是在煮好的馄饨汤里撒上一把香椿叶,哪怕是干干的叶子,香椿特有的味道立刻霸占了整个汤的香气,你的食欲马上就大开。

香椿富含钙、磷、钾、钠等成分,有补肾生发,消炎止血,行气理血健胃的功能。香椿的挥发气味能透过蛔虫的表皮,使蛔虫不能附着在肠壁上而被排出体外,你看,香椿还是驱虫剂,宝塔糖啊。

东北吃香椿很稀罕的,不是每个季节都能吃上。

最近两年盛行芽苗菜,我意外地发现可以种植香椿芽苗菜,就在网上购置了一些种子。但是香椿芽苗菜可能是所有芽苗菜里种起来最费劲的,不仅要选饱满的种子,而且发芽慢(大约一周),发芽后对室温、阳光和水的要求都比较矫性,好东西自然要求就高,"物有所值"嘛,香椿芽苗菜保留了香椿特有的味道,营养更加丰富。

海南的冬天相当于东北的夏天,特别适合种香椿芽苗菜。可是,问题来了,3月份了,我们准备从海南开车回东北,而这次我种植的香椿芽苗菜历时半个月才长出嫩芽,若是别的菜我会毫不犹豫地放弃,香椿不能啊,从泡种子开始,每天我要照看它的温湿度,要定时喷水,即便是半夜也不能落下,水分不足就干瘪了,水分太重就泡"囊"(一声)了,出了小芽孢还要避光,保持湿度,种它就像培育一个个小宝宝,要时刻关注精心,好不容易长成这样。先生和我望着在塑料网格盘子生长的芽苗菜纠结着,最后下决心带回去,尽管我们车里的东西已经装得满满的了。

回家的路程要经历五千里云和路,要经历从夏天到春天三四十度的温差,不知道它们能不能活着到家?

带上一个喷水壶,小心地把它和香椿盘子放在车的后座,开始了我们共同回家的旅程。

白天,阳光足的时候,把它放在副驾驶座上方,阳光透过玻璃给它充分的紫外线照耀,怕它晒得太干,要不时地喷水,晚上车里冷,要小心翼翼地端到宾馆的房间里。到长春的一个宾馆时,门口看车的大爷奇怪地问我,手里拿的是啥呀?我回道,香椿芽苗菜。当他听我说是从海南一路带回来,走了十多天时,扑哧一下笑出声了,他肯定觉得我这做法太匪夷所思。是的,这世上匪夷所思的事很多,别人不一定理解,自己开心就好。

终于如愿到家,芽苗菜和我们一同经历了风雨寒霜的考验,就是有点儿发蔫,望着它们打不起精神的样子,我心里说,你们活下来就赢了。

我把芽苗菜拿到了小院,在园子的边上挖了一排小坑,把芽苗菜一棵棵地种在里面,把它们交给大地吧,就像给动物放生一样,让它们在大自然中自由地成长,至于结果,听天由命吧。

万万没想到,芽苗菜竟然在风吹雨打中恢复了活力,它们的枝叶渐渐挺了起来,绿了起来,真让人刮目相看。

芽苗菜长成了真正的香椿,我低估了它的生存能力。

先生和我一样喜欢香椿,有一天他突发奇想要买两棵香椿种上,这个想法把我吓一跳,没听说香椿能在北方过冬啊,他手指点点手机上的"拼多多",笑道:就当是买来玩吧。

几天后,香椿如期而到,打开包装,两根筷子大小的"棍"呈现在眼前,我对先生调侃道:"你不总说咱大东北土地肥沃,插根筷子都能开花嘛,哈哈,'筷子'来了。"

我把"筷子"随意插到栅栏边上,活不成也不耽误我种庄稼。

这两棵香椿是来考验我的耐心的,一个月过去了,两个月过去了,不动声色,三个月就快过去了,我忽然发现枝干上出现了红色的小芽孢。它,活

城里的人们

了。我大声喊着先生过来看。

直到秋天，它长出了稀疏的叶子，表明了生命的力量。

初冬，我们告别了小院，顺便也告别了这两棵香椿，我不相信它们能经历东北寒冬的摧残，所以，我也没给它们穿上冬衣（邻居家的葡萄藤都要用棉被包裹上）。

第二年我们回来，见它们还像刚来时那样，光秃秃的枝干，清明节过后，它们又冒出了像小红豆大小的芽孢，它们不仅活了，而且活得有滋有味，小"筷子"长成了一米多高的个子，而且，枝繁叶茂。

夏天，有江西的朋友请我们去玩，参观一个农家大院的时候，我发现里面种了好多像白桦一样亭亭玉立的树，树干挺拔，有四五米高，一打听，竟然是香椿，我吓了一跳，香椿，怎么可以这么高啊。

回到小院，看着活力十足的两棵香椿，我有点儿犯愁了，我不是犯愁吃香椿，我犯愁万一有一天它们长成了参天大树（百度上说它最高能长到 10 米），它们遮挡了我们这个小院的春光、夏雨、秋风，同时也称霸了小院小小的疆土，我又不能割锯了它们，摧残生命是有罪过的，并且，百度上还说，香椿树寓意和象征很吉利，代表长寿、平安、富贵、驱邪、消灾。

这么好的树求之不得呢，就让这两棵远道的香椿陪伴我们吧。

撵不走的芍药

芍药是带着友情来落户的。

帮我们种地的农民朋友(妻子姓陶,丈夫姓迟,我们简称"小陶瓷")是经友人介绍的,朋友家住的是别墅区,"小陶瓷"两口子给他们送粪,那时候两口子在江北某个猪场上班,弄猪粪很方便,顺便挣点儿外快。朋友听说我需要找种地的,就把他们俩介绍给我,朋友特意说,两口子是农民,特实在,咱可不能亏了人家啊。

和他们电话联系上,小陶很痛快:"姐,明早四点来钟我俩带工具过去,你啥都不用管了。"我心一惊,四点就来,太早了点儿吧,我是熬夜型的,每天七点以后才起床。先生说,农民就是这样,恨不得三点天刚亮就起床下地呢,这是东北农民的习惯。

好嘛,这一宿基本没敢睡,虽然设了闹铃,唯恐人家来了叫门听不到。

四点刚过,就听到外面传来说话声,出门一看,两口子拿着镐和铁锹已经干上了。急忙烧了热水,出去端给他们。小陶一看就是爽快人,一口一个"姐"叫着,一边干活一边大声地唠着嗑,她爱人小迟倒是有些内向,不太说话,只是笑呵呵地干活。

到底是庄稼把式,一会儿工夫就把小菜园的土翻了一通,又打出垄沟,小陶坐下来点了一支烟,对我说:"姐,明年我再给你撒点儿猪粪,沤上一冬,春天和土掺和一块,你就瞧好吧,咱这庄稼保证种啥收啥。"我边答应着边拿出五百块钱递给她,小陶一看我拿五百块钱,立马变脸了,生气地说:"姐,你瞧不起俺们农村人咋地?就这巴掌大的地,干吗给俺们拿这么多钱?"小迟在旁边也说,不能要大姐这么多钱。

我赔着笑说:"你看,你俩起个大早过来,累够呛不说,以后还得弄粪嘛,要求人开车送来,这钱不多。"

　　我和小陶再三推搡,她勉强把钱拿过去。我们说好第三天他们来搭架子,小陶叮嘱说,把小院门别上锁,该干啥干啥去吧,他们随时过来,弄完了微信告诉我。

　　第四天,我们回到小院,惊奇地发现园子里栅栏下面整整齐齐种了五棵芍药。我急忙打电话问小陶怎么回事。她得意地说:"你大兄弟说了,大姐办事敞亮,咱们也不能不讲究,他特意上早市买了五棵三年的大芍药,大姐,喜欢不?"我还没等接茬,她赶紧补充一句:"大姐,五十元一棵呢,你可别不当回事呀。"我连说:"喜欢,喜欢,我把钱转给你。"她又生气了,高声说:"大姐,你要这么整,咱们不处了,你家俺们也不去了,往后有事别找俺们,不管了。"得,话都说到这份上了,那就恭敬不如从命,再说下去就伤感情了。

　　望着绿莹莹的芍药,我心中还真是满是欢喜,我对芍药有一种怀旧的情愫。在单位上班的时候,每逢端午节,来太阳岛(我们单位在太阳岛上)踏青的人特别多,有的游客在我们单位住宿,岛上也有好多支着帐篷过夜的游客,那天我们全体职工都要加班,晚上穿上军大衣,四处巡视,防火防盗防事故嘛。

　　端午节虽然还有些寒气,但太阳岛上各种颜色的芍药花都已经竞相开放了,粉的,白的,红的,紫的,黄的,真是五彩缤纷,鲜花是大自然对人类的恩泽之一,芍药是大自然在春天里给北方馈赠的最美丽的花,梨花素雅,樱花娇小,刺玫单调,只有芍药想调什么颜色自己说了算,芍药给春天带来五彩的斑斓,她热烈,鲜艳,在开放的同时散发出一股特有的浓郁的香气。据说芍药在西方很传奇,西方人认为芍药具有某种魔力,凡有芍药生长的地方,恶魔都会消失得无影无踪,甚至可以对抗曼陀罗那种致毒之花。

　　我常常在巡视的夜晚坐在芍药花旁休息,星疏月朗的晚上,花香像冬天的雪花一样洒落在身上,不由分说地让人混混沌沌地陶醉了。

　　端午节,因为有芍药花相伴,好像身体里注入了一脉深情,这是人和花的约会。所以,每到端午节,我便想念单位的芍药,每次看到芍药,也会想到难忘的端午。

芍药是第一个来园子里报到的，但是，它们似乎水土不服，总是蔫蔫的，它身后茄子长出来了，辣椒长出来了，豆角和黄瓜爬上了竹竿，它们却越来越没力气，最后缩成一团堆在地上。我和先生不约而同担忧地想到，农民朋友受骗了。当小陶兴高采烈打电话问的时候，我把这个情况如实告诉她，她那边传来哈哈的笑声："姐，没事，你放心，死不了，明年就好了。"

其实，我已经放下了对芍药的期待，对我来说，更重要的是它们传递来农民朋友朴实的，善良的品德。

第二年，冰雪还未完全消融，大地还湿漉漉的，我在那几棵芍药的地方发现陆陆续续窜出来暗红色的茎条，芍药和春天一起复活了。它们越长越多，好像要把憋了一年的力气都使出来，绿色的叶子越来越茂密，还有几处结了花苞，到了端午节前后，五株芍药，开满了粉红色的花，那么招摇，那么耀眼，给小院带来了一抹活力和生机。

花很快就落了，芍药可没有野百合那么长的花期。谢了花的芍药还在继续成长，每一棵都长得有二三尺高，这让去年在它身后还得意扬扬的茄子，辣椒，柿子们不爽了，芍药的根须不仅侵占了它们的领地，抢了它们的养分，而且，茂密的芍药只顾自己和太阳亲热，挡住了它们接受阳光的机会，它们无精打采地长着，豆角和黄瓜还好，越过芍药，爬上杆头，有的索性缠绕在芍药身上。

芍药绝对不是园子里的主角，不能让它欺负了我爱吃的绿色植物，何况它花期那么短，不足以为谋，我动了挪走它们的心思，我去赵大姐家游说，她的新家园子大，我对赵姐说，赵姐啊，你看你这园子，到处是生菜、小白菜、香菜什么的，太素了，我送你两棵芍药吧，你把它们种在墙边，还不碍事，春天芍药花开起来可好看了。赵大姐被我说动了，和姐夫推着小车，拿着锹，高高兴兴地挖走了两棵。我又游说黄大姐，大姐啊，你看你院里这么多大花盆，种着地瓜花，茶花，玫瑰，都是好花，你那墙角还有闲置的花瓶，我送你一棵芍药吧，芍药开起花了比它们都大，还多。黄大姐也被我说动了，我们俩拿着铁锹，齐心协力挖走了一棵大芍药。

还有两棵芍药在墙角,不碍事了,我也不能都送走,那会伤了农民朋友的心。我把芍药留下的坑用土填平,对着茄子、柿子、辣椒们说,这回放心地长吧,没谁欺负你们了。它们仿佛听懂了,愉快地,健壮地,加速地开花结果。

　　想不到的事发生了。

　　第二年的春天,在挖走芍药的那三个地方,随着春雨的滋润,露出了红色的茎叶,不死的芍药,永生的芍药,撵不走的芍药,又回来了。

找上门的苏子

野火烧不尽，春风吹又生。任谁读到白居易老先生这句诗，第一想到的肯定是"草"。

在我们小院，却有一种植物像小草一样顽强，却比小草多了几分芬芳，几分美丽，几分招人喜爱，它就是"紫苏"。

紫苏种子是邻居赵姐春天里撒在自家窗下的，秋天紫苏叶顶长出了条子，开满了粉色的小花，赵姐家几年后却搬走了。

这紫苏好似有灵性，赵姐在的时候，它们拼命地往自家方向生长，赵姐离开后，它们开始往我家移动，悄悄地越过了栅栏，一点点盘踞在我家窗下的空地，也许它们认为，占据了我家的地盘，浇水的时候就落不下它们了。

紫苏的行为让我想起了父母养在深圳的小狗"球球"，"球球"是儿子怕两位老人寂寞，特地从哈尔滨抱到深圳的，在那儿，它还有个"姐姐"叫"雪莉"，是深圳妹妹家的宠物狗。姥姥姥爷在深圳的时候，"球球"只黏着姥姥姥爷，和"雪莉"争宠。出门玩的时候，"球球"和"雪莉"马上统一战线，欺负小区的其他猫啊，狗啊。姥姥姥爷离开深圳回哈了，"球球"有寄人篱下的危机，立刻风向一转，没事就往我妹妹，妹夫的怀里拱，求抱抱，气得"雪莉"在下面冲它直叫。

万物通灵，大自然就是这么的奇妙。

紫苏在秋天结了果实，被风吹落，第二年春天，埋在地里的种子自然生长，园子里的紫苏越来越多。

和紫苏同样生长的还有牵牛花，牵牛花的生命力更顽强。邻居老杨大哥有一天不知哪根神经搭错了，在靠大道的栅栏边种了一溜牵牛花，铺满栅栏的牵牛花像一面花墙,天天向着太阳露出谄媚的笑脸,可是第二年老杨大哥家的园子就遭殃了,牵牛花的种子被风吹得哪儿都是,它们和豆角,茄子,黄瓜,苦瓜缠绕在一起,争夺地盘,争夺营养,杨大哥拔了一茬又一茬,气得直跺脚,后悔种了给自己找麻烦的牵牛花。

所以,我对待牵牛花和紫苏是两个态度,牵牛花发现一株拔掉一株,决不手软,而紫苏嘛,笑眯眯地看着它们窜过来,烤肉的时候,摘几片紫苏的叶子,放上烤好的肉,再加一两片生蒜卷好,吃起来特别有味道。

吃紫苏的时候,我就想起去韩国济州岛的日子,同学在那儿有个房子,面朝大海,我们得空就去消遣几日,去济州岛的机票比去深圳的还便宜。济州岛有一家姐妹俩开的烤肉店,我们几乎每天晚上都去她家吃烤肉,她家自己有养猪场,男人负责打理猪,每天送过来新鲜的黑猪肉,女人开店做生意,她家的黑猪肉烤起来特别香,配上大大的紫苏叶子(紫苏的品种明显比我们的好),加上一点儿青葱,几片生蒜,少许朝鲜辣椒酱,嚼起来口中生津,紫苏特有的香味与辣味结合,大开胃口。我们每次都吃得打着饱嗝才罢休。

我在越南也吃过紫苏,那是在胡志明市的"pho2000河粉店",这个店的老板头脑很灵光,2000年11月时任美国总统的克林顿在他这吃过一次河粉,克林顿走了后他立刻把原来的牌匾撤下来,注册了一个"2000河粉店",时时提醒顾客,人家克林顿2000年来过的。不过实事求是说,他家的河粉确实好吃,不怪宾客盈门,清亮亮的河粉汤里面不放辣椒,除了河粉,还放了几片酱牛肉,撒上几块洋葱,香菜末儿,再摺上一片紫苏叶子,越南的紫苏叶子又是一个品种,一面红中带绿,一面紫色,紫苏的味道浸透在汤里,这一碗河粉吃下去意犹未尽。

赵大姐看我喜欢紫苏,特意又教了我几手紫苏的吃法,稍微腌一下紫苏叶子,当下饭的菜。也可以蒸馒头时把它垫在底下,馒头就有一股紫苏的味儿。还可以把苏子(最好是白苏)的籽儿榨成油,有一次她遇到一个老朋友去商店买苏子油,100多块钱一斤,说降血脂,促消化,还有抗癌的作用。

"生与众草生,不与众草荣",这话也适合紫苏。

期待中的樱桃和葡萄

樱桃树苗已经种了三个年头了。

对樱桃有不可救药的情结。小时候,街上有卖野樱桃的,用纸卷个筒,一毛钱一包,奢侈地买一包,用手指尖夹起一粒放在嘴里,酸酸甜甜的味道从舌尖传到全身,一包樱桃舍不得一次吃完,吃到最后的樱桃颜色都发暗了。吐出来的樱桃籽儿不扔掉,找棵榆树,旁边挖个坑,把籽儿埋进去,没事就跑过去看看有没有发芽,幻想着能长出樱桃树。

赵姐家种了棵樱桃树,它搬走后樱桃树依然在,每年都结出一串串红莹莹的樱桃,但这个品种的樱桃和我小时候吃的差不多,只能怀旧,我想吃大大的,甜甜的樱桃。

在网上查,大樱桃是从国外进口的,学名叫"车厘子",很贵的一个品种。

只有想不到的,没有做不到的。我用手在手机上轻轻点几下,两株智利版5年的车厘子(樱桃)树苗拿下。商家说得种三年才结果,三年就三年吧,好东西值得等待。

樱桃枝干有二尺多长,我把它们分别种在廊亭的两侧,对于它们我是有想法的,我的小院面积有限,我是"买二保一",有一棵成活就妥了。

和豆角、黄瓜、砍瓜种在一起的那棵明显营养不良,它们在上面遮住了它头顶上的阳光,下面的根须更是拼命和它争夺口粮,只有在秋天,把豆角黄瓜都拔掉了,它才透过气,可惜,这时已经错过了最好的时光,所以,它长得很慢,比一起来的伙伴矮了一大截。

这边挨着野百合的这樱桃棵很滋润,足下都是白菜、生菜、香菜、韭菜之类的小弟,身边有野百合相伴,风调雨顺,苗壮成长,一想到今年樱桃树差不多该开花结果了,我的口水禁不住流了出来。

砍瓜不准备种了,先生开始羡慕邻居在葡萄架下乘凉的惬意。

葡萄树苗是去年秋天买的,品名叫"阳光玫瑰",绿色的果实。3 年的树苗,买了 3 棵,栽种在廊亭的两侧,入冬的时候,黄姐拿来自家不用的棉被,给它们穿上了冬衣。

期待樱桃和葡萄开满园的日子。一个像紫水晶,一个像绿宝石,她们互相映衬,四周氤氲着一股甜润的气息,那是梦幻般的弥漫。

我要做个快乐的主妇,扎上头巾去采摘,把它们的果实酿成酒。前段时间看有人写过一篇文章,说有个善酿的老妇人,寻常不动,只是某日半醉的时候,才跌跌撞撞,在一间半明半暗的小屋子里酿酒。她酿酒的时候,不关门,不点灯,不许人进去,摸着黑,酿。老妇人酿的酒一些自己喝,一些半卖半送。据说老妇人酿的酒供不应求,想喝她的酒,只能等,等到什么时候算什么时候,等她的酒,也是等缘分。作者有幸喝过,他说,本来订了半斤,不料晚取了几天,就剩了二两,老妇人酿的酒像陈年古井贡,细咂摸又不一样,有些许果味,喝后回味绵长。

我不是善酿之人,也非善饮之辈,但我喜欢酿酒。

"车厘子"酿出的一定是紫水晶般的流光溢彩,"阳光玫瑰"酿出的一定是绿宝石般的晶莹剔透。

一杯紫樱桃,一杯绿葡萄,饮这样的美酒,月下最好,最好有隐隐约约的箫声或者古琴曲相伴,不语,浅酌,回味。

这酒,一半装着琼浆,一半装着月色。
这样的意境,不善饮酒的人也会醉了。

人生,有期待才有奔头,才有指望。
小院还会发生许多故事,留着以后再讲吧。

后记

　　这本书收录了近几年我在城市文史、名人轶事、小说等方面的文章，许多都在杂志报纸发表过。

　　作为文学写作者，我以为，探讨挖掘历史文化，特别是一个城市，一个你生于斯长于斯的城市的历史特别有意义，这么说吧，你生长的根须扎在这片土地上，它滋润你成长，它特有的气息把你熏陶得有了与地球上共存的人不一样的味道，你的眼里满目它的存在，树木、建筑、音乐、四季……你的心里被浇灌得像要溢满的水库，不吐不快。这是我这几年写城史文章的动力，这个动力像永动机，持续推动我的笔触，我的脚步，我的思维。

　　近一年，我又尝试把我心中的城里的人和事用小小说的形式写出来，小小说的特点是语言要精练、干脆，还要幽默，让人看后回味。很幸运，写的这几篇都被发表在《小小说选刊》等杂志，这对我是一个激励，让我开拓了文学写作的思路。

　　小说这样的题材我也是第一次写，当时对于写什么很是斟酌了一番，我身边的故事太多了，从小生长的环境，学校，单位，甚至退休后去上的老年大学……最后，我决定先从我最近几年新开垦的家园——小院写起，小院的故事就在眼前，人物生动有趣，故事背后折射出人性，观念，社会问题等等，值得一书。

　　我要感谢家人对我的支持，没有他们的鼓励，我大概还不能下决心出书的，我是个时而自信，时而又自馁的人。

　　我还要感谢著名画家王焕堤老师，书中的插图和封面均选自他的绘画作品。王焕堤老师的绘画风格既着眼于高大上的哈尔滨欧陆风情，如教堂、洋楼，又精雕细琢哈尔滨的人间百态，红尘烟火，与本书的主题不谋而合。

2022 年 7 月于小院